I0638302

mi tabla de salvación

Un triángulo de amor

2

«Y si alguno prevaleciere contra uno, dos le resistirán; y cordón de tres dobleces no se rompe pronto»

Eclesiastés 4:12

ELSA ILARDO

Para ti que *vienes* a un encuentro con el *Amado*

«No temas a la profundidad; la superficialidad es la realmente peligrosa».

Dios te diseñó para un propósito especial y era parte de su plan que hoy tuvieses este libro en tus manos. Es mi oración que leerlo te lleve a aguas profundas en el mar de amor que Él te ha reservado, y que descubras las revelaciones ocultas en el océano de tinta al que estás entrando. Abre bien tus ojos porque hay mensajes que fueron escritos para ti y solo para ti.

¡Disfruta *«Mi tabla de salvación»*!

Con amor,

Elsa Lizardo

A menos que se indique lo contrario, todas las citas de la Escritura son tomadas de la *Santa Biblia, Reina Valera 1960,* © 1960, por Sociedades Bíblicas de América Latina, © renovado 1988 por Sociedades Bíblicas Unidas. Usada con permiso. Reina Valera 1960 ® es una marca registrada de la American Bible Society y puede ser usada solamente bajo licencia. Todos los derechos reservados. Las citas de la Escritura marcadas (NTV) son tomadas de la *Santa Biblia, Nueva Traducción Viviente,* © Tyndale House Foundation, 2010. Usada con permiso. Las citas de la Escritura marcadas *Nueva Versión Internacional* ® NVI® © 1999, 2015 por Bíblica, Inc. ®Usadas con permiso. Todos los derechos reservados.

Itálicas, negritas y áreas subrayadas en los textos y citas bíblicas son énfasis del autor.

Edición:
Gisella Herazo Barrios | Agencia Arte & Expresión
www.agenciaarteyexpresion.com · @agenciarteyexpresion
@gisellacomunica

Concepto de portada e ilustraciones internas:
Arean Molina de Hispanos Media

Foto de portada:
Emilio Velázquez

Modelos de portada:
Carlos y Lexi Alemán

Adaptación de cubierta y diagramación interior:
María Alejandra Ruíz | Marema Designs para Agencia Arte & Expresión | www.maremadesigns.com
@maremadesigns

Mi tabla de salvación II
Un triángulo de amor
www.mitabladesalvacion.com

ISBN: 978-1-7346498-5-7
Categoría: Ficción | Vida Cristiana

Impreso en Estados Unidos de América
© 2022 por Elsa iLardo

Publicado por **Hispanos Media**

Ninguna porción de este libro podrá ser reproducida, almacenada en ningún sistema de recuperación, o transmitida de cualquier forma o por cualquier medio —mecanismos, fotocopias, grabación u otro —, excepto por citas breves en revistas impresas, sin la autorización previa y por escrito de la autora.

¿Qué dicen de Mi tabla de Salvación?

«Mi tabla de salvación» es una novela realista que nos envuelve en un abrazo que a ratos resulta helador, pero termina siendo una terapia sanadora. La historia de Pamela es la de miles, tal vez millones de personas, que no pretenden más, pero tampoco menos, que encontrar el auténtico amor. En su complicada andadura va sufriendo desengaños; cada uno de ellos es un desgarrón en el alma de Pamela. Es entonces que aprende una lección: cuando se llega al fondo, hay que apoyarse en Jesús para saltar. Creo que Pamela marcará corazones con la historia de su vida. Dejará huellas sobre las que muchos pisarán y encenderá mil luces en el ánimo abatido.

Gracias, Elsa, por este maravilloso legado que nos dejas.

Cada frase es una imagen que invita a zambullirse. La manera en que sumerges al lector en la historia es equiparable a bucear en un mar de letras y descubrir tesoros en las profundidades de ese océano de tinta. Porque hay escritoras y escritores que no redactan frases, sino que pintan cuadros. Prepárate lector para emocionarte en la lectura; tal vez, incluso te quebrantes. Recuerda entonces que las lágrimas vertidas por causas justas aclaran nuestra visión y se convierten en agua de riego que proporciona una explosión de vida.

Bienvenidos a un viaje que no dejará indiferente a nadie: ¡MI TABLA DE SALVACIÓN!

José Luis Navajo (España)
Autor de *«Lunes con mi viejo pastor»* y más de 20 éxitos de ventas.

******

Estoy seguro de que disfrutará recorrer estas páginas, porque le permitirá reflexionar sobre las decisiones que ha tomado, los sentimientos que tiene, y se hará preguntas existenciales que pocas veces nos hacemos. Es mi deseo que la novela ayude a muchos a tomar sabias elecciones porque el dolor de las malas decisiones tiene un impacto generacional.

Sixto Porras (Costa Rica)
Director de Enfoque a la Familia para Iberoamérica

******

Te invito a leer cada línea con profundidad y reflexión, porque el Espíritu Santo te hablará por medio de cada vivencia de Pamela. Su historia tendrá semejanzas con la tuya. Sabrás que así como Pamela se descubrió a sí misma cuando se sentía perdida, y fue sanada en las manos de Aquel que tiene el poder de curarlo todo, tú también sentirás los vendajes en tus heridas. Este libro es muy necesario en tiempos en los que los trastornos de ansiedad, la depresión y los suicidios han aumentado dramáticamente. En estas páginas que fueron totalmente reveladas por Dios, descubrirás una salida en el laberinto, luz al final del túnel y una verdadera razón para gritar: ¡Encontré *Mi tabla de salvación*!

Dra. Lis Milland (Puerto Rico)
Consejera profesional, conferencista internacional y autora de libros éxitos de ventas.

******

Este libro nació en el corazón del Padre y fue colocado en ella para llevar luz y esperanza a muchas personas que necesitan leer esta fascinante novela. Estoy segura de que te llevará por una hermosa aventura que no solo te deleitará, sino que en cada vivencia podrás aprender mucho de las lecciones reveladas, porque solo hay una tabla de salvación para cada vida.

Stephanie Campos (Costa Rica)
Autora, life coach y conferencista internacional.

Testimonios de lectores

Este libro edificó mi ser, aumentó mi hambre por Dios y por reconocer que Él es suficiente. Gracias por compartir tus experiencias y mostrarnos cómo Jesús restaura cada herida. Bendiciones desde Hermosillo Sonora, México.
Alicia B

No sabes cuánto bien me ha hecho «Mi tabla de salvación». Parece que estabas escribiendo parte de mi vida. Recordé muchos momentos tristes y otros alegres, pero, para la gloria de Dios, me siento bien. Me quedé con ganas de seguir leyendo.
Mirta, Puerto Rico

Me devoré el libro en dos días. Me identifiqué mucho con él.
Isamar Candelaria, Florida

«Mi tabla de salvación» probablemente será el libro de salvación para muchos; aquellos que quieran dejarse llevar por una buena historia que se hace casi real luego de cada palabra leída. Y no quiero decir real para Pamela, la protagonista, sino también para quien la lee. ¡Sí! Corres el riesgo de encontrarte a ti mismo en cada capítulo, pero sobre todo corres el riesgo de querer caer de rodillas ante aquel amoroso Salvador.
Tamara Rivera, Barcelona (España)

El libro está superinteresante, captó mi atención de manera inmediata. Es lectura recomendada para todo el mundo. Mientras leía me ocurrieron muchas cosas que a lo mejor las hubiese dado por algo común, pero

comprendí que la mano de Dios se movió en TODO.
Por favor continúa escribiendo.
Zulma Colón, Puerto Rico

Ha sido una experiencia extraordinaria y sanadora.
Jenny, Colombia

Tuve el privilegio de recibir como obsequio este gran
libro que me ha sido de mucha bendición. Mi amigo
me bendijo con tan bello regalo.
Pastora Liz, Xalapa (Veracruz, México)

Lloré, sí, lloré mucho con «Mi tabla de salvación», pero
me encantó; no quería que terminara.
Generosa Rolón, Cidra (Puerto Rico)

Recibí el libro en Japón. Gracias a mi hermana Sonia
por el regalo y por tu mensaje.
Jeannette, Puerto Rico

Incienso, bálsamo, canción; ese «refresh» y «click» en
el corazón. Y es que este libro colaboró en mis días
de todas estas maneras. Llegó en el momento perfecto.
De sorpresa, un regalo. ¿Sabes las películas de piratas
cuando abrían los cajones llenos de joyas preciosas? Es
exactamente la misma sensación que cada individuo
percibirá al adentrar su mirada en cada palabra que
has escrito para entonar esta historia TAN abrumadora
al alma, que nadie quedará igual. Es pasar un día de
retiro por cada capítulo, que tiene su enseñanza. Sin
duda, invita al espíritu a reflexionar de manera casi
automática. Valió la pena, querida. Valió la pena el
esfuerzo, valió la pena seguir, valió la pena cada paso
adelante, valió la pena cada reto, VALIÓ LA PENA
que siguieras hasta el final de la novela. Luz para el
alma es este hermoso libro. Gracias, gracias, gracias. Te
apretaría ahora mismo. Que siga floreciendo toda alma
que tenga por pasión ser luz y esperanza. Que viva
papito Dios en nuestros corazones. Lectores, tengan

*botella de agua y toalla en mano. Casi me deshidrato,
porque lloré mucho.*
Sameris, Puerto Rico

*Quiero agradecerle el que haya tenido a bien en escribir
ese libro «Mi tabla de salvación», ha sido de bendición
para mi vida. No puedo negarle el impacto que ha sido
para mí, pues créame que en casi la mayoría de los
capítulos sentía que yo era Pamela. Cuántas lágrimas
brotaron por mis ojos mientras iba leyendo y al mismo
tiempo era como si se proyectara una película de mi
vida. Gracias por ser ese instrumento dirigido por la
mano de Dios en este libro. Gracias por orar para que
fuera de impacto a cada vida que lo leyera, fui una de
ellas. Solo me queda volver a decirle gracias y que siga
dejándose usar por Dios para seguir impactando vidas.
Conseguí el libro a través de Yumilka Rodríguez, de
Mujer ELE.*
Carmen Olivieri, Puerto Rico

Dedicatoria

Este libro lo dedico a Jesús. Reconozco que sin ti, no tengo nada. No soy nada si tú no estás conmigo. Mi amigo fiel, el verdadero autor de esta historia, el que llenó mi vida de colores. Quien me muestra los pasos a tomar, las letras a escribir, las palabras a decir. De ti dependo.

A ti, Jesús, te lo debo todo: mi matrimonio, mis hijos, mi hogar, mi salud. Gracias por tenerme aquí escribiendo lo que me muestras en visión, transformando algunas historias personales en generales para la bendición de un pueblo, siendo vulnerable para compartir de dónde tú me levantaste. Si lo que he vivido ayuda a otros, es un placer vivir.

Te amo Jesús,
y a ti hoy quiero
dedicar mis letras.

Te amo.

Agradecimientos

Debo comenzar dando gracias a mi esposo Stephen por su apoyo, por ser mi fan número uno y por invitarme y empujarme a escribir. Que tú creas en mí, me hace muy feliz. Gracias por tomar tus noches para traducir este libro a inglés y leerlo. Cuando te veo llorar mientras lo lees, Dios me muestra que eras el mejor hombre que podía darme; eres único, especial, mejor que genial, espectacular. Te amo. Gracias por caminar conmigo.

Gracias a mi hijo Dylan, a través del cual se sensibilizó mi corazón para llegar a Dios. El día en que tú naciste hubo una invasión de amor en mi ser que no conocía. Supe que sería capaz de todo por ti. Supe por qué Jesús dio su vida por mí. Entendí la cruz, conocí el amor. Por ti quise ser mejor. Quiero ser siempre un ejemplo para ti, por eso me esfuerzo en crecer con Dios cada día; sin Él, no podría. Gracias por mostrarme tu amor todos los días. Te amo. Gracias por cada abrazo.

Gracias Cody, gracias Anna. Nuestro hijo mayor se nos casó y ahora tenemos una hija llamada Anna. El amor entre ustedes fue para mí, fuente de inspiración. No sabía que se podía caminar en un nivel de pureza como en el que ustedes caminaron. Con veintiún años y sin relaciones previas, se conocieron y desde muy temprano supieron que eran el uno para el otro. Se dieron su primer beso en el altar, frente a todos. Hemos sido testigos de un amor puro, sin manchas, hemos sido testigos de que es posible amar a la manera de Dios. Gracias por inspirarme. Verán su relación reflejada en este libro porque de ustedes aprendí muchísimo. Gracias. Los amo. Son un ejemplo vivo en esta generación.

Gracias a mami, a Dayna, Marilyn, Gisella y a la pastora María, quienes tomaron de su tiempo para ser mis lectoras secretas. Sus opiniones me ayudaron a culminar esta obra. Gracias a José Luis Navajo, mi mentor, amigo y pastor. Sus impresiones y recomendaciones siempre me bendicen y me ayudan a crecer. Le doy gracias a Dios por haberlo puesto en mi vida a través de mi trabajo en la editorial. Usted y Gene son un ejemplo para mi esposo y para mí, y vivimos agradecidos por toda su aportación a nuestras vidas y este ministerio de las letras que amamos tanto.

Y gracias a cada lector de *«Mi tabla de salvación»*. Han sido tantos los mensajes, los testimonios; algunos con contenido muy personal como para compartirlos. Pero he leído cada uno de ellos y por cada uno de ustedes mi esposo y yo hemos orado. La mayoría de las cartas dicen: «Yo soy Pamela» y ¡me fascina! Significa que no estamos solas. Somos muchas las «Pamelas» y a cada una de nosotras Dios nos ama de manera especial. Por eso fue escrito *«Mi tabla de salvación»*. Gracias por el gran apoyo, las fotos en las redes, las recomendaciones. Gracias a las que hicieron grupos de estudios y utilizaron la guía. Gracias a las que me entrevistaron en Zoom y me invitaron a sus iglesias. Gracias por tanto amor.

Gracias a los libreros que acogieron la obra y la apoyaron sin dudar. Luciano Books, Casa Norberto, JR Blue, Pura Vida, Wow, Different Vision, Morada de Paz, Librería Isaías, Color y esperanza, Mujeres de liderazgo,

Mujer ELE. Gracias Paraguay, España, Holanda, México, Colombia, Argentina, Ecuador, Perú, Venezuela, Puerto Rico, República Dominicana. El libro llegó hasta Japón y Francia. Mi corazón rebosa de alegría y gratitud de ver la mano de Dios obrar a través de este proyecto.

Gracias por tener hoy en tus manos «*Mi tabla de salvación 2*». Es mi oración que la disfrutes y que Dios te hable a través de ella. Gracias. Que Dios haga hoy brillar su rostro sobre ti.

Contenido

#YOSOY
Pamela

Antes de que comiences a leer

¿Quién es Pamela?

Comenzaré por responder a una pregunta que siempre me hacen y que me parece relevante para que disfrutes la historia desde la silla de protagonista. La historia de Pamela no es mi historia, pero sí la de miles. Sus vivencias y experiencias de vida no son las mías, pero podrían ser las de cualquiera de nosotras. Si bien puedo reconocer que los matices de su personalidad tienen gran similitud con los míos, quiero aclarar que Pamela no soy yo. También he de confesar, que muchas de sus experiencias espirituales con el Señor sí han sido mías, y que mi imaginación no superó lo vivido.

¿Que si me parezco a Pamela? Creo que todas tenemos algo de ella. Una mujer valiente para meterse en problemas y muy temerosa cuando no sabe cómo salir de ellos. Apasionada por la vida, quiere vivir intensamente y se adelanta a las etapas. Se hace dramas en su cabeza, piensa demasiado en lo que pudo haber dicho, hecho o lo que debió haber pasado, y sufre con todo lo imaginado. Se entusiasma prontamente, se cree las películas, llora y ríe fácilmente. Se enoja y dice bobadas, comete indiscreciones, piensa en voz alta. Se asusta por todo, pero no le teme a nada, se contradice y habla cuando es mejor hacer silencio, y calla cuando no le salen las palabras. Busca a Dios con todo su corazón, pero falla, se equivoca, duda y luego cree; tiene fe, pero la vence el temor. Pamela tiene rasgos de todas, Pamela eres tú y también soy yo.

Nota aclaratoria:

Todos los personajes de este libro son ficticios; muchos de ellos han sido inspirados en ciertas personas, pero ninguno de ellos cuenta la historia de vida de alguien más. Donato es Donato, no es mi esposo o alguna otra persona real. Las vivencias y personalidades de las hijas han sido inspiradas en muchas hermosas jóvenes con las cuales comparto a diario, ya que soy mentora de jóvenes. Aclaro esto para que puedas disfrutar de la historia y vivirla desde la perspectiva de las enseñanzas que puedes adquirir de cada experiencia. No es una narración de la vida real de alguien; es ficción. Así como las parábolas en la Biblia, que cuentan una historia para mostrar un principio.

¿Leíste la primera parte?

Si leíste «*Mi tabla de salvación: Pamela en su búsqueda del amor verdadero*», ya debes conocer a los personajes. Pero para hacerte un recordatorio y poner en contexto a aquellos que por primera vez descubren la historia, te comparto una pequeña descripción de cada uno de ellos.

- Pamela: Protagonista y narradora. Es una madre soltera de treinta y tres años que ha vivido un encuentro personal con Jesús.
- Noemí: Madre de Pamela. Es una mujer viuda,

muy sabia y amante de su familia.
- Daddy: Papá fallecido de Pamela.
- Penélope: Hija adolescente de Pamela.
- Donato: Joven italiano que salva la vida de Pamela en Aruba.
- Luis: Entrenador de *paddle boarding*. Amigo y mentor espiritual de Pamela y su familia.
- Sandra: Esposa de Luis y mujer de gran sabiduría.
- Lisa: Psicóloga y amiga personal de Pamela.
- Víctor y Catalina: Amigos de Penélope.
- Don Juan Rey: Amigo de Donato.
- Carina y Antonella: Hijas de Donato.
- Morelia: Difunta esposa de Donato.
- Coco: Difunto amigo de Noemí; fue como un tío para Pamela.

A continuación, te haré un breve resumen de la primera parte, pero este no sustituye la experiencia que vivirás al leer la historia en detalle. Por tanto, si todavía no lo has hecho, te recomiendo buscarla y leerla antes de embarcarte en esta aventura. Encuéntrala en www.mitabladesalvacion.com

¿Dónde nos quedamos?

Veníamos navegando sobre una tabla desde donde Pamela nos narraba su historia. Noemí, Pamela y Penélope son tres generaciones de mujeres, cada una con sus procesos de vida y personalidades, pero unidas por el amor de familia.

Noemí es la mamá de Pamela, una mujer en sus cincuenta y tantos años, que a los diecinueve se casó con un joven pescador americano que se había ido a vivir a la costa oeste de Puerto Rico. Allí Noemí residía junto a su padre, ya que había perdido a su mamá cuando apenas tenía tres años. Tuvo a Pamela a los veintiún años de edad, y cinco años después, su esposo murió en extrañas circunstancias en el mar. Su cuerpo nunca fue encontrado y su embarcación fue hallada sola en altamar. Ella, tras su trágica pérdida, dos años más tarde, decide mudarse a los Estados Unidos con su hija Pamela, de solo siete años. Sin dominar el idioma enfrenta grandes obstáculos, pero Dios le mostró su misericordia colocando en su vida personas que se convirtieron en familia, como lo fue Coco.

Pamela creció rodeada del amor de su madre y la devoción de su nuevo amigo Coco, que la quiso como a una sobrina desde el día que la conoció. Pero Pamela, con tan solo quince años, comenzó una tormentosa relación con un chico mayor que finalmente la dejó embarazada. A los dieciocho, Pamela ya era madre de Penélope Sofía, quien se convirtió en una nueva esperanza para el hogar de Noemí. Ella crio y educó a su nieta con los valores que siempre quiso enseñarle a su hija Pamela, pero que le fue difícil aplicar por su rebeldía.

Las tres viven en la 44 Street, en Hialeah, en una típica casa del sur de la Florida; una vivienda pequeña, de dos cuartos, pintada de azul celeste, con jardines en todas partes. Noemí hacía grandes esfuerzos por embellecer con flores su pequeña propiedad. En la parte trasera de su casita se encuentra un garaje que fue su apartamento cuando le rentaba el espacio a Coco. Hoy en día es un área de desahogo a la que Penélope llama «su cueva», el lugar en donde se reúne con sus amigos y amigas para hablar, cantar y hasta practicar pasos de baile. Lo que en un momento fue el comedor, hoy tiene una cortina que lo convierte en un cuarto adicional donde duerme Pamela.

Cuando Penélope tenía dos años, Pamela se enamoró nuevamente y una vez más, le rompieron el corazón. No pasó mucho tiempo cuando decidió casarse con un hombre mayor que le muestra la manipulación, el control, el trato cruel y todo tipo de abusos que la llevaron a una terrible situación en donde pensó que perdería su vida. Desesperada corre a los brazos de Jesús, entendiendo que Él es su única salida, su tabla de salvación. Pamela descubre que Dios es lo único que necesita para transformar su vida y es cuando comienza un proceso en donde es confrontada por su hija, su mamá y varios buenos amigos. Ella desarrolla una relación profunda con el Espíritu Santo que lo cambia todo. Se enamora de su presencia y durante cinco años crece en madurez a niveles que nunca creyó poder alcanzar.

Pasado un tiempo, Pamela regresa a Aruba para reflexionar una vez más, sobre el giro que su vida había dado. En medio de esos días de descanso, tiene un accidente en el mar, quizás parecido a lo que le pasó a su padre; pero es rescatada. ¿Quién es el hombre que la rescata? ¿Es realmente Jesús mismo manifestado? ¿Es un ángel? ¿Es un hombre real? Así termina la primera parte, ahora estamos listos para continuar en esta aventura que nos llevará a descubrir un triángulo amoroso para el cual no estábamos preparados.

Introducción

Te invito a descubrir una historia inspirada por el Espíritu Santo; una historia escrita para ti. Mientras lees, Dios revelará a tu corazón cosas que no están en el libro y el mismo Espíritu Santo ministrará en ti sanidad. Te transportarás a lugares en donde encontrarás respuestas a preguntas que siempre has tenido y aun otras que no has querido pronunciar. La voz de Dios te va a enamorar mientras avanzas en la lectura. Hoy Dios quiere mostrarte algo especial.

¿Sabes por qué lo sé? Porque lo hizo conmigo mientras lo escribía.

Lo que vas a leer es el dictado de una película que Dios me mostró. Cada visión tiene como propósito inspirarte y acercarte a su presencia. Mientras lo escribía, lloré y muchas veces reí; disfruté de ser la mano física que puso en papel «Mi tabla de salvación». Hoy anhelo que recibas toda la bendición detrás de esta historia de amor.

¡Que comience la aventura! Ponte el «leash»[1] de tu tabla en el tobillo y vamos a sumergirnos en un océano de emociones que no te dejarán pensando igual sobre el amor.

---

1   Correa de seguridad adherida a la tabla de *paddle surf.*

PARTE I

Aventuras
en
Aruba

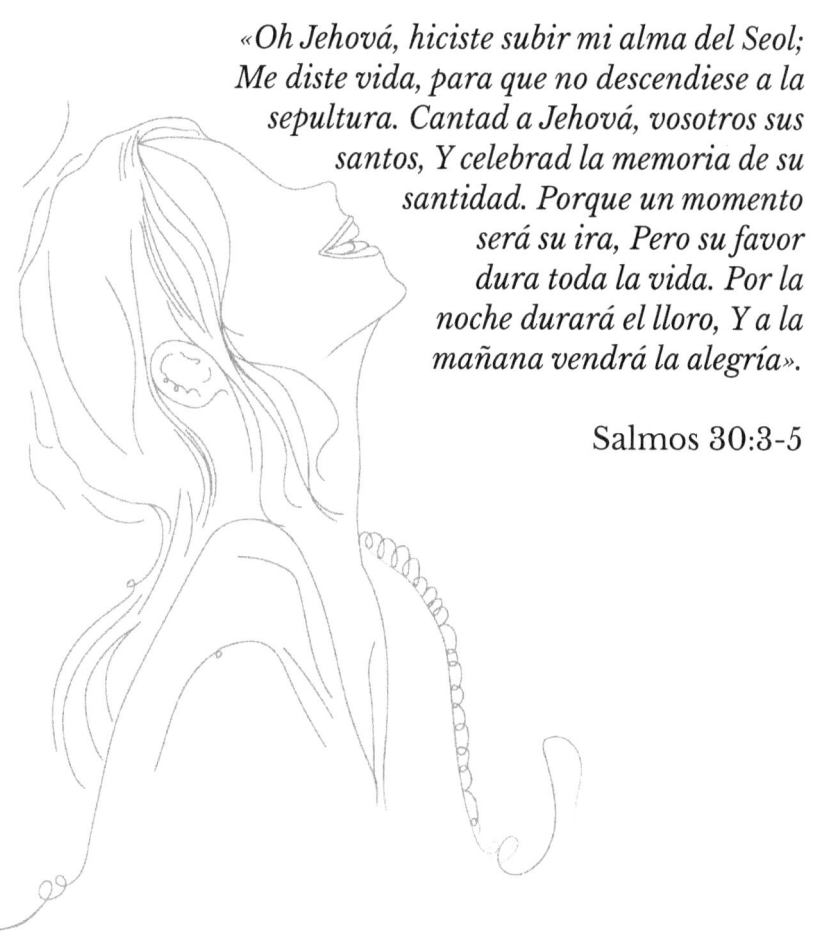

«Oh Jehová, hiciste subir mi alma del Seol; Me diste vida, para que no descendiese a la sepultura. Cantad a Jehová, vosotros sus santos, Y celebrad la memoria de su santidad. Porque un momento será su ira, Pero su favor dura toda la vida. Por la noche durará el lloro, Y a la mañana vendrá la alegría».

Salmos 30:3-5

El *gozo* viene en *la mañana*

Abro mis ojos a esta hermosa mañana de mayo sin saber si lo soñé o pasó. ¿Estuve a punto de morir en el medio del mar? ¿Jesús vino a rescatarme en un *paddle board*? ¿Me he vuelto loca? ¿Fue un hombre o un ángel? ¿Fue Jesús? ¡Estoy tan confundida! ¡Qué raro! Ya ese parece mi estado normal. Pero... siento un gozo inefable en mi interior, como ríos de agua viva. ¡Ja, ja, ja, Pamela! ¡Estoy refeliz! ¡Me siento feliz!

Comencé a carcajearme sola en la habitación del hotel y no pude parar. Hablaba como si estuviera felizmente acompañada por Jesús, porque lo estaba. Una risa salía de mi interior y parecía que me hacían cosquillas. ¡Ja, ja, ja!

—¿Qué te pasa, Pamela?, ¿te has vuelto loca? —decir

eso en voz alta me produjo más risas y más carcajadas. —¡Me duele el estómago de tanto reírme! Señor, ¿qué es este gozo? Por eso es que tu Palabra dice que ¡el gozo viene en la mañana! ¿Qué es la sensación que tengo? Esta alegría que me hace querer bailar. Sí, ¡lo haré!

Comencé a dar pasos de baile en mi habitación y ni siquiera había música. Me imaginaba bailando con Jesús en el cielo. Un día pasará—Señor, un día estaremos tú y yo, celebraré en el cielo el quinceañero que no pude tener. ¿Bailaría usted conmigo en mi quinceañero, mi amado Jesús?

Me siento en el suelo de la habitación del hotel, ya cansada de brincotear y medito en Dios, en mi caminar con Él, en mi vida...

—¡Quinceañera! Tengo una quinceañera ya en mi casa, en tan solo dos meses cumplirá dieciséis. Esta chica es tan humilde que ni siquiera me ha pedido una celebración especial para ese día. ¡Tan bella mi hija! — Me quedo pensando, sonriente por la alegría que me produce ser madre. Nunca imaginé como la maternidad me cambiaría la vida. —Yo creo que hoy es un buen día para tener una experiencia con Jesús en *paddle board* otra vez. Me voy para la playa, no puedo esperar para escuchar lo que tiene que decirme. Lo que pasó ayer me tiene completamente consternada...

Y en ese momento, su dulce voz: —**Hija, toma lápiz y papel porque voy a hablar.**

—¡*Oh my God*! ¡No puedo creerlo! —En ese momento me sentí como caricatura de televisión, intentando mover mis pies aceleradamente, pero se quedaban en el mismo sitio patinando. No sabía hacia donde correr para encontrar un lápiz y un papel en aquella pequeña habitación. ¡Y la pavera regresó! Todo era un chiste para mí esa mañana. —¡Estas cosquillas en el estómago! ¡Ja, ja, ja! ¡Me acordé de los dibujitos! ¡Ja, ja, ja! ¡No aguanto!

¡Necesito calmarme! ¡Ok, ok! Respira, Pamelita...
Estoy lista.

—¡Qué gran emoción, Señor! ¿Vas a hablarme? ¿Vas a responderme? Es que hoy es el mejor día de mi vida.

Su voz comenzó a darme instrucciones muy específicas, pero me sentía como una niña en primer grado:

—**Dibuja la figura de una niña en la esquina izquierda de la parte baja de tu papel, ahora traza una línea diagonal hacia la parte superior de ese papel. En ese lugar dibújame, como crees que soy. Una cabecita redonda con pelo largo y una batola larga en forma de triángulo.** —Sonreía mientras lo hacía. Sus palabras comenzaron a sonar en mi corazón como tambores, mientras me decía: —**Hija, pon tu mirada en mí como lo has venido haciendo todos estos años. Eso te llevará en línea recta hacia el lugar de mi presencia donde siempre debes habitar. Ahora, haz una línea paralela a la tuya al otro extremo, también en dirección hacia mí. Y ahí, al costado, dibuja a un varón, al lado derecho del papel.**

Al hacerlo, pude darme cuenta de que se asemejaba a un triángulo. Y su voz me dijo:

—**A ambos les he dado instrucciones de escuchar mi voz y poner su mirada en mí. Mientras se enfocan en mí yo los acercaré el uno al otro. Sin que se den cuenta, un día estarán de frente y sabrán que fue mi propósito unirlos y que ese un propósito eterno.**

En ese momento miré el triángulo y me fijé que estábamos en lugares bien apartados en el papel y dije:

—Guau, Señor... ¿Cuántos años más me tocará esperar?

—¿Quién tiene prisa? –dijo Dios—**Mis bendiciones te alcanzarán, hija. ¡Te alcanzarán! Recuerda eso...**

En ese momento sentí el deseo de comenzar a hacer muchas preguntas, pero desistí. Ya he aprendido que mi paciencia debe llegar a la perfección. Vino a mi mente el versículo de Hebreos 6:15[2], que dice: «*Abraham esperó con paciencia para recibir lo que Dios le había prometido*» y también recordé lo que dice Santiago 1:4: «*Mas tenga la paciencia su obra completa, para que seáis perfectos y cabales, sin que os falte cosa alguna*».

—Ay, Pamela, ¡calma! Recuerda que la tribulación produce paciencia y la paciencia, prueba; y la prueba, esperanza.... Sí, Señor, sigo trabajando esa área de mí, porque el fruto del Espíritu incluye la paciencia y yo lo quiero todo contigo, Dios, ¡todo!

Me levanté y comencé a mirar por la ventana de la habitación meditando en lo que Dios me había mostrado y entonces entendí que mientras más me acerco a Dios, también puedo estarme acercando, sin saberlo, a las bendiciones que habitan cerca de su presencia.

---

2 NTV

Bueno, esta mañana ha comenzado muy emocionante; estoy de vacaciones, pero no me quiero quedar aquí en la habitación «noveliando». Voy a hacer *paddle boarding* de nuevo, necesito nuestros encuentros sobre la tabla... No puedo esperar a seguir escuchando lo que tienes que decirme, Jesús. Y Él respondió:

—**Alístate y vamos. No estarás sola hoy.**

Me vestí sin pensarlo mucho y caminé hacia la playa, ni me peiné, ni siquiera había tomado café. Eran las siete y treinta de la mañana y tenía una cita con el Amado. Eso tenía prioridad sobre cualquier cosa. Comencé a caminar por la orilla de la playa y me percaté de que estaba completamente sola. Las personas que rentan las tablas aparentemente no son madrugadoras; creo que me adelanté al plan de Dios. Su voz nuevamente, me dijo: —**No eres tan rápida.**

—¡Ja, ja, ja! ¡Rey, tú haces sonreír mi corazón! Nunca has dejado de hacerlo. Si no fuera por tu amor, ¿dónde estaría yo? —Comencé a meditar sobre lo que Dios ha venido haciendo en mi vida durante los pasados cinco años. Esa Pamela que tiempo atrás llegó a Aruba rota, creída, ignorante, distraída... Bueno, continúa siendo un poco distraída; pero era altiva, sin saberlo. Mi simpatía escondía la soberbia que no me dejaba aprender de personas con mayor experiencia. ¡Cuánto Dios cambió eso en mi vida! Hoy entendí que en la multitud de consejos hay sabiduría. Aprendí a callar y a escuchar la voz de mi Amado y de sus enviados.

—Pamela.

—¿Estoy loca? ¿Quién me llama por mi nombre? Nadie me conoce en este lugar.

Miré para todas partes y pensé: quizás fue la voz audible de Dios.

—Pamela.

Esta vez lo escuché muy fuerte y claro. La voz era

muy cercana a mí, pero no venía de mi interior. Me volteé para encontrarme con ese hombre de melena larga y abundante barba. Donato estaba frente a mí.

Un encuentro no casual

Estoy parada frente al hombre que me salvó la vida ayer y me siento como una tonta sin saber ni siquiera qué decir. Mis ojos están abiertos como si tuviera frente a mí a un fantasma. Él está parado con sus manos en la cintura, es que parece un superhéroe. De verdad, quizás sí es Jesús. Él parece haber escuchado mis pensamientos porque comenzó a reírse y me dijo:

—Pamela, no seguirás creyendo que soy Jesús. Tócame *ragazza*[3], soy de carne hueso, y ¡eh!, quizás un poco más de hueso, que de carne...

Ambos comenzamos a reírnos. ¡Qué tonta debo haber lucido! Quedé en silencio nuevamente y él me miró con la sonrisa más tierna que yo haya visto jamás. Me sentía tan vulnerable que no sabía qué decir.

—Pamela, ¿qué te pasa? ¡Reacciona! —me decía a mí misma.

—Comencemos nuevamente. Mi nombre es Donato, Donato Dante para servirle. Estoy feliz de que usted esté con vida. Me ha alegrado el día verle, *signorina.*[4] —dijo él, notando mi vulnerabilidad y vergüenza en ascenso. Sin dudar, trató de hacerme el momento menos difícil, diciendo:

—Estoy seguro de que la *signorina* no ha tomado café esta mañana. Ni siquiera me ha dicho su nombre completo.

—¡Oh! Discúlpame, mi nombre es Pamela Brekwooldt Díaz.

---

3   Chica, joven, muchacha.
4   Señorita, joven dama.

—Qué gran combinación de idiomas en tus apellidos.

—Sí, mi papá era americano, y mi mamá es puertorriqueña. Prefiero que me digan solo Pamela, ¡me tomó como diez años aprender a escribir mi apellido!

Fueron las palabras correctas para calmar la atmósfera y ambos comenzamos a reírnos, mientras le respondía:

—Y sí, no he tomado café. —Pausé y le dije:—Gracias. Gracias por llegar a tiempo y salvar mi vida.

Su rostro cambió, su sonrisa se transformó en una noble y tierna, llena de sabiduría.

—Quien llegó a tiempo fue Dios, quien te salvó fue Jesús, yo solo fui enviado para sacarte del agua que amenazaba con tragarte. Ojalá todos los días tuviera asignaciones de tanto valor. Mi vida estaría llena de múltiples colores.

¿Me derrito ahora o más tarde? —fue lo que pensé. —Pero, ¿qué hombre es este, Señor? Qué enigmático personaje, me parece estar viendo a Jesús reencarnado. Dios mío ¿esto es una visión?

Donato interrumpe mis pensamientos para decirme: —Conozco un buen lugar en donde podemos tomarnos un café y eso ayudará a reducir el rojo de tus tiernos cachetitos.

Reímos. Mi vergüenza era tan evidente, mi cara estaba sonrojada y no era ni del sol ni de la falta de café, sino de la falta de coherencia en mí para responder a esta conversación inesperada. —¡Yo ni siquiera me peiné esta mañana! Debo verme horrible. ¡No tengo maquillaje! Ya tengo treinta y tres años, ¿qué hago andando sin maquillaje en la playa? Mi mamá me mataría si me ve en estas fachas. Soy latina, nos arreglamos hasta para sudar, ¿Qué pensaría de mí, Lisa, mi consejera? ¡Que necesito terapia!

Caminamos juntos hacia un café cercano y nos

sentamos mirando hacia el mar. Entonces me preguntó:

—¿Sabes cuáles son, para mí, los dos momentos más hermosos del día?

Quise adivinar, pero decidí esperar paciente su respuesta.

—El atardecer porque es como una promesa y el amanecer porque es el cumplimiento de ella.

Es que el Donato es poético también, ¡qué difícil me la pones, Señor! A esta hora ya no sé a dónde está el dominio propio. Pero debo recordar que, mis impulsos nunca me llevarán lejos; la paciencia es mi superpoder.

Tomamos el café, hablamos de mis frases sobre el atardecer, que se parecen a las suyas, y tuvimos una charla amena, simpática y profunda sobre nuestra fe y la relevancia de Jesús en nuestras vidas.

Mientras más **me acerco a** $\mathcal{D}$**ios** *también puedo estarme acercando, sin saberlo, a las* **Bendiciones** *que habitan cerca de su presencia.*

El lugar de

Su presencia

—Ayer me dijiste que eres viudo y que te mudaste a Miami. ¿Cuándo fue eso?

—La mia difunta esposa se adelantó a disfrutar de la presencia de Dios hace cinco años. Ella era mi amiga desde la escuela. Mi mejor amiga y la novia de mi mejor amigo. Pero él la abandonó cuando ella quedó embarazada y yo tuve misericordia y me hice cargo de ella sin saber que iba a terminar enamorado de ellas.

—¿De ellas?

—Sí, de ellas, porque me enamoré primero de la

bambina[5]. Yo a la Morelia primero la veía como a una hermana. Le ayudé a dar a luz y cuando Antonella nació yo sentí que era mi hija. Yo supe que ella sería una mujer de gran valor, por eso le pusimos ese nombre. Y lo es. Yo comencé a notar que Morelia me veía de forma diferente y me dejé llevar y me enamoré de las dos. Cuando Antonella tenía dos meses nos casamos y luego Morelia quedó embarazada de mí con la menor de la casa, Carina, que significa la más pequeña y querida. Ellas dos son muy grandes en mi vida. Ven, vayamos a caminar a la playa y seguimos conversando, ¿te parece?

—Claro, vamos.

—Me preguntaste acerca de mi mudanza a Miami. La Morelia siempre fue mi amiga y cuando enfermó me pidió que no me quedara solo si ella moría. Una vez ella supo que Dios la estaba llamando a casa, quiso asegurarse de darme su bendición para rehacer mi vida. Con su acento muy marcado, porque la Morelia era polaca, me dijo: Donato, tú debes *risposare*[6]. Pero, ¡qué va!, no quería escucharle diciendo eso. ¡Que tú vivirás, Morelia! Usted no va a ninguna parte. Pero la soberanía de Dios es absoluta e irrefutable; la Morelia se fue y ella ha de estar feliz. Y a mí, Dios me trajo a América, a la tierra del ratoncito con ropa, donde todos viven contentos. —Reímos. —Yo tengo mucho temor de Dios, no quiero nunca fallarle y menos dar un mal ejemplo a *mie ragazze*[7]. Si es su voluntad que yo algún día me case, debe de decirme Espíritu Santo de forma clara. Y él me ha respondido, ¿sabes? ¿Quieres que te muestre cómo?

—Por supuesto —respondí intrigada.

—Te mostraré.

Nos sentamos sobre la arena y él comenzó a juntar ramas y piedritas.

---

5   Niña.
6   Casarse nuevamente.
7   Mis chicas, mis hijas.

—A mí, Dios me habla y me da instrucciones muy específicas. Voy a tratar de hacer lo más similar posible a lo que Él me mostró tridimensionalmente.

—Tridimensionalmente —pensé yo—, a mí me da dibujos y películas, pero tridimensional debe ser otro nivel. —me dije.

Donato comienza a juntar las ramas y con las piedras construye un pequeño muñequito, coloca sobre la figura una delgada rama, y la sujeta con otra rama al otro extremo creando ante mis ojos una especie de triángulo, similar al que yo había hecho en la mañana. Luego coloca una hermosa flor entre ambas ramas en la parte superior y dibuja en la arena otra figura.

—Verás que yo soy las piedras, porque soy terco como Pedro. Dios es la flor porque Él es hermoso y perfecto en toda ocasión. Entonces Él me mostró que, si pongo mi mirada en Él, y no miro hacia ninguna otra parte; que, si comienzo a elevarme en línea recta hacia el lugar de su presencia, Él me acercará a una maravillosa mujer que está haciendo lo mismo. Alguien que Él ha seleccionado para mí, y en algún punto hemos de encontrarnos.

Yo, mientras tanto, hacía mi mejor esfuerzo por mantener la cara neutral, como si nunca hubiese escuchado eso antes, pero por dentro ¡gritaba!

—Pero Él siempre estará en el medio, —continuó diciendo —nos encontraremos en el lugar de su presencia.

La sorpresa en mis ojos era difícil de disimular. Una voz en mi interior me decía: **Calma, espera, sé discreta**. Si algo he aprendido en estos cinco años es a guardar la voz de Dios en mi corazón con prudencia y esperar los tiempos oportunos para compartir lo que hay en él. Lo miré, callé, sonreí y le dije: —Esa ilustración me parece hermosa.

Una amistad nace

Continuamos conversando y un tema se hilvanaba con el próximo. Las horas habían pasado mientras conversábamos sin darnos cuenta, y ya los chicos con el alquiler de *paddle board* habían llegado. Donato interrumpió el momento diciendo:

—No estarás sola hoy.

Las mismas palabras que Dios había dicho a mi corazón en la mañana, ahora las escuchaba de los labios de Donato.

—¿Te parece bien si salimos juntos a caminar sobre el mar?

Señor, no hay duda de que tú lo sabes todo, voy en tus manos y confío. —Claro que sí. —respondí.

La verdad es que voy a necesitar reflexionar sobre todo esto más tarde. Él me parece superdivertido y agradable, creo que hasta inofensivo, así que, ¿por qué no? Voy a conocerlo más, me intriga... pero no es que me guste ni nada, es solo porque es un hombre de Dios.

Fuimos juntos a rentar las tablas y en su generosidad, con su galantería masculina, se ofreció, no, más bien demandó, pagar por el alquiler. —En mi cultura italiana, jamás una damisela pagaría por un bien o servicio si hay un caballero al lado. Permíteme ser un caballero.

Es que me derrito con sus tratos y su dulzura. Pero, ¿cómo será debajo de todo ese pelo que no me deja verle el rostro? —Pensé.

Nos fuimos al agua a practicar *paddle boarding* y fue una de las experiencias más divertidas de mi vida. Donato es muy diestro en su tabla y la utiliza como si fuera un *skateboard*. Salta de un lado al otro, camina de frente, hacia atrás, se tira el agua y vuelve y se levanta, como si fuera la cosa más sencilla del planeta. Mientras que yo, si me caigo al agua me quiero poner a llorar y luego me toma diez minutos preparar mi cuerpecito nuevamente para subir, e incorporarme puede ser una terapia, pero traumática. Y yo que me sentía experta. ¡Cuánto me falta por aprender!

Él es ameno, divertido, natural, arriesgado, carismático, pero tan humilde, compasivo y servicial. Se ríe a carcajadas de sus errores, pero ni siquiera muestra una sonrisa cuando el error es mío. Su cara es de total misericordia y empatía hacia los demás. Me sorprendía observar cómo al ver a otras personas caerse de sus tablas, se quedaba muy serio y con genuina preocupación les preguntaba: ¿Estáis bien?

—Que nunca te haga gracia la desgracia de otro, ni su vergüenza te cause satisfacción. La misericordia hacia los demás es la medicina que arreglaría este mundo, ya lo dijo Don Quijote: «Si acaso doblares la vara de la justicia, no sea con el peso de la dádiva, sino con el de la misericordia»[8].

—Oh, ¿te gusta ese libro?

—Con él me enamoré del idioma español. Un clásico de la literatura hispana.

—¿Por eso tienes ese acento italiano, como mezclado con castellano de España?

—Tendré entonces que hablarte de mi amigo don Rey. El causante de mi acento y de muchas anécdotas graciosas.

Mientras hablaba, hacía mil piruetas en la tabla; por cada pirueta, una historia. Pero, a la vez, cuidaba de que a mí no me pasara nada.

Nos sentamos sobre las tablas un rato y quise que me contara más sobre él. Me encanta la forma en que

---

8   Cervantes Saavedra, M. D. (1953). *El ingenioso hidalgo Don Quijote de la Mancha* (1a. ed.). Zaragoza: Luis Vives

sumerge palabras en italiano en la conversación y cuenta todo con sabor y picardía, pero con sabiduría e inocencia a la vez. Podría escucharlo todo el día

—Y ¿qué te cuento? ¡Tengo tantas historias! Pero mis favoritas son aquellas en las que Dios me habla. Le amo profundamente. No podría vivir sin Jesús en mi habitación. Si su Espíritu Santo no me dirige, es que me vuelvo muy triste. Le dependo a Él en todo de mí. Le quiero a Él en todo y en mí.

—¿Querrás decir que dependes de Él para todo en tu vida, y que lo quieres a Él dentro de ti?

—Qué bonito acento caribeño que tienes, Pamela. Eso que has dicho tú me parece también muy bonito

Reímos a carcajadas.

El amor a Dios que él me comparte es tan cercano, tan sincero, quiero conocer por qué.

—Cuéntame, ¿cómo surgió ese amor por Dios?, ¿fuiste siempre así o algo pasó?

—Él es mi mejor amigo, Él es el único amigo real que he tenido en mi vida. Desde que lo conozco Él ha llenado todo y me ha mostrado sus planes. Tengo muchos hermanos Pamela, doce en total. Y ¿qué te diré? A un hermano tú le soportas cualquier cosa, con un hermano tú te peleas, a tu hermano siempre lo amas, no tiene que ser perfecto, simplemente es tu hermano. Pero un amigo es otra cosa, los amigos se eligen, eliges pasar tiempo con ellos porque su presencia te agrada. Digámoslo de esta manera: la presencia de Dios me agrada, me agrada tanto que quise que Él fuera mi mejor amigo. Y creo que mi presencia también le agrada a Él, eso espero, porque si no he de estarlo volviendo loco el día entero.

—¿Y desde cuándo comenzó esa amistad?

—Pienso que cuando la Morelia se mudó al cielo, Dios

se volvió más real en mí. Ella era la más centrada de la casa, organizada, servicial e incansable. Aun muriendo de cáncer, nunca paró de servirme. Yo no sabía hacer nada, ni hervir un huevo, solo trabajar. No sabía cocinar, no sabía atender una casa, ni a las niñas. Tenía dinero, pero no podía comprar su salud. Yo era el proveedor, no Dios. Ella era el sostén de la casa, no Dios. Nosotros practicábamos la religión, pero no habíamos entendido que con Dios hay que tener una relación personal. Yo no era un sacerdote del hogar, yo era un fiel seguidor de normas y sistemas. Lo hacía todo en excelencia porque así crecí.

Fui uno de doce hermanos, hijos de la pobreza, criados por una mamá muy seca y gritona, un papá bebedor y mujeriego, tenía hermanos regados por el barrio y mi mamá nos enseñó a callarnos y seguir las normas, aunque no entendiéramos. Mi papá jamás la intentó dejar porque le temía, pero amaba a todas las mujeres del barrio, menos a la *mia mamma*. No era lindo el ambiente en el hogar cuando crecí.

Me fui a la universidad porque la Morelia me ayudó a conseguir ayudas financieras, nos graduamos, nos volvimos profesionales y ella siempre estuvo ahí en todo, hasta en mi carrera profesional. Ella me ayudaba a preparar los análisis financieros en mi trabajo cuando comencé. Estudiamos juntos economía, pero yo odiaba esa carrera. No era muy estudioso; ella sí. Yo sabía hablar bien y tengo buena memoria, Dios me regaló esos dones, entonces rápidamente crecí y me convertí en un directivo de una multinacional. Soy bueno con los idiomas así que aprendí inglés y me fue bien. Hasta que llegó el cáncer. Ahí fue que escuchamos que Jesús nos estaba tocando a la puerta, hacía mucho. Fuimos a la iglesia y nos bautizamos. Qué sé yo, pensábamos que hacerlo se llevaría el cáncer. Eso sí, ella dio un gran cambio, oraba todo el tiempo y perdonó a todo el que la hirió.

Comenzando por nuestro amigo que la abandonó embarazada. Yo comencé más tarde.

La mañana que ella murió yo escuché a Dios, de forma audible: **Donato, tú no estás solo, yo estaré contigo hasta el final de los días, amigo mío.** Ese día cambió todo. Fue el día más horrible y más hermoso de mi vida. Perdí a mi esposa y a mi mejor amiga, pero gané una relación con Dios que cambiaría el resto de mi vida.

Cada mañana me preguntaba: ¿Cómo haré esto? Y Él me respondía: **Tranquilo amigo mío, estoy aquí.** Le escuchaba en mi corazón diciéndome cosas como: **Juntos somos fuertes; somos mayoría. Yo soy tu fiel amigo y voy a caminar contigo. Descansa en mí, confía, no estás solo. En mí depende y solo en mí y yo te mostraré. Así como estuve con Moisés, con Abraham y con David, así caminaré contigo.** Y esas palabras traían tanta paz. Yo le creí. Simplemente eso, le creí.

Que **nunca** *te haga gracia la desgracia de otro, ni su vergüenza te cause satisfacción. La* **misericordia** *hacia los demás es* **la medicina** *que arreglaría este mundo.*

Dios tiene un *plan*

—Debió ser muy difícil para ti criar a dos niñas solo. ¿Tenías familia que te ayudaba?

—Me tomé un sabático de mi trabajo para reorganizarme y comencé a leer la Biblia, de tapa a tapa. Las historias de estos hombres de fe me inspiraban a cambiar y a querer ser uno de ellos. Comencé a sentirme Moisés, así que empecé a hacer caminatas y correr maratones para tener resistencia, por si me tocaba caminar durante cuarenta años en un desierto ¡Hasta me hice una vara como la suya! Aunque solo me servía para espantar perros.

La gente me empezó a tomar por loco, porque también me creía Abraham y por eso me dejé la barba y el pelo largo, pero aún no me salen las canas. Luego comencé a ejercitarme porque quería ser fuerte como Josué, también aprendí a tocar la guitarra porque quería adorar como David. Me volví pescador como Pedro y esto del *paddle boarding* fue más por si me pasaba como a Pablo, que naufragó varias veces. Yo quería estar listo para todo, quería ser como uno de ellos, en la versión italiana.

Y sí, me volví medio loco, pero me gusta esta locura. Dios cambió mi vida. Le hizo un *upgrade*[9] a mi espíritu, pero las personas veían un *downgrade*[10] en mi estilo de vida. Nadie entiende que el evangelio es locura, es locura para quienes se pierden, pero es poder de Dios para quienes vamos camino a la salvación. Entendí que Morelia se había ido a un mejor lugar porque su plan aquí fue cumplido. Ella hizo temprano su asignación, como siempre. Pero el plan mío estaba apenas empezando. Dios siempre tiene un plan.

Dios le hizo un **upgrade** *a mi espíritu y un* **downgrade** *a mi carne.*

Meses después, Dios me dijo: **Sal de tu tierra y de tu parentela y ve al lugar que te mostraré.** Yo no tenía idea de cuál era ese lugar, pero Él me dijo que me lo iba a mostrar en el mapa. Así que busqué la bola del mundo y me dijo que la hiciera girar. **Coloca el dedo cuando te diga, pero mantén tus ojos cerrados.** Al abrir mis ojos no podía creer lo que veía, mi dedo estaba en el sur de la Florida. **Vas a vivir en la casa del rey,** fueron sus palabras. Me reía pensando: mis amigos se van a burlar de mí, Dios. ¿Cómo que a Miami? ¡Qué conveniente! No me mandó a África ni a China. Pero, yo no tengo trabajo allá, ni papeles, ¿me volveré un ilegal? Todos decían que la muerte de Morelia me había dañado el cerebro,

---

9   Ascenso de categoría.
10   Descender, ir cuesta abajo, en decadencia.

todos creían que yo andaba de hippie sin cortarme el cabello y con barba, bajé mucho de peso, dejé el trabajo y ¡ahora les digo que me voy a Disney! Se enloqueció el pobre. Así pensaban todos. Yo había hecho un voto nazareno, pero nadie sabía, eso te lo contaré luego. Así que este italiano que había aprendido inglés por el mundo laboral, iba ahora a probar suerte en tierra de gigantes. Decirle a la *mamma* mía y a mi familia lo que estaba a punto de hacer no iba a ser tarea fácil. Todos querían que dejara a mis hijas en Italia, pero Dios a mí me dijo: **Donde tú vayas ellas van contigo, porque tú eres su cuidador y la bendición es para los tres. Tú las cuidarás con tu vida como yo cuido de ti.** Por eso, sin pensarlo mucho, me vine a los Estados Unidos con una visa de vacaciones de seis meses y sin permiso para trabajar. Muy pronto descubrí que mis estudios no valían nada aquí y me tocó empezar de cero.

—Y, ¿qué hiciste?

—Fácil. Fui a mi mejor amigo y le dije: «Jesús, tú me enseñaste a cortar y tallar la vara de Moisés, ahora enséñame tu oficio. Tú te ganabas la vida como carpintero, enséñame a trabajar la madera para sostener a mis hijas». Y Él lo hizo. Confié en Él, comencé a buscar maderas y a pedirle dirección al Maestro carpintero. Y en eso me convertí, en carpintero.

—Donato el carpintero —dije sonriente.

—El *carpentiere* Donato Dante. Trabajo en madera para todo tipo de proyectos y nunca he tenido necesidad de un salario fijo. Dios provee para mí los clientes y yo soy su ejecutivo de cuentas. Yo hago el trabajo y lo cobro y siempre alcanza para todo. En mis tiempos libres disfruto ir a la playa a pescar, hacer *surfing* y *paddle boarding*. Y de vez en cuando, disfruto rescatando *signorinas* en Aruba.

¡Guau! ¡Qué historia! Jamás imaginé lo que iba a

conocer de Donato ese día. Está medio loco, pero no hay duda de que él es un ser muy especial, separado por Dios. Me sentí afortunada de haberle conocido. Tengo un nuevo buen amigo.

Salimos del agua, eran cerca de las tres de la tarde y me fui a mi habitación para descansar. Acordamos en vernos a las cinco y treinta para juntos disfrutar el atardecer antes de regresar a Miami al día siguiente. Le pregunté a Dios sobre este encuentro, pero Él estaba en silencio.

Un atardecer especial

—Bueno, Pamela, trata de impresionar un poco para esta cita, mira que ya te vio sin maquillaje, pálida del susto y como pollito mojado. Ve a darte un buen baño y a arreglarte para dar una buena impresión a tu amigo. —Me dije a mí misma.

Arreglé mi cabello lo mejor que pude y me maquillé un poco, para no verme sobrecargada. La verdad es que a mí no me gusta él, no es mi tipo, yo solo quiero dar una buena impresión. Él, definitivamente, va a estar en mi «*friendzone*»[11]. Un hermano en Cristo, pensé.

Bajé a nuestro encuentro en la playa para ver el atardecer. Él vestía un pantalón corto gris mostrando sus fuertes piernas, no tenía zapatos, y llevaba una camisa blanca de botones, tipo camisa de pescador y su cabello amarrado arriba, como en una dona. Se veía muy bien. Me saludó con la mano y me dijo:

—Pamela, disculpa que no te he invitado a comer durante el día. No es que sea una persona inapetente y tampoco es que me duela invitarte. Pero, muy a mi

---

11   «Zona de amigos». Anglicismo que se refiere a una relación donde solo uno tiene tendencia a enamorarse.

pesar, necesito confesarte algo, solo para que no vayas a pensar que soy descortés: Hice una promesa a Dios, de pasar estos días en Aruba en ayuno para escuchar su voz claramente. Y si te invité a ver el atardecer es porque sentí que Dios quiere mostrarnos algo, quizás tiene un mensaje para ambos, «*little sister*». —¡Me dijo *little sister*! ¡¿Hermanita de qué?! Ya lo sabía... este no es —Pero, por favor, si tienes hambre vayamos por algo de comida para ti, —continuó diciendo—y vemos el atardecer juntos.

—Bueno, eso de hermanita no me ha gustado, quizás así me ve, yo lo puedo poner en la *friendzone*, pero él no a mí, eso es injusto. Quizás solo me está haciendo el favor de acompañarme por lo que pasó ayer y yo aquí emocionada tratando de impresionar. ¡Ay, Pamela! Quizás es un profeta y tiene un mensaje para ti. La verdad es que, a fin de cuentas, no te gusta, solo es que es chévere. —Ay, de verdad que mi mente nunca para.

—Me encanta el atardecer; me recuerda a mi primer aterrizaje en Miami, una cálida tarde de verano. Me impresionó que eran las ocho de la noche y todavía había sol sobre la ciudad. Todo era de color naranja.

—¡Cierto! Amo eso en la Florida. Los veranos traen días largos. A mí me encanta también. ¿En qué parte de Miami vives?

—Pues no vivo en Miami como tal. ¿Recuerdas que Dios me dijo: vas a vivir en la casa del rey?

—Sí, lo recuerdo...

—¿Quieres escuchar una graciosa historia?

—¡Sí! —respondí entusiasmada.

Comenzamos a caminar mientras me contaba.

—Cuando venía en el avión con mis hijas, de Italia a Miami, estábamos en un avión muy grande y yo había pagado extra por un buen asiento. Al lado mío estaba un señor, un poco grueso, de blanca cabellera y un particular sombrero Fedora. Me gustó su look de mafia de película americana y comencé la conversación. Lo entretuve por largas horas contándole mi historia y le presenté a mis niñas. Su nombre era don Juan Rey, un español de Madrid con tremenda personalidad.

—¡Oh! ¿Ese es don Rey, el causante de tu acento madrileño?

—Sí. Con él he aprendido mucho español. Hablé con don Rey y sus dos empleados todo el camino a América. Él es un hombre de negocios bastante mayor, pero evidentemente próspero e inteligente. Ese día no teníamos claridad de qué íbamos a hacer, pero teníamos una visa de seis meses como turistas, deseos de salir adelante, algunos ahorros y una gran fe.

*Dios **siempre** tiene un plan y te sienta **junto al milagro**, en espera de que **te voltees a tocar el manto.***

—¿Cómo hiciste para sobrevivir? ¿A dónde se mudaron? ¿Cómo lo lograste? ¿Cómo te quedaste?

¡Yo quería que me acelerara el cuento!

—Calma, Pamela. ¿Es que siempre te gusta llegar al clímax de la historia en los primeros capítulos?

Callé y miré al atardecer ignorando su pregunta... ¿Cómo lo supo?

—Tengo respuesta para ti, pero prefiero reservármela

Mentira, no sabía qué decir. Él comenzó a reírse y continuó con su historia... a su ritmo.

—Pues, ¿sabes qué pasó, Pamelita? Don Rey me dijo: «Usted va a vivir en la casa del Rey»

—¿Cómo? ¿Así como Dios te había dicho?

—Bueno, así lo entendí yo. Recuerda que yo no sabía mucho español en ese momento, así que nos comunicábamos con dificultad. Él realmente dijo: «en la casa de Delray[12]»; pero yo con mi *«itañol»* y él con su *«spanglish»* con acento a lo Antonio Banderas, hizo que entendiera clarito que me decía lo que me dijo Dios. Así que me saqué el cinturón y lo abracé. Él se rio y me dijo: «Tranquilo, italiano loco con dos niñas valientes, vosotros no estáis para vivir en un hotel ni para que yo os lo permita. Los tres os vais con nosotros a la casa en Delray». Entonces uno de sus empleados me miró y me dijo: ¡Qué bueno que os vais a la casa de don Rey! Yo estaba confundido con tantos «rey», pero iba confiado a la casa del Rey de la que Dios me había hablado.

—¿No te dio miedo que fuera un traficante de niñas, un pervertido, un narco?

—¡Ay, Pamela! Qué bueno que no estabas ahí, porque me hubieses metido miedo, tía. ¡Ja, ja, ja! —Ambos reímos. —Pamela, vas a saber dos cosas sobre mí: la primera es que yo no le temo a nada. Sé bien que lo peor que me puede pasar es la muerte y al tiempo es lo mejor que podría pasarme, porque entonces sí que me iría a vivir a la casa del Rey. Y lo segundo, es que el Señor me hizo como árbol fuerte cimentado sobre una roca inmovible. A mí solo me mueve Él; no doy un paso sin consultarle. Yo hice mil preguntas antes de aterrizar. Don Rey me ofreció un trato: yo viviría en una casita en Delray que estaba en muy mal estado, y mi asignación era arreglarla para vivir en ella gratis. Al terminarla, él la vendería y me daría una buena comisión por ella.

—¿Y cómo supo que eras carpintero?

—Yo no lo era. Te diré lo que le dije a él: Mi papá es carpintero y a Él le place enseñarme todo lo que

---

12   Ciudad costera ubicada en el condado de Palm Beach, en el estado estadounidense de Florida.

sabe, sin reservas. Claro, al viejo no se le escapaba una y me recordó que le había contado que mi padre estaba enfermo en Italia y que había sido electricista y parrandero. Así que le hablé de Jesús, el Padre verdadero. Hice como dice uno de los Salmos: «*A los reyes les hablaré de tu ley, y no me avergonzaré*».[13]

—¿No me digas que aceptó al Señor, ahí en pleno vuelo?

—Ni cerca. Él no me creía ni un céntimo de lo que le decía y me daba por loco. Pero me dijo: «Tú haz lo que se te antoje con tu fe y tu locura, me dan pena tus hijas con un padre tan cortito de miras. Yo te pago con vivienda si tú me arreglas esa casa que se cae a trozos. La compré para renovarla y regalársela a mi hijo, pero él tomó el dinero de la renovación y se largó de vuelta a España. Ahora no quiere saber nada de mí, el desagradecido». Ahí pude ver parte de su dolor y amargura, y supe que Dios me mandaba a sanarlo con la excusa de la casa. Esto era apenas el inicio de un plan que estaba por comenzar. No tenía idea de que, tiempo después, él también sería la persona que Dios usó para legalizarme en este país. Pero sin conocer el futuro y lo que Dios quería hacer conmigo, le dije sí, y Él me respondió: ***Andiamo all'avventura Donato!***[14]

13   Salmos 119:46, NTV
14   «¡Vamos a la aventura, Donato!»

C A P Í T U L O

El *rocío* de *Dios*

Después del atardecer fuimos a un restaurante cercano. Él solo pidió una limonada, mientras que yo disfrutaba de unos tacos de pescado y un *wrap* de pollo. Me sentía apenada de estar comiendo tanto frente a él y le pregunté:

—¿No te incomoda verme comer así?

—No, en lo absoluto. Yo no acostumbro a decir a las personas cuando estoy ayunando, pero no quise ser descortés contigo. La verdad es que cuando me vine a Aruba hice un trato con el Señor: pasaría aquí siete días ayunando comidas y nada más consumiendo líquidos; tres días conociendo personas y dejando que Él me guiara en las conversaciones para encontrar propósitos mediante ellas, a eso le llamo *«citazioni divine»*[15]; y

---

15 Citas divinas.

luego, estaríamos cuatro días solos Él y yo, caminando alrededor de la isla y hablando de lo aprendido. Así que solo tomo jugos, café, leche o agua... puro líquido. Perdona mi falta de cortesía al no comer contigo, pero no me afecta verte porque mi necesidad es ser fiel a mi promesa. Ya vendrán días de comer sabroso.

Obedecer a Dios le hace **bien a mi alma.**

—Yo te debo confesar, Donato, que batallo con eso de ayunar... Me gusta, pero me asusta estar sin comida. Me da ansiedad nada más de pensarlo. Soy comelona emocional y me arrepiento a diario. Pero es admirable que tengas esa disciplina. ¡Por eso te mantienes delgado!

—Bueno, tengo práctica. Cuando crecía había semanas en donde no alcanzaba la comida para todos, entonces nos turnábamos los días para comer. Cada uno debía elegir tres días sin comer para que todos los hermanos pudieran hacerlo. Pero los días en los que llegaba mi turno parecía una ballena sin fondo.

—Mejor no hablemos de ballenas. —Reímos. —Donato, ¿de qué parte de Italia eres?

—Soy de Palermo, una ciudad muy metropolitana ubicada al sur de Italia, más exactamente en el noroeste de la isla de Sicilia, justo al lado del golfo de Palermo, en el mar Tirreno. Es una ciudad hermosa que se caracteriza por su historia, cultura, arquitectura y gastronomía... ¡Por eso es que como tanto! Es muy antigua, fue fundada por los fenicios, por allí en el 734 a.C., o sea que tiene ¡más de 2 700 años! Ya te imaginarás que tiene mucha historia, mucha. Yo vivía en un poblado bastante rústico, y la pobreza era producto de las malas decisiones de mis padres.

Mi papá vive hoy con uno de mis hermanos, él está muy enfermo a consecuencia de la bebida. Mi mamá sufre de demencia y la cuida una de mis hermanas, pienso que su mal carácter le jugó en contra al envejecer. Fíjate que, a él, el trago le golpeó su estómago; y a ella, su carácter le afectó su mente. Todos mis hermanos viven en Europa y la mayoría han salido adelante bastante bien, con excepción de uno de ellos, el menor, que heredó los vicios de papá. Pero mis padres están bien cuidados. Yo oro a diario por su salud, pero, sobre todo, por la salvación de toda mi familia. Me aferro a la promesa de «*Cree en el Señor Jesús y serás salvo, junto con todos los de tu casa*»[16].

Así que vine a una semana de ayuno a Aruba. Creo que cuando le propuse mi plan a Dios debe haberse reído de mí. ***Donato, Donato, credi di essere il più spirituale? Allora va e digiuna.***[17]

Todo en italiano, incluyendo la mano apuntando hacia arriba. ¡Se le olvidó el español en ese momento! Es que hasta me imaginé a Dios en italiano.

—Yo regreso mañana en la mañana a Miami para estar con mi hija y mi madre, con quienes vivo.

—Quiero que me cuentes de ti. Te he contado bastante de mi vida, me encantaría conocer un poco más de la tuya.

Pasamos un buen rato y le conté también mi historia. Disfruto tanto hablando con él que las horas se van volando. ¡Qué lindo hubiese sido volar juntos!, pensé. Ya me estoy adelantando de nuevo... ¡Esta mente mía!

—*Signorina*, ¿a qué hora se va mañana hacia el aeropuerto? —preguntó, como si me leyera la mente.

—Debo estar en el aeropuerto a las nueve de la

---

16   Hechos 16:31, NTV
17   «Donato, Donato, ¿es qué te has creído el más espiritual? Entonces ve y ayuna».

mañana, por lo cual estimo salir de aquí a las ocho.

—¿Sería una incomodidad para usted que yo pase por su habitación en la mañana y veamos el amanecer juntos? Quizás luego de eso puedo acompañarla al aeropuerto y ayudarle con sus maletas. Sería un honor para mí, si me lo permite. —me dijo.

Tanta gentileza tampoco, aunque es lo más parecido a Jesús que he conocido, apenas lo conozco y me dio como miedo. ¿Qué tal si se pone atrevido? ¿Y si es un raro? ¿Qué le digo, Dios?

—Bueno, lo de ver el amanecer me suena bien, pero no te preocupes por acompañarme, yo voy a pedir un taxi; ya he viajado sola antes. —Creo que fui un poco seca y él respondió con una sonrisa tímida.

—Tienes toda la razón, ha sido una imprudencia de mi parte invitarme a tanto. No quiero abusar de la confianza.

El momento fue un poco embarazoso para ambos. Nos levantamos, nos despedimos con un saludo de mano y cada cual se fue a su habitación. Él se estaba hospedando en un hotel cercano.

¡Ay, Señor! ¿Será que metí las patas? ¿Espanté a un ángel? ¿O será que todo es un cuento? Pero es que parece tan perfecto ¿Qué tal si es el mismo diablo? ¡Ay! Pero el diablo no va a hablar tan bonito de Jesús. ¡Qué difícil es discernir! Deberían dar clases de discernimiento en la universidad. A veces soy tan contradictoria.

La mañana llegó y confieso sentirme muy entusiasmada por verlo. Espero que no me deje plantada, quizás ya no me quiera volver a ver, quizás crea que fui orgullosa. Quedamos en encontrarnos en la recepción, todavía está oscuro y quise bajar cinco minutos antes para que cuando llegue me encuentre esperándolo y sepa que sí quería verlo. Pero, para mi sorpresa, cuando bajé él ya estaba sentado conversando con la empleada del hotel y llevaba diez minutos esperándome. Nos fuimos hacia la playa y disfrutamos el amanecer más colorido de nuestras vidas, había un amarillo intenso sobre el mar, parecía un derroche de alegría. Él llevó su guitarra y fue muy hermoso porque ambos sabíamos las mismas canciones.

Fue una mañana gloriosa. Caminamos descalzos por el jardín del hotel, limpiando de nuestros pies la arena con el rocío mañanero que reposaba sobre la grama. Nos despedimos tímidamente, sin realmente saber si íbamos a volver a vernos.

—Pamela, ha sido un honor que Dios me usara para rescatarte de ahogarte en las aguas. La Palabra del Señor dice que «*los ojos del Señor están sobre los que hacen lo bueno y sus oídos están abiertos a sus gritos de auxilio*»[18].

—¡Qué lindo ese verso! No lo conocía.

—Por favor, escúchame con atención, siento una fuerte impresión de que Dios quiere que comparta contigo una enseñanza que me mostró a mí, recientemente.

—Te escucho atenta.

—¿Ves este rocío sobre la grama? —asentí con mi cabeza. —¿Sabes cómo se forma? Las horas de oscuridad son necesarias porque entre otras cosas, en esas horas se forma el rocío, este que ves sobre todo el jardín en las mañanas, el que hoy limpió nuestros pies de la arena del mar. El rocío es una gran bendición. El rocío alimenta los frutos de la tierra; igual pasa con los frutos del Espíritu. Las Escrituras usan el rocío con frecuencia y siempre se refiere a bendición. «*Dios, pues, te dé del rocío del cielo, Y de las grosuras de la tierra*».[19]; «*Goteará como la lluvia mi enseñanza; Destilará como el rocío mi razonamiento; Como la llovizna sobre la grama, Y como las gotas sobre la hierba*».[20]

---

18   Salmos 34:15, NTV
19   Génesis 27:28

20   Deuteronomio 32:2

El rocío que produce la fría noche es agua que refresca nuestro fruto.

En ocasiones sentimos que la noche se vuelve fría y muy larga. Extrañamos ese sol que produce energía y que nos genera un gozo natural. Pero Dios sigue ahí, aunque la tierra esté oscura, aunque el frío aceche. Él nunca está ausente. He aprendido a pensar en el rocío que me espera en la mañana, mientras dura la fría y oscura noche. Me has contado que has vivido muchas noches oscuras en una fría temporada, pero cada temporada le sirve al Dios de nuestra fe para producir una gran cosecha en nosotros. Creo que ha terminado la fría noche, ha llegado el amanecer y disfrutaremos de los beneficios del rocío. Dios nos trajo aquí para ver su amanecer. No sabemos lo que el día traerá, pero sé que el sol de justicia brilla para nosotros. —Ambos sonreímos en silencio.

Fuimos por mi maleta a la recepción y pedimos un taxi. Él extendió su mano para despedirse y yo quise preguntarle si le podía dar un abrazo, pero la timidez me ganó, no pude.

—Una vez más, gracias. Nunca olvidaré que salvaste mi vida. —le expresé conmovida.

—No me otorgues a mí un mérito que solo le corresponde a Dios. Él lo hizo. Suya es la gloria y qué bueno que lo hizo.

Sonreí, le di la mano y comencé a caminar hacia el taxi. Me giré para ver si se había ido y vi cómo desde lejos miraba y me decía adiós con su mano. No me pidió mi número de teléfono y yo no me atreví a ofrecerlo. Creo que ambos estábamos un poco cautelosos.

Me fui. ¿Cómo fui tan tonta? ¿Cómo no le pedí su teléfono? ¿Por qué no le di el abrazo? Pero, ¿y si me decía que no? Quizás fue así porque le dije que no a su ofrecimiento de acompañarme al aeropuerto. ¿Por qué siempre hago las cosas mal? ¿Cómo voy a volverlo a ver? ¡Qué estrés!

Bueno, Dios, él me dijo que es tu amigo, entonces dile cómo encontrarme y que me busque. Tú conoces mi corazón, que se haga tu voluntad y no la mía. Descanso en ti, el creador del rocío.

Voy a aprovechar las horas de vuelo para escribir en mi blog. Tengo mucho en qué meditar después de estos tres días intensos en Aruba. Estudiaré más sobre el rocío de Dios, del cual me habló Donato.

El gozo viene en la mañana

Pasé unos días en Aruba que me han marcado para siempre.

Primero, casi pierdo la vida en el mar y luego, fui rescatada por el ser más cercano a Jesús que yo haya conocido hasta hoy. Cuando habla de Dios me parece surreal. Él se muestra tan vulnerable, indefenso ante Él, tan amigo de Dios y tan amante suyo. No pensé que los hombres pudiesen tener una relación tan bonita con Jesús. No había visto algo así, tan profundo, tan real y tan extremo a la vez; un poco loco, pero interesante por demás.

Luego el gozo que sentí a la mañana siguiente, ¡fue indescriptible! El gozo vino en la mañana. Y hoy, todo este tema del rocío…

Dios me mostró algo: Hay dos jardines, uno tiene un gran árbol en el centro y el otro no tiene árbol. Si te acercas puedes ver que el árbol está lleno de rocío, pero la grama no tiene las evidentes gotitas que le caracterizan. Sin embargo, el jardín que no tiene árbol luce lleno de gotas, hasta el color de la grama se ve diferente. En esta enseñanza que el Señor me reveló, el jardín sin árbol soy yo. Dios derrama sobre las madres que criamos solas, un rocío especial para que cuando el sol diario que nos golpea directamente azote, podamos soportarlo. Los jardines que tienen un árbol representan las mujeres que cuentan con un buen esposo que les da sombra y cobertura. El agua llega a ellas también, a través de las raíces del árbol. Pero Dios nos provee a todas, de acuerdo a nuestra necesidad de cobertura, la cantidad de agua que nos mantendrá frescas en esta carrera.

Entendí que la noche larga y fría tiene un propósito. Que el gozo SÍ viene en la mañana. Que las temporadas largas de espera pueden terminar en un abrir y cerrar de ojos, y dar paso a un nuevo amanecer.

Mientras sentía que el mar me tragaba, podía experimentar estar viviendo el cuarto reloj de la noche. Esa hora en la que los discípulos creían que morirían en la tormenta y de pronto vieron a Jesús caminar sobre las aguas, como narra Mateo 14:25—33. Pasé de muerte a gozo durante unos minutos, y no cambiaría la celebración de haber visto a Jesús tan de cerca, a pesar de que el momento fue oscuro.

La quinta hora ha llegado, la vigilia de la madrugada, el amanecer de Jesucristo. El sol de justicia que en sus alas trae salvación. Al día siguiente salté, como dice Malaquías 4:2, como becerro de la manada. ¡Aleluya!

Esta es la hora en la que el Espíritu Santo comienza a descender para el cumplimiento de la promesa. Equípame, Santo Espíritu para el día, estoy lista.

Aprendí que Dios es capaz de cruzar los destinos de sus hijos de formas inesperadas. Este mundo no es suficientemente grande para evitar su mano de poder.

#Mitabladesalvación #BlogElRocío #JournaldePamela

 SHARE

PARTE II

Sobre
tenebrosas
Aguas

«Dijo entonces Jesús a los judíos que habían creído en él: Si vosotros permaneciereis en mi palabra, seréis verdaderamente mis discípulos; y conoceréis la verdad, y la verdad os hará libres. Le respondieron: Linaje de Abraham somos, y jamás hemos sido esclavos de nadie. ¿Cómo dices tú: Seréis libres? Jesús les respondió: De cierto, de cierto os digo, que todo aquel que hace pecado, esclavo es del pecado. Y el esclavo no queda en la casa para siempre; el hijo sí queda para siempre. Así que, si el Hijo os libertare, seréis verdaderamente libres».

Juan 8:31-36

Conocerás la verdad

Al llegar a Miami tenía mi cabeza distraída con todo lo que disfruté y viví esos días en Aruba. Fueron unas vacaciones muy especiales, pero no puedo negar que hay un hilo de tristeza en mi corazón. Pensar que quizás no voy a volver a ver a Donato porque no intercambiamos información, me entristece. Es que es una persona muy divertida y profunda... pero no es mi estilo, ¡definitivo! Y además tiene todo ese pelo... Quizás es muy mayor o ¿será menor que yo? Es que ni la cara se le ve con la tremenda barba que tiene... Pero tiene buenas piernas, eso sí. ¡Ay! ¿Qué estoy pensando, Dios? Es un buen amigo, uno que me rescató de la muerte y nunca olvidaré. Solo eso.

—¡Hija!

Escucho la voz de mi mamá que me llama, no me había dado cuenta de que estaba parada frente a ella en el aeropuerto. Vino a buscarme con Penélope, ¡qué emoción!

—¿Cómo fueron tus días en Aruba?—ambas preguntaron ansiosas.

Honestamente, no sabía qué nivel de detalles les debía dar. Si les cuento lo de la ballena, se mueren. Si les digo lo de Donato, como ambas tienen terror de que yo vuelva a mis antiguas andadas, no les va a gustar. Así que dije:

—La pasé muy bien. Fueron días muy especiales.

Ambas querían saber más, mientras que yo tenía una lucha interior entre contarles o no.

—Ah, nada espectacular... —Dije de forma escueta, mientras por dentro respondía: Por poco muero ahogada cuando una ballena me tumbó del *paddle board* en medio del mar y me rescató un chico con un look hippie, parecido a Jesús con una mezcla de rabino judío... pero, nada espectacular.

Mejor no les digo nada. Así que, para hacer corto el camino a nuestro hogar, intenté desviar un poco la atención hacia Penélope.

—Hijita, ¿qué quieres hacer para tu cumpleaños número dieciséis que se acerca en dos meses?

Fueron evidentes las miradas entre ellas, como quien secretea cosas de las que yo no tengo conocimiento.

—¿Qué pasa? —pregunté, mientras nos acercábamos a estacionar nuestro carro frente a la casa.

Estaba muy claro que había algo que yo no sabía. Penélope entró y se fue a su cuarto mientras que mi mamá y yo nos fuimos a la cocina a preparar un poco de café. Noemí comenzó a contarme que durante mis días fuera, ellas tuvieron varias conversaciones muy íntimas y que en el corazón de Penélope había secretamente reproches guardados hacia mí. El año pasado, cuando cumplió sus quince años, yo no le hice ninguna celebración; debo confesar que ni siquiera imaginé que Penélope esperaba alguna fiesta.

—Bueno, hija, quizás ella no esperaba una fiesta, quizás no era lo que quería. Pero tú sabes bien que en nuestra cultura hispana los quince años son muy significativos; varias de sus amigas celebraron quinceañeros o tuvieron viajes. Pienso que le duele que no le hayas preguntado y asumiste que no era importante para ella.

—Pero mamá, la mayoría de sus amistades son mayores que ella. ¿Cuántas amigas puede tener que hayan cumplido quince años recientemente? No recuerdo haberla visto asistir a ningún quinceañero, ¿o me equivoco? Sus amigos de la iglesia están en la universidad, ella acaba de terminar su escuela superior y no quiso ir a su fiesta de graduación, porque no le interesan esas cosas. Entonces, ¿cómo iba yo a saber que le interesaría un quinceañero, cuando sus amistades tienen entre dieciocho y diecinueve años?

—Hija, no puedes asumir nada. No importa que la mayoría de sus amigas sean mayores que ella, quizás es muy madura, pero sigue teniendo quince años. Yo cometí el error de hacerte crecer muy rápido y tú lo estás repitiendo en Penélope. No te lo digo para recriminarte, porque en ese caso, deberías recriminarme a mí también; te lo digo porque estamos a tiempo de ayudar a Penélope a desacelerar ese crecimiento que lleva. Saltarse grados la ha llevado a perderse etapas importantes. Vamos a ayudarla a que celebre su edad y sus etapas actuales. Y sí, ella sí asistió a dos quinceañeros, y siente que tú estás más atenta a tu vida que a la de ella. Ponte en sus zapatos por un momento.

Mi mamá me dejó pensando, y tuve que reconocer que tenía razón. A pesar de que nuestra relación ha progresado muchísimo, hay áreas que sé que puedo mejorar. Y no es que haya sido una mala relación, porque me siento muy feliz y orgullosa de la cercanía que tengo con mi hija; pero estoy dándome cuenta de que quizás he sido más amiga que mamá. Creo que Penélope necesita a una madre y reconozco que Noemí ha sido más la mamá de ella que yo.

Miré a mi mamá y ambas sonreímos.

—Gracias, mami. —Le dije, y ella respondió:

—Se siente tan raro escucharte llamarme mami. No sé si me gusta. —Nos reímos— Siempre me has llamado por mi nombre y me parece tan gracioso, me recuerda tanto a tu padre; lo dices exactamente igual que él, con el acento en el lugar incorrecto como él hacía. Ustedes dicen: Noémi, en lugar de Noemí. Hija, llámame como tú quieras, yo sé quién soy para ti, yo te amo con mi vida y no hay nada de ti que yo cambiaría.

Sus palabras fueron un bálsamo en mi corazón y tuve que levantarme a darle un abrazo. Necesitaba su aprobación. Saber que ella me ama a pesar de cómo soy, con mis errores y los dolores de cabeza que le he causado, me llena de alivio. Nuestra relación es única e incomparable.

Quizás no he sido la madre ejemplar, pero si algún día mi hija me cataloga como una buena madre, siento que sería el día más afortunado de mi vida. Aunque reconozco el trabajo que Dios ha hecho en mí, sé que todavía tengo que continuar deshaciéndome de los pensamientos y sentimientos de culpa que quieren atormentarme. Debo recordar cada día lo aprendido: *Perdono a la que fui, acepto a la que soy y recibo a la que seré*; a esa en la que me he estado convirtiendo.

Conversando con mi mejor amiga

—Hija, yo tengo una idea para celebrar los dieciséis

años de Penélope, de forma especial. —dijo mi mamá interrumpiendo mis pensamientos. —Vamos a hablar con Víctor, el niño que toca la guitarra en la iglesia, que es su mejor amigo, y con los chicos del grupo de adoración. Ellos pueden ayudarnos a organizar una celebración linda para su cumpleaños y le hacemos su «*Sweet 16*».

—¡Ese es un excelente plan, Noemí! Por eso es que a ti te pagan mucho dinero. ¡Ja, ja, ja!

—Dios te escuche, hija. Pero ahora que estamos solas, cuéntame, ¿cómo te fue en Aruba? Te vi muy pensativa en el carro y filtrando tus comentarios. Yo te conozco Pamela.

—Es que me pasó algo que no me lo vas a creer, pero por favor, no me regañes.

—Pamela, ¿qué hiciste?

—Bueno, es que quise practicar *surfing* con el *paddle board*.

—¡Pamela!

—Pero, tranquila, si todavía no te he dicho nada.

—Es que tú te metes en tantos problemas.

—Noemí, déjame hablar, si aún no sabes lo que pasó.

—Bueno...

—No me salió muy bien, me caí varias veces, pero tranquila, no creo que lo vuelva a intentar. Pero luego me fui a un área muy pasiva para descansar y meditar en las cosas que el Señor ha hecho y lo bueno que ha sido conmigo. No te quiero contar todos los detalles, pero me caí de la tabla.

—¡¿Cómo?!

—Tranquila, es una larga historia que luego te voy a contar con detalles (o quizás no), pero quiero ir a lo importante.

—¿Hay algo más importante? ¿Te caíste al agua? ¿A

qué profundidad, Pamela?

—Noemí, déjame llevar el orden de la conversación.

—Está bien, continúa, pero quiero todos los detalles de esa caída.

—De acuerdo. Intentaré recordar contártelo luego. El caso es que conocí a una persona. Un chico que me ayudó cuando me caí.

—¿Cómo así?

—Espera que te tengo que contar la historia completa, pero déjame avanzar. Sabes que no me gustan los detalles. Este chico se parecía a Jesús, Noemí, te lo prometo. Tenía su cabello largo y era todo delgado como Jesús, ¡con su barba y todo! Yo creía que era Jesús caminando sobre el agua. ¡Pero venía haciendo *paddle boarding*!

—Ajá y ¿entonces? —Preguntó intrigada.

—Pues él me ayudó y conversamos, y al día siguiente me lo encontré en la playa nuevamente.

—¿Y qué? ¿Te gusta?

—No, Noemí, no te puedo decir que me gusta porque a mí nunca me han gustado los chicos de cabello largo y menos con barba, además es delgado, no es musculoso. Y no sé, no lo conozco. No sé... no es el prototipo de hombre en el cual quizás yo me fijaría; pero yo sentí que Dios me dijo: **es él**.

—Pamela, ahora sí que soy yo la que te digo: sáltate los detalles físicos y cuéntame más.

—Bueno, tranquila, tranquila, Noemí. Te cuento: es muy dulce, conversador y parece estar lleno de Dios, es como si se hubiera comido una Biblia entera. Todo lo que habla es de la Biblia o relacionado con ella. Él se la ha leído completa y además tiene una vara como Moisés, toca la guitarra para hacer música como David, se dejó la barba para parecerse a Abraham y tiene el pelo largo para ser como Jesús. También dice que hace ejercicios porque quiere ser fuerte y valiente como Josué. Y es tan caballero, tan dulce, tan noble y puro. Es lo más cercano a Jesús que yo haya conocido.

—Interesante. Dime más.

—Pues es viudo, italiano, y tiene dos hijas, más o menos de la edad de Penélope. ¿Puedes creerlo? Vive en el sur de la Florida y estaba de vacaciones en Aruba porque Dios le dijo que le iba a dar instrucciones para su vida. Además, ¡hizo el triángulo!

—¿Qué triángulo, mija?

—¡Ay, nada! Ya después te cuento eso.

—Pamela, tú y tu alergia a los detalles, me dejas todo a medio camino, quiero saberlo todo porque él podría ser.

—¿Qué? ¿Quién es esta mujer que tengo frente a mí? ¿Dónde está Noemí, Dios? Para ti nunca es nadie.

—No, mi vida, no te hagas la tonta, que siempre has tenido una puntería para elegir hombres que a lo lejos se ve que no te convienen; pero este luce como muy buen partido.

—Noemí, ni sabes en lo que trabaja.

—Eso no es importante, su espíritu lo es. Y no sé, puedo estar equivocada, pero siento en mi espíritu decirte que lo consideres y lo sigas conociendo. Date la oportunidad de conocerlo, hablen y oren, y dejen que Dios les confirme.

—Sí, mamá, pero ¿cómo? Si es que no nos intercambiamos teléfonos. No tengo su contacto, no sé nada de él.

—Pero, ¿por qué no intercambiaron información?

—No lo sé, Noemí. Yo me puse nerviosa y creo que él también. Él quiso acompañarme al aeropuerto, pero yo le dije que no, y quizás lo ofendí. ¡Ay, no sé! A lo mejor me fui en un viaje, mamá y nunca lo voy a volver a ver.

A lo mejor era un ángel.

—¿Qué ángel de qué? ¿De qué estás hablando? ¿Te has vuelto loca? Bueno, hija, ora. Si es de Dios lo sabrás y si no es de Dios, pídele que aleje de ti toda distracción, porque estás viviendo una temporada maravillosa que no debe culminar en otro error.

Noemí siempre con su sabiduría. Por eso es mi mejor amiga.

La *verdad* se *manifiesta*

Me sentía tan contenta después de esos días tan especiales en Aruba y de esa conversación con mi madre. Es lindo sentirla como mi mejor amiga. Pero la animada conversación se vio interrumpida repentinamente por Penélope, quien se acercó y con un tono sarcástico dijo:

—Ojo, que aquí viene el drama de vuelta, ahí va la Pamela a enamorarse otra vez.

El sarcasmo en su voz y referirse a mí como *«la Pamela»* fue algo que no pude pasar desapercibido.

—Penélope, ¿Te pasa algo? ¿Estas molesta conmigo?

—¿Molesta? No, esto está claro, muy claro. Usted tiene dos opciones, señora: o espera a que yo me mude de esta casa y hace lo que usted quiera con su vida; o decide casarse ya, y yo me voy con mi abuela a vivir a otro lugar. Pero se acabaron los padrastros para esta que está aquí. Ya yo estoy vieja para eso y bastante cansada.

—Penélope, no me gusta para nada el tonito de tu voz, y mucho menos cómo te estás refiriendo a mí. No estés llegando a conclusiones tan precipitadas y tampoco tenías que estar escuchando conversaciones privadas.

—Mamá, quien llega a decisiones precipitadas siempre eres tú. Y tú, abuela, me sorprendes. Además, ¿de qué privacidad hablamos si aquí vivimos en una cajita de fósforos? Tú no tienes puerta sino cortina, y hasta lo que piensas se escucha.

—Penélope, hija, tú sabes bien que ya no soy la Pamela que era cinco años atrás.

—Sí, mamá. Yo tampoco soy la Penélope que era hace cinco años. He crecido y he cambiado. —Dijo mientras tomaba su *skateboard* y salía de la casa sin que pudiésemos detenerla.

Mi mamá y yo nos miramos muy tristes y nos abrazamos.

—A eso me refería, hija, a esa actitud del corazón de Penélope que no entiendo y que me preocupa. Trae tu café a la sala para estar pendientes de ella, quiero comentarte algo: en estos días conoció a un chico.

—¿Quién? ¿Penélope? Ella solo tiene quince años. Además, hizo una promesa de caminar en pureza y me dijo que no iba a poner sus ojos en nadie hasta que cumpliera dieciocho. ¡Deja que venga! Ella dijo que iba a cuidar su virginidad hasta el matrimonio. ¿Qué está pasando?

—Bueno, conoció a este chico, muy guapo, por cierto, que vino un domingo de visita a la iglesia.

—Pero, ¿y qué importa que sea guapo, Noemí? ¡Ella es una niña!

—Pamela, cálmate. Te estoy dando los datos, yo sé exactamente cómo te sientes, pero escucha porque se pone peor. A mí no me gustó para nada que el chico le «confesó» que había hecho un pacto muy malo, algo oscuro, como satánico, y le dijo que había venido a la iglesia porque quería deshacerse de ese pacto.

—¿Qué me estás diciendo, Noemí? ¿Eso pasó este fin de semana, mientras yo estuve afuera?

—No, hija, esto pasó hace varias semanas, pero ella se lo había tenido bien reservado. Este fin de semana el chico vino aquí a conversar con ella.

—Mamá, ¿tú lo dejaste entrar a esta casa?

—No, ojalá lo hubiese hecho. Ella no me dijo que él venía, solo salió silenciosamente y al cabo de un rato yo noté su ausencia en la casa. Me asomé a la ventana para ver si estaba en su patineta al frente, y al hacerlo, noté que había un carro deportivo rojo, con los vidrios muy oscuros, estacionado frente a la casa. Eso llamó mi atención y la llamé a su celular, pero no respondía. Al cabo de tres intentos contestó el teléfono, con bastante mala actitud, diciendo: «¡¿*Qué pasa abuela!*?»

—¿Penélope hizo eso?

—Sí y tú sabes bien que ella nunca me responde de esa manera. Así que le dije: «Hija, ¿dónde estás? Hay un carro sospechoso frente a la casa y estoy preocupada». Y me dijo: «No, abuela, no es un carro sospechoso; es mi amigo Nelson y estoy conversando con él aquí al frente. No pasa nada». Por supuesto que le reclamé: «Penélope, estás dentro de un carro que tiene tintes oscuros y ni siquiera me dijiste que te ibas a montar al carro con un chico. ¿Quién es ese?» A lo que me respondió: «Ay, abuela, no seas ridícula que estoy frente a la casa». Ya ahí sí perdí la compostura y le dije: «Mira, Penélope Sofía, usted me respeta, yo soy su abuela y haga el favor de bajarse de ese carro inmediatamente o voy a ir a buscarla. Y dígale al muchacho que baje los cristales ahora mismo para verle la cara, porque estaba por llamar a la policía».

—Y ¿qué hizo?

—Bueno, ante eso bajó el tono y me dijo: «*OK*, abuela, tranquila, ya voy a bajar». El muchacho bajó los cristales y con una sonrisa medio falsa me saludó desde adentro del carro, diciendo: «¡Hola, abuela!», ¡el descarado! ¡Ay, Pamela! No me gustó para nada. Se despidieron con un largo abrazo y la niña se bajó y volvió a la casa.

—Noemí ¿Por qué no me llamaste allá a Aruba cuando eso pasó?

—Bueno, mija, tú estabas tomándote unos días y yo lo estaba manejando hasta que llegaras; por eso te serví el café, porque hay más. Ese día conversamos de todas las cosas que a ella no le gustan y sus molestias. Algo está pasando y necesitamos orar. También me parece que Catalina influye en ella de forma negativa.

—¿Catalina, la sobrina de Luis?

—Sí, hija. Tengo una mala impresión en mi corazón con ella, y hasta Sandra sospecha que lleva una doble vida.

—Noemí, ella es una nena buena y siempre va a la iglesia.

—Ya sé que va a la iglesia, pero «*caras vemos, corazones no sabemos*». Tengo mis reservas, pero no me consta nada; solo es una impresión en mi espíritu que me inquieta. En fin, que necesitamos respaldo de nuestra familia espiritual para ayudar a Penélope.

—¡Guau, Noemí! Esto no lo vi venir. Definitivamente, hay algo distinto en la mirada de mi hija que me preocupa. Bueno, usted es la experta en guerra, ¿qué vamos a hacer para combatir esto?

—¿Sabes qué es lo peor, Pamela? —Me preguntó.

—¿Qué puede ser peor que esto, Noemí?

—Que cuando el tipo bajó el cristal lo recordé muy bien. Recordé el día que estuvo en la iglesia, quizás tú también lo notaste. Era un chico vestido de negro, alto, el cabello castaño claro, muy muy guapo, parecía modelo; se sentó al lado izquierdo de la iglesia y estaba solo. A mí me dio muy mala espina ese día y como sabes, yo soy parte del grupo de intercesión de la iglesia. Así que ese domingo avisé al grupo y estuvimos orando para que Dios nos mostrara cómo orar por él. A la mañana siguiente, Carmen, la líder de intercesión, me llamó y me compartió que ella también lo había visto y que había tenido una visión mientras oraba por él y no era buena. Me dijo que percibió en su espíritu que estaba en algo satánico y que llegó buscando llevarse una chica virgen de la iglesia. Así que lo que Penélope me dijo que él le contó sobre un tal pacto, nada más confirma que no es un buen chico.

—¡Ay, Noemí! Ya me quitaste la paz. ¡Vente! Vamos a buscar a Penélope, no la dejemos salir. Hay que impedir que salga de esta casa sin nosotras.

—Hija, así no se pelean las batallas. Sabes bien que cuando yo traté de prohibirte salir, te escapabas, y tú conoces mejor que yo la historia. El plan es otro.

—¡Oh! ¿Ya tienes un plan?

—Sí, pero disimula porque la niña está por abrir la puerta. Ya escuché la patineta.

Señor, yo no puedo dejar que a mi hija le pase lo que me pasó a mí. ¿Esto es una maldición generacional, como dice el pastor? ¿Será posible que yo, por estar mirando tanto hacia adentro no me di cuenta de que mi hija se me estaba perdiendo? ¿Es quizás un pecado de iniquidad en nuestra línea sanguínea? Señor, tú tienes que ayudarme, yo no puedo perder a mi hija en manos de un tipo así.

Plan maestro

A la mañana siguiente, durante mi tiempo devocional, entró mi mamá a la habitación muy determinada y me dijo:

—La niña se fue de madrugada con Víctor y Catalina, para la playa.

—¿Solos?

—No, Luis y Sandra están con ellos. Los niños les estarán ayudando con el negocio de *paddle board* durante el verano. Pero vengo a contarte lo que tengo en mente hacer... el plan maestro.

—Cuéntame, ¡por eso es que te amo tanto!

—Bueno, hay que aceptar al chico, al tal Nelson.

—¡¿Qué?! ¿Te volviste loca Noemí?

—Sí, digo, no; no estoy loca, este es el plan. — Respondió mi mamá determinada, como toda una estratega de guerra. —Vamos a hacer tres días de ayuno y oración juntas, porque dice la Palabra de Dios que donde dos o más se unen en oración ahí está Él.

En ese momento recordé el ayuno de Donato y tuve que reconocer la gran sabiduría de mi mamá.

—De acuerdo. Entonces, luego de eso, ¿qué?

—Hoy vamos a decirle a la niña que nos cuente un poco más de Nelson y le diremos que nos encantaría conocerlo, que por favor lo invite a la casa, que nos gustaría hacerle una cena especial.

—Noemí, ¿usted se ha vuelto loca?

—Escúchame, que ya Dios me dio el plan. Esto es un plan de guerra. Hoy tenemos que convencer a la niña de que queremos conocerlo. Celebraremos con ella que él ha decidido darle la espalda a ese pasado oscuro y recibir al Señor en su corazón.

—Pero Noemí, si la visión de Carmen es cierta, ¿lo vamos a meter aquí?

—Mija, esto son tácticas de guerra; la verdad va a salir a la luz, siempre lo hace. Claro que yo quiero que ese muchacho sea transformado, él es un alma de salvación, pero vamos a probar los espíritus, como dice la Palabra de Dios que hagamos. Si es un buen chico, lo orientaremos para que espere, para que pase un proceso primero y luego piense en relaciones. Pero si es un enviado, huirá.

Al final del día, Pamela, nuestra Penélope ama con todo su corazón al Señor. La semilla ha sido sembrada y ha mostrado buen fruto. Ella quiere hacer las cosas bien, simplemente está viviendo la temporada normal de su edad. Está cegada por la impresión de que un chico tan guapo y mayor se haya fijado en ella, y si anda ciega, lo menos que podemos hacer es dejar que la guíen al despeñadero; tenemos que ser sus ojos. Con amor abriremos su vista para que ella vea, en lugar de decirle qué debe hacer.

—¡Me gusta como suena, mi generala! Continúe con su plan.

—Vamos a invitar ese chico a la casa, después de haber ayunado y orado por tres días, y haremos una comida especial para él; lo que no sabrá es que será una comida ungida. Si ese chico de verdad quiere un cambio en su corazón, como él le ha dicho a Penélope, la presencia de Dios lo va a quebrantar y lo llevará a los pies de Cristo directamente. Y gloria a Dios por eso. Pero si viene con intenciones de destruir, así como dijo el líder de intercesión, lo vamos a descubrir. Él no va a poder manejar la presencia que va a haber en este lugar y se va a manifestar.

Vamos a ser obedientes al plan que el Señor me dio, Él es el Capitán. Yo no sé cómo lo va a hacer, pero oraremos y ayunaremos por tres días para que se muestre. Luis y Sandra también vendrán ese día y estarán ayunando y orando con nosotras; además, el grupo de oración y los pastores estarán cubriéndonos. Yo ya hablé con todos, me faltabas tú.

—¡Me encanta el plan! Mamá, tú tienes que vivir como hasta los ciento ochenta años, yo te necesito. ¿Qué haría yo sin ti?

Ambas reímos.

De las *tinieblas* a la *luz*

Al cabo de un rato la niña volvió a casa de muy buen humor. Siempre que pasa tiempo con Luis y Sandra llega con su rostro resplandeciente. Esa es la Penélope que siempre he disfrutado. La abracé con alegría y mucho amor y le dije cuán orgullosa estaba de ella.

Me miró extrañada, pero sé que le gustó. Acariciando su cabello le dije:

—Abuela y yo queremos compartirte algo que Dios ha puesto en nuestro corazón. Vente, vamos a la cocina porque creo que te va a gustar.

Ella me miró intrigada, con sus ojos muy abiertos, y sin pensarlo, fuimos agarradas de las manos hasta la cocina.

—Noemí, vamos a contarle a la niña el plan.

—Bueno, mi niña, sé que en estos días mi reacción hacia ti con Nelson quizás no fue la mejor. Le estuve contando a tu mamá y la verdad es que me siento un poco avergonzada porque lo juzgué sin conocerlo y al final, es un chico que apenas acaba de conocer a Cristo.

—Sí, hija, le dije a Noemí que debíamos al menos tratarlo y darle la bienvenida a una familia espiritual, ser amables con él como tú lo has sido.

—Mi niña, yo me siento muy mal porque aquella noche debí haberlo invitado a entrar, ofrecerle café y pan con queso. Debí recibirlo como un amigo nuevo, un nuevo hermano en la fe.

—Sí, abuela, yo me sentí bien avergonzada porque me trataste como a una niña delante de mi amigo y él realmente me gusta. Ya yo voy para la universidad y ustedes saben que yo soy bien madura para mi edad, siempre me lo han dicho; inclusive él creía que yo tenía diecinueve años, ¿pueden creerlo? —dijo Penélope muy contenta, como si eso nos fuera a emocionar como a ella.

—Pero, ¿él tiene diecinueve años? —pregunté alterada, mientras que Noemí, detrás de Penélope, me abría los ojos para que me calmara y siguiera el juego.

Penélope respondió asustada:

—Mamá, él tiene veinte, pero está viniendo a la iglesia. Además, ya sabes que yo soy bien madura.

—Sí, es cierto mi niña, perdóname, pero es que pensé que estábamos hablando de un chico de escuela superior. —Si es que, es como yo esta chica, le gustan como mayorcitos. —dije entre dientes—Pero bueno, él es tu amigo, nada más.

—Entonces ¿qué te parece si lo invitamos a casa? —agregó Noemí.

—Pues a mí me encantaría conocerlo y escuchar su historia, me parece que es hermoso lo que el Señor está haciendo en su vida. Dios lo está sacando de las tinieblas a la luz. —dije.

—Sí, mami, hagámoslo. Esperen a escuchar todo lo que me explica, él me ha contado todo sobre cómo era su vida antes y las cosas horribles que hizo, desde matar gallinas...

Ahí le interrumpí, ya no pude más.

—¡Ay, Penélope! Pero no hablemos de cosas feas. Es más, quizás debamos aconsejarle que filtre sus conversaciones, porque hay temas que debe contarle a un pastor, no a ti. Contigo es mejor que hable de lo que Dios está haciendo en su vida ahora. Esos asuntos que los comente con Luis o con el pastor, no contigo.

—Quizás sí, mami. La verdad es que me asusta un poco con lo que me cuenta. Anoche se me hizo bien difícil dormir, tú sabes que yo soy muy visual y mucho de lo que me dijo, ni siquiera me atrevo a repetirlo, pero me dio ansiedad.

—Pero qué bueno que llegó al lugar correcto. — Interrumpió sabiamente la abuela antes de que yo lo echara a perder porque me estaba poniendo histérica.

Dentro de mí quería agarrar a mi hija y mandarla a la China y al tipo, despedazarlo.

—Bueno, entonces dile que este sábado venga a la casa, a eso de las cinco de la tarde, que le vamos a preparar una cena puertorriqueña deliciosa.

—Le haremos un rico mofongo con churrasco en aceite ungido que lo va a dejar nuevo... —O le darán diarreas, pensé para mí.

—¡Qué bien! Yo creo que así él se va a sentir más cómodo de volver a la iglesia. Me dijo que fue una vez y sintió que la mayoría de las personas lo miraban raro. Por eso se acercó a mí, porque vio que yo era más «*open minded*»[21] y quiso conocerme para darme las gracias. Ese día salimos con algunos jóvenes de la iglesia a almorzar

---

21   De mente abierta.

juntos y le dije que viniera con nosotros. Pero no sé, mis amigos lo ignoraban, y como se sentía más cómodo hablando conmigo, me pidió que nos moviésemos a otra mesa para conversar más a gusto. Yo lo entendí, por eso le di nuestra dirección, me pareció obvio para que se sintiera recibido y apreciado.

Yo la escuchaba intentando controlar la expresión de mi cara, pero es que sentía que me iba a desfigurar oyéndola...

—Bueno, Penélope, —ahí ya no pude más y mi tono de voz de madre tuvo que salir a flote —yo sí te voy a pedir que antes de darle la dirección a cualquier persona que conozcas poco, me preguntes a mí o a tu abuela. ¿Por qué? Porque también uno tiene que ser cuidadoso con la intimidad del hogar. Nuestro hogar debe ser un santuario. Nosotras necesitamos conocer bien a las personas antes de dar la dirección de nuestra casa.

Además, si bien es cierto que vas para la universidad en unos meses, también es cierto que sigues siendo menor de edad. Tienes quince años todavía. Mira mi ejemplo, yo sé que tú no quieres repetir mis locuras, entonces aprende de eso. Debes ser siempre prudente, precavida, cautelosa, vigilante y observadora. Recuerda que vivimos como ovejas en medio de lobos y debemos ser prudentes como serpientes y sencillos como palomas[22]. Lo dice en la Biblia, mijita, yo no sé dónde específicamente, pero sí sé que lo dice. Es más, dame el teléfono para buscarlo en Google.

Noemí interrumpió súbitamente mi sermón para decir:

—Bueno, está bien, pero ya pasó, eso lo podemos discutir luego. Ahora lo importante es que cualquier persona que llegue a los pies de Cristo debe sentirse

---

22 Mateo 10:16

bien recibido. Y si en nuestra iglesia quizás no lo atendimos de la manera adecuada, vamos a limpiar esa imagen apoyándolo, recibiéndolo, sirviéndole comida y conociéndolo un poco más. Yo creo que ese tiempo va a ser muy lindo para que él vea cómo es la familia en Cristo. ¿De qué nacionalidad es él, Penélope?

—Él es de Perú, abuela.

—¡Excelente! Ese es un hermoso país y su comida es una de las mejores del mundo, así que va a apreciar un buen plato. Sé que el sábado vamos a pasar un buen tiempo y que la presencia de Dios va a estar en este lugar. Nelson vivirá una experiencia hermosa conociendo más de Dios y de tu familia; y dado que es un varón, vamos a invitar a Luis y a Sandra para que nos acompañen. No se ve bien que tres mujeres solas reciban en la casa a un chico sin conocerlo; como dijo tu mamá: el hogar es santuario donde siempre debe haber un sacerdote de Dios, y Luis lo es para nosotras.

Entre el intercambio de miradas entre Noemí y yo para poder mantener la conversación, y la inocencia de mi hija, me sentía toda una *«Navy SEAL»*[23] a punto de entrar a tomar posesión de una tierra. ¡Aquí vamos al rescate de Penélope!

El menú del sábado será:
«Mofongo Santo», cocinado por la abuela.
«Churrasco Ungido», de las manos de Pamela.

«Arepas Aleluya», de la gran Sandra.

«Jugo de Justicia Maracuyá»,
de nuestro hermano Luis.

---

23   Miembro de los Equipos Tierra, Mar y Aire de la Armada de los Estados Unidos, principal fuerza de operaciones especiales de este cuerpo.

Plan en acción

El resto del día y los días siguientes fueron maravillosos. Volver a ver la sonrisa pura de mi niña al mirarme; reír a carcajadas juntas como siempre ha sido y como quiero que continúe siendo; saber que Dios siempre llega a tiempo, que cuida de nosotras y que no va a dejar que nadie nos arrebate el precioso regalo que Dios nos dio a través de la vida de Penélope, me llena de gozo. Ningún arma forjada contra nosotras prosperará porque sabemos en quién hemos creído, y porque Él es más grande que cualquier plan que el enemigo pueda tener contra nosotras. Han sido días hermosos compartiendo con mi hija y preparándolo todo con mi mamá.

Llegó el sábado en la mañana, el gran día de confrontar la verdad. Qué ganas de envenenarlo con el mofongo. ¡Es broma, Señor, es broma! Solo lo pensé un minutito. Perdóname, Señor, someto los deseos de la carne a ti... ¡Qué difícil cuando uno de los tuyos está en peligro! ¡Ahora entiendo tanto a mi mamá!

Hoy pasé el día cocinando con Noemí desde el amanecer. Ha sido un proceso muy hermoso porque estamos orando constantemente. Todos estos días nos hemos estado levantando de madrugada para interceder juntas, hemos colocado aceite ungido en toda la casa y ponemos música de adoración todo el tiempo; nuestro hogar se siente limpio en todos los sentidos. Oramos mientras cocinamos el mofongo, ungimos los plátanos, impusimos manos sobre el churrasco y mientras machacábamos los tostones con el pilón, declarábamos el Salmo 34, en voz alta:

«Bendeciré a Jehová en todo tiempo; Su alabanza estará de continuo en mi boca. En Jehová se gloriará mi alma; Lo oirán los mansos, y se alegrarán. Engrandeced a Jehová conmigo, Y exaltemos a una su nombre. **Busqué a Jehová, y él me oyó, Y me libró de todos mis temores.** *Los que miraron a él fueron alumbrados, Y sus rostros no fueron avergonzados. Este pobre clamó, y le oyó Jehová, Y lo libró de todas sus angustias.* **El ángel de Jehová acampa alrededor de los que le temen, Y los defiende.** *Gustad, y ved que es bueno Jehová; Dichoso el hombre que confía en él. Temed a Jehová, vosotros sus santos, Pues nada falta a los que le temen. Los leoncillos necesitan, y tienen hambre; Pero los que buscan a Jehová no tendrán falta de ningún bien. Venid, hijos, oídme; El temor de Jehová os enseñaré. ¿Quién es el hombre que desea vida, Que desea muchos días para ver el bien? Guarda tu lengua del mal, Y tus labios de hablar engaño. Apártate del mal, y haz el bien; Busca la paz, y síguela. Los ojos de Jehová están sobre los justos, Y atentos sus oídos al clamor de ellos. La ira de Jehová contra los que hacen mal, Para cortar de la tierra la memoria de ellos.* **Claman los justos, y Jehová oye, Y los libra de todas sus angustias.** *Cercano está Jehová a los quebrantados de corazón; Y salva a los contritos de espíritu. Muchas son las aflicciones del justo, Pero de todas ellas le librará Jehová. El guarda todos sus huesos; Ni uno de ellos será quebrantado. Matará al malo la maldad, Y los que aborrecen al justo serán condenados. Jehová redime el alma de sus siervos, Y no serán condenados cuantos en él confían».*

¡La Penelopita estaba tan entusiasmada! Me hacía preguntas sobre maquillaje, y ella nunca se maquilla. Le pidió prestados a su amiga Catalina unos zapatos altos y el viernes en la noche se hizo un tratamiento de mayonesa en el cabello que dejó toda la casa maloliente, pero su pelo estaba regio. ¿Por qué tantos esfuerzos? No se da cuenta de que es hermosa como es, que no necesita más. Pero yo he sido igual, ¿de qué me puedo quejar? Tendré que ser paciente.

Luis y Sandra llegaron, oramos juntos antes de que Penélope saliera de su cuarto. Todo estaba listo y estábamos expectantes.

Alguien toca la puerta, ha de ser él. Nos acercamos para abrirle y ahí está. ¡Qué cara de malo tiene!, pensé para mí. Guapo, pero no me gusta nada. Altísimo, penetrantes ojos marrones, cejas gruesas, mirada profunda, muy musculoso y lleno de tatuajes. Los tatuajes la verdad no me impresionan, vivo rodeada de gente maravillosa llena de ellos; pero hay algo en él, que con solo mirarlo no me gusta, me recuerda a Alberto. Tiene una mirada muy fría. Dicen que los ojos son el reflejo del alma, y lo son; ventana al interior que deja ver su espíritu.

Luis abrió la puerta y le invitó a entrar. El chico actúa con evidente amabilidad fingida; pero como todo buen peruano tiene un acento muy lindo y correcto. Los peruanos por lo general suenan muy dulces en su tono al hablar. Es innegable que es un chico que puede ser atractivo para cualquier joven y que, en las manos de Dios, sería otro cantar. Seguramente tiene una buena familia, es muy educado.

Nos acercamos a la mesa y él, muy caballeroso, se toma el esfuerzo de sacar nuestras sillas para que nos sentemos mientras dice:

—Ya veo de dónde saca Peni su exhuberante belleza; es que las mujeres de esta familia son exóticas.

¡Ay, mijo, empezaste mal! Llamar exóticas a las mujeres de la familia de una chica de quince años, con esa sonrisa de coqueto, no te quedó bien. No insultes nuestra inteligencia, mijito. Tampoco te refieras a mi hija con un sobrenombre que no le corresponde; no le vas a cambiar su identidad. Te tenemos en la mira, pero sonreiremos y continuaremos con el plan.

CAPÍTULO

El *ángel* de *Jehová*

Comenzamos a servir la comida con música de adoración de fondo, mientras hablábamos de las maravillas de Dios y sus milagros en nuestras vidas. Súbitamente, Nelson preguntó:

—Esa música... ¿La van a quitar? ¿O ustedes suelen comer con música?

Mi mamá lo miró extrañada y le dijo:

—Sí, mijito, a nosotras nos encanta comer con música de adoración siempre. Penélope nos miró y dijo:

—Abuela, no siempre lo hacemos, quizás podemos quitarla. —Y mirando a Nelson, le dijo: —Si te molesta la música yo la quito, no hay problema.

Yo interrumpí el momento diciendo:

—Nelson, pero ¿qué es lo que te molesta? ¿Es el tipo de música o la música en general? —Fue evidente que estaba quedando al descubierto, y un poco avergonzado, dijo:

—No, disculpe, no he querido ser rudo, fue curiosidad. Puede dejarla, no me molesta... es bonita. Solo me pareció curioso porque mi familia no lo hace; pero no he querido ser descortés con ustedes.

—Tranquilo, Nelson, no te preocupes. Tú sabes que los caribeños somos intensos. —dijo Luis dando un toque gracioso.

—Ve acostumbrándote. —dijo Sandra mientras servía la comida. —A nosotros nos gusta adorar a Dios a todo volumen, ¿amén?

Y todos respondimos:

—¡Amén!

—Bueno, ya que la comida está servida, me gustaría orar por los alimentos, si me permiten. —dijo Noemí

Hubiera querido grabar el rostro de Nelson, parecía como si se estuviera transformando. Mi mamá hizo una oración tan hermosa y tan poderosa que de verdad yo creo que todos los espíritus chocarreros salieron corriendo:

«Padre, yo te doy gracias por estos alimentos. Prepararlos ha sido nuestro deleite mientras declarábamos sobre ellos el Salmo 91 y el 34. Sabemos que el ángel de Jehová acampa alrededor de los que le temen, y los defiende. Ungimos nuestro hogar con aceite fresco, porque la unción de Cristo rompe el yugo y ante la presencia de Dios toda rodilla se doblará y toda lengua confesará que tú eres Rey, Jesús. Atamos todo espíritu contrario al tuyo en el nombre de Jesús, lo declaramos inoperante en este lugar porque tu presencia está aquí y Jesús se ha sentado con nosotros a la mesa. El que habita al abrigo del Altísimo morará bajo la sombra del Omnipotente. Bienvenido, Señor Jesús, esta es tu casa, toma el control. Somos tus siervos. Manifiéstate. En el nombre de Jesús, amén».

Y comenzamos a comer.

Nelson estaba desajustado, era evidente. Tengo que decir que ha sido el mofongo con churrasco más delicioso que yo haya comido en mi vida. Todos saboreamos ese primer bocado diciendo: ¡Guau!, ¡qué sabroso!, pero su cara era diferente. Él trataba de disimular sus gestos, pero no lo estaba disfrutando. Estaba serio, callado y evidentemente molesto. Luis le hacía preguntas y él respondía con frases cortas, sin ningún intento de generar conversación.

Al cabo de unos minutos, preguntó:

—¿Esto tiene picante?

A lo que respondimos:

—No, nosotros no comemos con picante. ¿Quieres ponerle?

—No, no, gracias. Es que siento como un ardor en el estómago, creo que no me está cayendo bien, se siente como si tuviera picante.

Mi mamá respondió, sin limitarse:

—No, lo que tiene es unción. Nosotras oramos y ungimos esos alimentos para que la presencia de Dios te inunde y te llene. Eso debe ser lo que estás sintiendo, no es malo, es bueno, muchacho... fuego de Dios.

Él trató de sonreír, disimulando, pero no le estaba cayendo bien y se comenzaba a ver pálido.

—Prueba las arepas, mijo —le dijo Luis. —A esas arepas las llamamos «Arepas Aleluya», porque cuando las comes, comienzas a alabar a Dios.

—No, gracias, no me gustan las arepas, y el mofongo tiene un sabor diferente; no estoy seguro de qué es lo que tiene, pero yo había comido mofongo anteriormente y este es distinto. No sé, quizás solo es eso: distinto

Penélope dijo:

—A mí me parece demasiado sabroso; de todos los mofongos, el mejor. Abuela y mamá, de verdad que se botaron. ¡Está delicioso!

—Sí, mi niña, lo hicimos con mucho amor. A mi

receta le puse por nombre: «Mofongo Santo» y la de Pamela es: «Churrasco Ungido». Luis, ¿cómo es que se llama el juguito de parcha tuyo?

—Es el «Jugo de Justicia Maracuyá», a la parcha nosotros le decimos maracuyá.

Todos reímos.

En ese momento Nelson se estaba tocando el estómago, estaba sudando y su rostro estaba pálido.

—No sé, siento como si la comida me estuviera cayendo pesada al estómago. Tengo náuseas. —Dijo.

Mi mamá se levantó y dijo:

—Voy por aceite ungido para orar por Nelson, vamos todos a imponer manos sobre él y a declarar sanidad en el nombre de Jesús.

—¡Oh, sí!—dijo Luis—, eso se va ahora en el nombre de Jesús, por la autoridad de su Espíritu Santo.

Tan rápido como nos levantamos para orar, Nelson se puso de pie y dijo:

—No, tranquila señora, déjeme ir al baño y me voy a sentir mejor.

—De acuerdo. Mientras tú vas al baño yo busco el aceite y luego vamos a orar por ti.

Él no quiso decir que no, pero su rostro era de terror. Los adultos nos miramos tratando de evitar reírnos, pero era evidente que Dios estaba haciendo algo. Penélope dijo:

—¡Ay, qué raro este Nelson! No le gusta el mofongo, si está mejor que nunca. Creo que tiene estrés con la música, ¿será que se la quitamos?

—No, hija, tranquila. Él ya pasó página con lo de la música, déjalo así. Ahora que venga, le pongo aceite ungido y oramos por él. Ya verás que Dios lo sana.

—Sí, eso es cierto. Es que él no sabe mucho, pero

cuando sienta la presencia de Dios se va a sentir mejor. Dios es bueno y creo que lo ha traído aquí para darle una experiencia espiritual que nunca va a olvidar —dijo Penélope.

—Sí, hija, Dios le va a dar una experiencia especial.

Cuando Nelson salió del baño ahí estábamos esperándolo. Mi mamá con su aceite, y Luis con la Biblia, pero creo que para él mi mamá tenía una mina explosiva y Luis un AKA 47 en sus manos.

—Señora, ¿qué piensa hacer con ese aceite? —preguntó Nelson con los ojos bien abiertos.

—Orar por ti, mijo. Si me dices que tienes dolor, ¿cómo te voy a dejar así?

—Yo traje mi Biblia, —dijo Luis—vamos a declarar la Palabra de Dios sobre ti. Ellas me hablaron de ti y quiero que sepas que Dios tiene una cita contigo hoy. Verás cómo la sangre de Cristo tiene poder para sanar, salvar y libertar.

—Tranquilo, gracias. Ya se me pasó... —respondió.

Pero mientras lo decía, dejó de vernos a nosotros y comenzó a mirar hacia la pared y el techo. De repente, muy alterado, nos dijo:

—¿Ustedes no ven lo que está ahí?

Todos miramos curiosos.

—No, no vemos nada. Nelson, ¿a qué te refieres? ¿Qué ves? El pobre chico casi se desmaya, se puso las manos sobre la cabeza y con sus ojos muy abiertos miraba extrañado. Comenzó a caminar hacia atrás hasta que la pared lo detuvo.

—Nelson, ¿estás bien?

Quisimos acercarnos a él para ayudarle, pero nos dijo aterrado:

—Ustedes... ¿Ustedes no ven esa figura blanca parada ahí, junto al pasillo?

—¿En dónde? No, no vemos nada.

—Yo... creo que voy a vomitar... —dijo.

—Nelson, te estás sintiendo peor, permíteme orar por ti.

—No... no quiero que oren por mí. ¡No quiero que me toquen! ¡Aléjense de mí! No sé quiénes son ustedes, pero yo me tengo que ir de esta casa.

Abrió la puerta y sin mirar atrás, comenzó a caminar rápido hacia el carro. Salimos detrás de él y Penélope intentó detenerlo, hasta abrió la puerta del pasajero sin subirse al auto, tratando de hablarle y entender qué fue lo que vio o qué le pasó. Él le respondió:

—Yo no sé quiénes son ustedes, ni en qué cosa estás metida, pero allí había un ángel blanco gigante, parado con una espada, dispuesto a matarme si me acercaba a ti. Sé que si lo hago, me va a matar. Penélope, yo no puedo volver a acercarme, borra mi número y si me ves, por favor ni me saludes. Cierra la puerta y lárgate.

Penélope cerró la puerta y se quedó en shock. Nelson arrancó tan rápido que dejó las llantas marcadas en la carretera.

Noemí y yo estábamos paradas en la puerta viéndolo todo, muy sorprendidas. Luis y Sandra detrás de nosotras orando discretamente. Penélope nos miró con los ojos muy abiertos, se acercó sorprendida y nos dijo:

—Ese tipo está loco. ¡Loco! Hasta la voz le cambió, parecía un diablo. Dice que vio un ángel parado con una espada gigante, y que, si no se iba, el ángel lo mataría. Me dijo que no se puede volver a acercar a mí. De verdad parecía que tenía algo malo por dentro...

—Penélope, ¿te das cuenta de cuánto te ama Dios?

—¿Cómo así, mamá?

—Hija, eso fue una manifestación. Y ese hombre, lejos de querer recibir liberación, huyó para continuar con esa vida que eligió.

—Pero me dijo que quería salir de un pacto satánico.

—Ya ves que no. Al menos, no hoy.

Mi mamá y yo la abrazamos con todo nuestro amor, sujeté su cabecita y la miré a los ojos diciendo:

—Hija, ¿tú logras comprender todo lo que acaba de pasar en esta casa?

—No.

—Él te quería engañar, no vino con buenas intenciones. La Palabra de Dios es cierta y en el Salmo 34:7 dice que el ángel de Jehová acampa alrededor de aquellos que le temen y los protege. Nosotros lo estuvimos declarando toda la semana y él tuvo que haberlo visto.

—Penélope —interrumpió Luis —Tú eres hija del Dios Altísimo y él te acaba de demostrar su celo y su cuidado. Cualquier persona que se acerque a ti para destruirte o para hacerte daño, saldrá huyendo o lastimado. El Señor ha puesto cobertura sobre ti, porque eres su hija.

—Así como salió huyendo Manuel de mi vida, salió huyendo Nelson de aquí. —le dije.

—Pero a mí me gustaba Nelson, mamá. ¿Qué hago? —me dijo con lágrimas en sus ojos.

—Hija, no te dejes llevar por el físico; mira el corazón. Aprende de mí, por favor, no cometas mis mismos errores.

Más vale una breve lágrima ahora **por lo que no pasó,** *que una vida entera* **llorando por una mala decisión.**

—Penélope, lee en la Biblia la historia de Saúl y David. —dijo Sandra. —El pueblo de Dios eligió a Saúl porque era el más alto y guapo, lo escogieron solo por su físico y cometieron un error. Sin embargo, Dios escogió a David, que tenía el corazón conforme al suyo, para salvar al pueblo. Mira el corazón de las personas, no te enfoques en la parte física. Engañoso es nuestro corazón.

—Mi muñequita, vamos a darle gracias a Dios porque lo sacó así de tu vida. —añadió mi mamá.

Nos abrazamos las tres. Mi mamá y yo intercambiamos miradas de victoria y paz.

La voz de Luis, con un tono muy serio, interrumpió el momento para iluminarnos con su sabiduría.

—Hijas, esto va más allá. Aquí pasó algo muy delicado. Un joven de veinte años no tiene nada que hacer buscando a una niña de quince. Eso es una depravación y podría ir preso si llega a tener algún acercamiento sexual. A estos depredadores hay que vigilarlos de cerca. Tú no puedes ser tan inocente, Penélope.

Todas lo miramos asombradas y mi mamá aprobaba sus palabras con la cabeza, mientras Luis continuó, diciendo:

—A mí me duele el corazón por él. No crean que se me hace fácil haberlo visto ir de esa forma y no haber podido ayudar a liberarlo; pero para que una persona pueda ser libre, necesita quererlo. Yo no puedo forzarlo a recibir libertad; es el conocimiento de la verdad lo que te hace libre. Pero hoy me voy con la asignación de orar por esa alma para que busque la verdad. Solo Dios sabe cómo está su corazón. Mi trabajo es orar, el de Dios es salvar. Penélope, no confundas las cosas.

Cuídate de no querer salvar a nadie. Tú no eres el Espíritu Santo y tu sangre no tiene ningún poder salvador. Solo la sangre de Jesús salva. Dios no usa la belleza de sus hijas para atraer a hombres perdidos hacia Él.

Así no es como Él opera. Lo voy a repetir: DIOS NO USA LA BELLEZA DE SUS HIJAS PARA ATRAER HOMBRES PERDIDOS HACIA ÉL. ¿Entiendes eso? Chamas, cuando nos unimos somos más fuertes. Esta fue la primera de muchas guerras. Protejan la pureza y el amor de Dios en este hogar al precio que sea. No pierdan lo que ya Dios les ha entregado.

Cuídate de no querer salvar a nadie.
Tú no eres el Espíritu Santo y tu sangre no tiene ningún poder salvador.

Solo la sangre de Jesús salva.

Dios no usa la belleza de sus hijas
para atraer a hombres perdidos hacia Él.

La verdad te hace libre

Hemos vivido una guerra invisible pero muy real.

Esta noche no puede terminar sin que yo escriba en mi blog la gran lección que acabo de recibir. Una cosa es vivir experiencias fuertes como mujer, otra muy diferente es ver a tu hija en peligro de vivirlas.

El amor de madre y el amor de EL PADRE en mí, crearon una fuerza sobrenatural que me hacía capaz de cualquier cosa. Ahora entiendo tanto a mi mamá. Ahora la conozco mejor, y siento pena por haberle causado tantos dolores. Por mi hija fui capaz de ayunar tres días, de orar cinco veces al día, de leer la Biblia como nunca antes, de declarar su Palabra con una fuerza inusual.

Hoy quiero hacer las cosas bien por Dios, por mí, pero también por ellas. Somos un trío y lo que afecta a una nos afecta a todas. Apenas hoy me doy cuenta de ese vínculo de amor.

Hoy quiero inspirarte a que pelees por tus hijos. Dios peleó por nosotros y ya ganó la batalla; a precio de sangre nos rescató y nos trajo de vuelta a casa. De igual manera, determínate a hacer un plan de guerra si es necesario. No dejes a tus hijos en manos del enemigo de nuestra alma. No permitamos que personas mal intencionadas nos quiten a nuestras niñas de nuestros brazos. Hoy vemos el tráfico humano haciendo estragos, la droga y la tecnología creando adictos. El enemigo va a usar sucias tácticas de guerra para ir por ellos, y ¿qué haremos nosotros?

Dios no necesita nuestra faldita corta para atraer a los perdidos a Él. Dios no utiliza a sus hijas así. El enemigo prostituye; Dios liberta y redime.

Hoy me pongo los guantes de guerra, ¿y tú? Yo decido pararme en la brecha y no dejar de orar por mi hija. A veces nos equivocamos pensando que con nuestras fuerzas podemos lograrlo, pero pude constatar que debo ser más inteligente y menos emocional. Debo emplear la sabiduría y pelear en oración y ayuno. El carácter y la disciplina solo me llevaron hasta un punto. Hoy reconozco que lo que me funcionó cuando mi hija era una niña, no me va a funcionar en la adolescencia y menos en su vida adulta. Reconozco que necesito la dirección del Espíritu Santo para librar esta guerra que no es contra carne ni sangre; sino contra potestades, principados, contra los gobernadores de las tinieblas de este siglo y contra huestes espirituales de maldad en las regiones celestes. Ellos tienen sus estrategias y nosotros como padres debemos tener las nuestras. Tenemos un Comandante, un Abogado, un Juez de justicia y un Salvador. ¿Quién contra nosotros? Mayor es el que está en nosotros, que el que está en el mundo.

Comparte esto con una madre o un padre que está librando una gran batalla por sus hijos. Declaremos la verdad y ella los hará libres.

#Mitabladesalvación #Laverdadtehacelibre #JournaldePamela

 SHARE

Salmo 21

«*El rey se alegra en tu poder, oh Jehová; Y en tu salvación ¡Cómo se goza! Le has concedido el deseo de su corazón, Y no le negaste la petición de sus labios. Selah*

Porque le has salido al encuentro con bendiciones de bien; Corona de oro fino has puesto sobre su cabeza. Vida te demandó, y se la diste; Largura de días eternamente y para siempre. Grande es su gloria en tu salvación; Honra y majestad has puesto sobre él. Porque lo has bendecido para siempre; Lo llenaste de alegría con tu presencia.

Por cuanto el rey confía en Jehová, Y en la misericordia del Altísimo, no será conmovido. Alcanzará tu mano a todos tus enemigos; Tu diestra alcanzará a los que te aborrecen. Los pondrás como horno de fuego en el tiempo de tu ira; Jehová los deshará en su ira, Y fuego los consumirá.

Su fruto destruirás de la tierra, Y su descendencia de entre los hijos de los hombres. Porque intentaron el mal contra ti; Fraguaron maquinaciones, mas no prevalecerán, Pues tú los pondrás en fuga; En tus cuerdas dispondrás saetas contra sus rostros. Engrandécete, oh Jehová, en tu poder; Cantaremos y alabaremos tu poderío».

PARTE III

Monstruos
marinos
acechan

«*Practiquen el dominio propio y manténganse alerta. Su enemigo el diablo ronda como león rugiente, buscando a quién devorar. Resístanlo, manteniéndose firmes en la fe, sabiendo que sus hermanos en todo el mundo están soportando la misma clase de sufrimientos*».

1 Pedro 5:8-9,
NVI

El *Dios* que *restaura*

Ha pasado un mes desde que regresé de Aruba y no ha sido fácil. Nunca supe más de Donato. Penélope ha cambiado mucho; no sé si es la edad o algo que estoy haciendo y no me doy cuenta, pero discutimos con frecuencia y la siento distante. El ambiente en mi trabajo es pésimo. La situación económica en el hogar está un poco tensa. Y la lista continúa.

Esta mañana fui a practicar *paddle boarding* con unas amigas y tuve una caída. Yo iba al frente cuando escuché que una de ellas gritó: ¡Manatí! Yo me volteé rápido para mirar y perdí el balance, intenté tirarme de rodillas, pero me resbalé y caí de espalda. Me golpeé la cabeza y se me rompió uno de los tirantes del traje de baño que traía puesto, nada que no se pueda arreglar. Gracias a Dios no caí al agua, porque me hubiese encontrado de frente con un enorme manatí. Yo sé que son inofensivos, pero por su singular tamaño no quisiera estar en el agua con ellos. ¡Qué difícil es no sentir temor!

Todo lo que pasó puede parecer una bobería, pero me sentí frustrada. Son esas pequeñas cosas que hacen que comiences a sentirte víctima de todo. Llegaron los pensamientos destructivos y parece que vienen en bloque: «Mi vida no tiene sentido», «todo lo malo me pasa a mí», «nada me sale bien» ... ¡Cuán retante es mantener el buen ánimo y la fe ciertos días! A veces las cosas no parecen ir a ninguna parte y comienzas a dudar de todas las promesas de Dios sobre tu vida. ¿Será que solo me pasa a mí? ¿El resto de las mujeres no tienen estos pensamientos o estos días raros? Hoy es uno de esos. Lisa andaba conmigo y parece como si tuviera la capacidad de leer mi mente. Sé que no, entiendo que es el discernimiento que Dios le ha dado, pero me impresiona.

—Pamela, ¿qué estás pensando?

—Nada.

—¿Nada como: «estoy sola», «soy tan estúpida», «voy a morir»? ¿Nada como «todo está fuera de control», «mi vida no sirve», «nadie me ama»? ¿O nada como «las cosas nunca van a mejorar», y «no sé qué pasa conmigo»?

—¡Ay Lisa! Gracias por ponerle voz a estos monstruitos. ¿Tú cómo sabes?

—Porque la lucha es tenaz... tenaz, amiga. Ellos no son creativos, pero son insistentes, impertinentes. El enemigo tiene un plan, querida; una receta que ha descubierto con el paso de los años y como ve que le funciona, la repite.

—Y ¿qué hace uno? —Pregunté con total sinceridad.

—¿Qué hace uno? Se memoriza las Escrituras para responderle con piedras de fuego que destruyen artimañas y todo argumento que va en contra de la

Palabra de Cristo. Uno identifica las frases que se repiten y las cancela con la verdad, como hizo Jesús: «Escrito está». Permitime decirte una cosa, querida. —Me dijo con su hermoso acento argentino y mirándome fijamente a los ojos. —Los insultos del enemigo son viejos, el lleva años usándolos, él ve lo que te ha pasado y ya sabe cuáles funcionan mejor de acuerdo a tu situación. Los usa repetidamente hasta que te los creas. Tiene una cajita para las personas que han sido abandonadas y a esas les dice lo mismo: «que, si estás sola; que nadie te necesita, que no sos importante, que las personas te van a abandonar, que no podés creer en nadie, que nadie te va a proteger...» Utiliza unas diez frases y las envía con sus moscas a incordiar a las personas que se sienten abandonadas. ¿Y qué hacen ellos? Las creen. Si lograran visualizar que esas frases son pre grabadas para herirlos dirían: «Epa, ya vale, no más. No me mandés reciclados con insultos viejos. ¿Qué te pensás? ¿Que soy tarada?». Pero en lugar de eso, se comen la pasta vieja de insultos pasados de moda.

—Estoy escuchando. —Le dije.

—Luego tiene una caja para los que han sido molestados sexualmente: «Yo debí haberlo sabido, soy tan idiota, yo lo permití, quizás yo participé, debí haber hecho algo, fue mi culpa...» Y ahí los tenemos, esclavos de la culpa de por vida, cuando en realidad fueron 100% inocentes de lo sucedido. No logran alcanzar la victoria. También hay insultos para los que han sufrido crímenes violentos, para los violados, para los maltratados, para todos y todas las personas que han sufrido algún tipo de abuso. El enemigo no bromea, es malo y quiere hacer daño. Yo te voy a compartir una hoja que he creado con la lista de insultos más usados en contra de la raza humana. La preparé basada en lo que en todos estos años como consejera cristiana he venido escuchando decir a las mujeres que han sufrido alguno de estos traumas. Pero haceme un favor, querida: cuando te entregue la hoja, quiero que selecciones cada uno de los pensamientos con los que batallas y vas a marcarlos. Después de que lo hagas, vas a declarar una oración que te enviaré y vas a cancelar todo eso, de una vez y por todas[24]. Y si alguna vez regresa, ¿Qué harás?

—Diré en voz alta: Llevo todo pensamiento cautivo a la obediencia de Cristo.

—Amén, eso es, Pamela. *You got this*[25], querida.

Un mensaje inesperado

¡Guau! Creo que es tiempo de irme a casa. Voy a poner música de adoración en mi celular; quiero dar gracias a Dios por lo que tengo y por lo que no. Sigo creyendo que Él está en control de todo, aun cuando a veces no lo parezca. Gracias por amigas como Lisa que me sacan de estos pequeños hoyos en la carretera de la vida.

De pronto veo una notificación en las redes sociales que me acelera el corazón. Era una solicitud de amistad de «Donato Dante». ¡Ay, Dios mío, Dios mío, Dios mío! ¿Será? ¿Será él? No lo puedo creer... pero no puede haber otro... Tiene que ser él. El corazón se me quiere salir por la boca. La foto de perfil tiene a Jesús parado sobre las aguas con su mano extendida sacando por el brazo a un hombre del agua. ¿Esa es la foto de perfil? No es él... ¿O sí? ¿Será él? ¡Ay Dios mío, Dios mío, Dios mío! ¡Estoy tan nerviosa! ¿La acepto?

En fin, que antes de aceptarlo miré todas las fotografías en su página para asegurarme de que sea Donato, mi Donato... perdón, Señor, tu Donato; no es

---

24   La hoja de referencia con los pensamientos destructivos y la oración de rompimiento están disponibles en la última parte del libro.

25   «Lo tienes.»

mío. Veo fotos suyas con sus niñas... Son muy lindas. Sí... ¡Es él! ¡Es él!

Acepté y tiré el teléfono lejos de mí. Tenía miedo de que me escribiera. Tenía miedo de que no lo hiciera. Tenía miedo de tener miedo. ¡Ay, qué miedo, Jesús! Donato tiene redes sociales, jamás lo pensé. Bueno, hoy en día ¿quién no?, pero la verdad es que no lo creí.

¡Tengo una notificación en el buzón de mensajes! ¿La leo? En ese momento me tiré sobre mis rodillas junto a mi cama y corrí a Dios. No sé por qué tengo tantos nervios, no sé por qué me siento de esta forma, pero te pido Dios que me des dominio propio. Toma el control de mis emociones, dame la mente de Cristo y ayúdame a ser prudente como María. Ella no se puso como loca cuando el ángel apareció en su cuarto. Señor, ayúdame por favor. Amén.

Tomé el teléfono y leí su mensaje:

«Pasando por aquí a saludar a una *signorina*»

¡Ay qué emoción siento! Comenzamos a intercambiar mensajes y fue como si fuéramos grandes amigos que no hablábamos hace muchos años. Le conté de las cosas que han pasado, sobre todo con mi hija. Él me contó algunos dramas también con las suyas y se despidió con una oración y estos dos versos bíblicos de la Nueva Traducción Viviente:

«La preocupación agobia a la persona; una palabra de aliento la anima». (Proverbios 12:25); *«La congoja en el corazón del hombre lo abate; Mas la buena palabra lo alegra».* (Juan 14:1)

Verdaderamente, no sé qué pensar de él. No es normal. Él no es normal. No me lanza un halago, no me pidió el teléfono, no me lanza indirectas. Esto es tan fuera de lo común para mí que no sé por dónde tomarlo.

Un mes después de su primer mensaje

Mi mamá y yo hemos estado planificando, junto a los amigos de Penélope, la celebración de sus dieciséis años. Va a ser este próximo sábado y la verdad es que Víctor, el mejor amigo de Penelopita, nos ha ayudado en todos los detalles. Es un chico muy bueno, nos hace reír mucho. Toca la guitarra y siempre está ayudando a los demás. Tiene un corazón muy lindo y es muy alegre, me encantaría un chico como ese para Penélope, pero no sé si entre ellos existe atracción o una hermandad.

A Noemí no le gusta mucho, pero tampoco le gusta Catalina. Ella es muy celosa con Penélope. Yo me siento feliz de que mi hija tenga buenos amigos en la iglesia y que sean de buena influencia en su vida, no como fui yo. Todos ellos hicieron una promesa de caminar en pureza hasta el matrimonio, no son perfectos, pero son buenos chicos. Todos cargan una pulsera que dice: «Esperaré el puro amor».

En cuanto a Donato, es difícil de descifrar. Me escribe cada lunes y ya lo hizo el día de hoy, pero las conversaciones son de todo, menos de nosotros. Me cuenta historias, me pregunta cosas, oramos, me comparte versos de la Biblia y nos decimos adiós. Muy respetuoso, siempre alegre y simpático, ¿será que quiere ser mi mejor amigo?

Me han encantado sus historias con el tal don Juan Rey. Un millonario madrileño de setenta años que conoció en el avión, para quien se ha vuelto su mejor amigo o algo así como su hijo adoptivo. Hoy me contaba cómo arregló la casa que le dio.

—Todavía sigo trabajando en ella. Es una casa grande para mí, pero una cabaña en comparación con su mansión. Tiene cinco dormitorios y cuatro baños. Ahora estoy restaurando un cuarto independiente que tiene en el primer piso. El agua se le cuela cuando llueve y estoy reparando eso.

Me recuerda a las personas deprimidas. El agua sigue saliendo por sus ojos, pero el problema no es el agua, ni sus ojos, es el fundamento en las profundidades. Es un problema que no se ve y no se resuelve fácil. Es profundo. Es real. Algunos creen que con pasar un *mocio*[26] a diario se resuelve; pero no. Si yo no resuelvo el problema, el agua va a causar un daño mayor y quizás permanente en la estructura. Pero cuando el dueño de la casa le permite al arquitecto entrar y revisar la obra, cuando está dispuesto a dejar que el experto saque, remueva, destruya y construya, es que podemos tener esperanzas de que el problema se resolverá. Ahí estoy yo ahora, sanando el cuarto deprimido de mi hogar.

—¿De dónde sacas esas analogías? —pregunté.

—De Dios. —me respondió —Él me revela sus secretos en maneras en que puedo entenderlos y con los ejemplos que me regala, ayudo a otros. Don Rey me dejó en esa casa porque se siente culpable por su pasado y cree que haciendo algún bien puede acumular puntos a su favor en algún lugar. Hace buenas obras para acallar los destrozos de su mal carácter.

Me contó que él siempre tuvo muy mal temperamento, pero su dinero calmaba a la gente. Hasta que un día le sacó en cara a su esposa y a sus hijos todos sus cuidados y protección, y ella le respondió: «¿Y quién nos va a cuidar de ti?» Él dice que se quedó tieso, no supo qué decir. Esa fue la última vez que los vio, todos se regresaron a España sin él y sin su dinero. Pero Dios me puso en su vida para darle una nueva oportunidad. En estos años lo hemos visto ser transformado por el amor de Dios. Hoy don Rey es otro. Él me dio una vieja casa de madera hecha trizas, como

---

26   Trapeador, mapo, fregona.

su vida. La casa representaba el estado de su corazón y hoy, después de haber sido cuidada, reparada y tratada con amor, es otro lugar. Lo mismo que mis hijas y yo hemos hecho con la casa, lo hemos hecho con él. Con amor, cuidado y la mano de un experto, y me refiero a Dios, todo puede ser transformado.

La verdad es que Donato con su sabiduría me deja sin palabras. ¡Parece que tuviera ochenta y siete años en lugar de treinta y siete!

Me contó que la casa había sido golpeada por varios huracanes y al ser de madera y estar en la playa, era casi más fácil demolerla. Dice que él llegó sin nada y el primer año vivió con sus hijas en el único cuarto habitable, durmiendo en colchones inflables, mientras iban removiendo los escombros y limpiando, todos los días un poco. Don Rey también les regaló un jeep roto; es decir, él llegó a recibir cosas rotas para arreglarlas. Mmm... ¿Será capaz de arreglar a una mujer rota por el amor como yo?

—**A esa mujer la arreglé yo**. —La voz de mi Dios en mi corazón respondió a mi intrépida pregunta.

Señor, de verdad disfruto conversar con Donato, pero no quiero confundirme. Me gusta cuando dice que no tiene nada que tú no le hayas dado, y sé que nada de lo que él ha recibido está prohibido para ninguno, porque tú no tienes favoritos, tienes cercanos. Él llegó aquí con sus dos hijas, con unos pocos ahorros, sin documentos de trabajo, casa o vehículo y tú pusiste en su camino a don Rey, quien lo llenó de cosas rotas para que una vez las arreglara, las usara. Y evidentemente le gustó eso. Arregló la casa, su viejo jeep y hasta recogió y reparó una motocicleta que un vecino puso en la basura. Aprendió a encontrar belleza en donde otros solo ven basura. ¡Cuánta humildad!

Cuántas veces yo desecho y veo las cosas que no son nuevas como inservibles. Cuántas veces descarto telas con las que podría crear piezas de ropa. Cuántas veces descarto personas porque es más fácil ver todos sus defectos que amarlos e invertir tiempo en ayudar en su reconstrucción. ¡Qué fácil es descartar! Pero Dios no descarta; Él restaura.

Dios no descarta; Él restaura.

CAPÍTULO 10

Luz en las *tinieblas*

Todo está listo para la fiesta de dieciséis años de Penélope. Vamos a hacerla en la playa, como ella pidió. Me hubiese encantado invitar a Donato y a sus hijas, pero Penélope no me lo perdonaría. Al final, este es su día; se trata de ella y no de mí.

Luis y Sandra prepararon el lugar con decoración hawaiana. Mi hija se veía hermosa. Tenía un traje azul cielo muy sencillo, una flor en su cabeza y tenis deportivos blancos... los chicos y sus modas. Todos estábamos luciendo nuestros mejores atuendos hawaianos para la ocasión. Penélope no quería ninguna ceremonia oficial, solo disfrutar juntos, comer, bailar, conversar y cantar canciones alrededor de la fogata con la guitarra de Víctor. Pero Luis siempre tiene un formato. Siempre sale a flote el pastor que hay en él.

—Vengan todos, vamos a hacer una dinámica muy especial. —Nos dijo. —Quiero que cada uno elija a una persona a la que le confiaría su vida. La persona que elijan no necesariamente tiene que elegirlos a ustedes, pero debe ser alguien con quien sientan que si su vida está en peligro, los rescataría sin pensarlo.

Yo elegí a mi mamá sin dudar, pero jamás esperé que ella me eligiera a mí. Al principio creí que lo hacía solo para no lastimarme, pero sus palabras me conmovieron grandemente.

—Pamela, tú te has convertido en una gran mujer, pero no es por eso que te estoy eligiendo. Creo que te juzgas muy duramente y quiero que sepas que confío en ti, desde siempre y a pesar de todas tus locuras pasadas. Confío en ti porque en los momentos más difíciles tú nunca me has abandonado. Yo soy tu madre, pero tú no estás obligada a seguir conmigo. Tú puedes elegir irte y yo lo entendería. Tú has seguido honrando la promesa que hiciste a tu padre de cuidarme. Desde que eras una niña me cuidabas y yo no dudo de que si yo estuviese en peligro tú vendrías en mi auxilio sin dudar.

Yo necesitaba tanto esas palabras. Necesitaba saber que ella confiaba en mí. Definitivamente que yo haría lo que fuera por mi madre, sin pensarlo. Yo misma no confío tanto en mí, como ella lo hace. ¡Qué duro me juzgo! Es cierto.

Todos eligieron a alguien y Penélope y Catalina se eligieron mutuamente.

—El ejercicio consiste en que se dejen caer hacia atrás en los brazos de esa persona. —explicó Luis. —Antes de hacerlo, reconozcan todos los pensamientos que pasan por su cabeza: temor, inseguridad, duda; o, por el contrario, relajación, emoción y seguridad. No dejen que el tamaño de la persona les reste confianza. Yo elijo a mi esposa; ella apenas mide cinco pies y yo sé que físicamente no es fuerte, pero su espíritu lo es, por eso confío en ella.

Todos hicimos el ejercicio, algunos con bastante miedo y para otros era gracioso. Pero fue muy divertido y a la vez emocionante saber que había una persona detrás de ti que, sin importar sus limitaciones, haría lo que tuviera que hacer para sostenerte.

Cuando Luis se dejó caer sobre Sandra, ambos cayeron en la arena. Sandra no fue capaz de sujetar el peso de su esposo, pero se le acercó lo suficiente para al menos impedir que él se golpeara. Él dice que sabía que eso podía pasar, pero aun así no había nadie en el mundo en quien confiara más que en ella. Dijo que sabía que, incluso si ella moría en el intento, no lo dejaría caer. Eso fue una hermosa enseñanza de amor.

Por otro lado, Penélope sujetó a Catalina y luego era el turno de que Catalina hiciera lo mismo. Para nuestra sorpresa, la jovencita decidió hacer una broma saliéndose del medio y dejando que Penélope cayera al suelo. Para los demás no fue gracioso, creo que todos nos enojamos un poco; pero Catalina y Penélope se reían como niñas sentadas en la arena. Todos le reprochamos a Catalina, pero Penélope la defendió diciendo que había sido una broma, que lo hicieron jugando. Me costaba creer que Penélope lo hubiera planeado, pero supongo que estaba avergonzada y sentía que era más fácil salir de la vergüenza con risas. Catalina solo se justificaba diciendo que ella era su mejor amiga y que ellas bromeaban así. Quiero creerles, pero me dolió pensar que alguien traicionara la confianza de mi hija. Me dolió ver a mi princesa en esa situación.

Luis las corrigió a ambas diciendo que la confianza nunca se toma livianamente y que no debe ser usada para hacer bromas porque se rompe. La confianza es como un frágil vaso de cristal: basta una caída al suelo para que se quiebre y sea inservible. Después instó a

Catalina a que le pidiera perdón a Penélope frente a todos y lo hizo. Las chicas se abrazaron y continuaron la noche entera riendo y compartiendo como dos hermanas. Bailaban entre ellas, se secretaban cosas y actuaban como dos niñas.

Poco después, llegó la sorpresa de la noche. Luis trajo sus paddle boards con luces nocturnas. ¡Vamos a hacer *«glow at night»*[27]!

No cabe duda de que Luis es un experto en cambiar la atmósfera. Después de la dinámica que generó en mí una nueva desconfianza hacia la mejor amiga de mi hija, era necesario transformar el ambiente.

—Bueno, jóvenes —dijo Luis—necesito que vengan porque les tengo una sorpresa. Vamos a poner en práctica la experiencia de ser luz en la oscuridad. —Y con su muy habitual y estridente silbido, hizo entrar al mar a unos jóvenes con tablas iluminadas con diversos colores.

La algarabía no se hizo esperar. Todos comenzaron a brincar de la emoción. Penélope se tapaba la boca muy emocionada, y solo decía: *«Oh my God!»*. Yo estaba tan feliz y tan orgullosa de ser la mamá de la festejada.

Nos fuimos a la aventura no sin antes escuchar las advertencias de nuestro amado Luis.

—Chicos, escuchen: la noche es el momento en el que están más activas algunas de las más exóticas especies marinas, así que, cuidado. Pueden llegar a experimentar encuentros cercanos en la oscuridad, no quiero que nadie se lance al agua, por favor, es por la seguridad de todos. Las luces les ayudarán a tener visibilidad sobre lo que se mueve alrededor de su tabla. Mantenerse en grupo es obligatorio. Los peces nocturnos tienden a nadar más despacio que los que están activos durante el día, lo que facilita seguirlos mientras navegas sobre

---

27   «Brilla en la noche»

la superficie, pero mantengamos distancia prudente y hagámoslo juntos. Además, muchas de las especies marinas nocturnas son atraídas por el brillo de las luces LED, que se asemejan a la de la luna, no va a ser raro si alguna de ellas se acerca. Vamos a mantenernos juntos y a demostrar que podemos ser luz en medio de las tinieblas. Recuerden lo que dice Mateo 5:14: «*Ustedes son la luz del mundo, como una ciudad en lo alto de una colina que no puede esconderse*», y Juan 1:5: «*la luz brilla en la oscuridad, y la oscuridad jamás podrá apagarla*».

Salimos al agua en nuestras tablas iluminadas y la experiencia fue épica. Asusta, pero es emocionante porque te sientes vivo. No teníamos tablas para todos así que tuvimos que disfrutar por un corto tiempo para compartir la experiencia con los demás. Mientras estuve sobre mi tabla reflexioné: Lo que estoy viviendo en esta temporada se asemeja a esta experiencia. No tengo visión a larga distancia. No puedo ver lo que está lejos, solo veo lo que está muy cerca. No me puedo alejar de mi grupo de personas de confianza, necesito estar cerca para que ellos me cuiden en mis puntos ciegos. Ellos verán lo que yo no veo. Hay un temor a lo desconocido.

—**Considera a Donato.**

Me detuvo el sonido de su voz...

—Dios, ¿eres tú? No entiendo esto. No conozco a Donato, ni a su familia; su cultura, su idioma, su pasado me es desconocido y eso me asusta. Nunca me has dicho esas palabras. No entiendo. No creo que me guste tampoco. Es tan diferente a lo que he conocido.

Donato se parece a Jesús, actúa como Jesús, come como Jesús, vive como Jesús, habla como Jesús; pero no sé cómo podría relacionarme con él. Me siento mundana a su lado.

En esta oscuridad no veo lo que puede estar escondiéndose más adelante, o debajo de mi tabla, no sé si algo se aproxima o si algo me sigue y me asusta.

No sé si me gusta hacer *paddle boarding* de noche. Es tan emocionante como espantoso a la vez. Observé a las niñas disfrutar sin preocuparse, veía a los varones intentar descubrir algo bajo el mar que les asustara. ¡Somos tan diferentes los hombres y las mujeres! Pero buscamos lo mismo: la aventura, el amor, la compañía, la felicidad.

Si cada uno **entendiera** *un poco al otro, todo* **sería más simple.**

¿Cómo puedo tratar de ser más empática con lo que no conozco?

—¿Cómo te sentirías tú si fueras Donato, con sus vivencias, sus experiencias, sus dolores, su pasado y su realidad?

—No lo sé. Creo que él también tiene miedo, quizás por eso me filtra, me estudia, me trata a distancia. Raciona las conversaciones. No hay llamadas, solo textos por las redes, una vez a la semana. Me gustaría escuchar su voz. No creo que yo le guste, Señor. No creo que él sea mi tipo. Quizás me esté discipulando sin decirme. No quiero estar confundida. Quiero ver claramente. Creo que prefiero hacer *paddle board* de día, quiero verlo todo, sin misterios, sin temor, con claridad.

Tocó mi turno de ceder mi tabla a alguien más, pero Penélope, porque era su día, se quedó en el agua con los demás. Me encanta verla sonreír y disfrutar. Ver desde afuera la aventura es muy diferente. Se ve fácil, se ve todo lógico y sencillo. Cuando el grupo está junto, la iluminación aumenta, se multiplica el rango de alcance visual con la luz. ¿Cómo no lo noté cuando estaba allá? Sentí que el Señor me invitaba a subir a la torre del salvavidas y fui sin temor. Al mirar desde arriba toda mi perspectiva cambió. Podía ver con mucha más claridad. Era fácil divisar cualquier peligro.

—Hija, si vieras algún peligro en el agua, ¿le avisarías a Penélope?

—¡Absolutamente! Movería cielo y tierra, haría lo que tuviera que hacer para avisarle.

—*So do I.*[28] —Sonreí.

Seguramente hay monstruos marinos donde está mi hija, pero mi Dios no ha perdido visibilidad. Vivimos en un mundo lleno de monstruos marinos, leones feroces, osos implacables... Dios nos permite habitar aquí con ellos, pero está vigilante desde su torre de control, en el Salmo 91. Su Palabra no retorna vacía. No duerme el que vela por mi alma. Él no ha perdido ninguna de sus batallas. Él es el único que salva vidas y rescata almas del Seol. Él es el gran Yo Soy. ¿De qué temeré? Él me llamó a ser luz en medio de las tinieblas y mientras más luces caminemos juntos por las aguas oscuras de la humanidad, mayor será nuestra visibilidad. Pero la luz absoluta, esa es Él. Nada tengo que temer. Él es mi faro, lumbrera a mi camino.

No duerme el que vela por mi alma.

Me encanta repetirme ese verso. Me da paz.

Fue una noche muy especial. La terminamos como quería Penélope, alrededor de una fogata, con Víctor dirigiéndonos con su guitarra y todos juntos adorando al Señor. La presencia de Dios llenó ese lugar. Víctor es, sin duda, un ángel en la vida de Penélope, un gran

28   «Yo también»

amigo. Cuánto quisiera que algún día puedan verse de otro modo y que él sea el esposo que Dios le tiene.

Un encuentro cercano

Como siempre me levanté muy temprano a hacer mi devocional y cuando tomé mi celular para colocar música de adoración, me di cuenta de que tenía un mensaje de Donato. Hoy es domingo, no lunes y son las cinco de la mañana. ¡Qué raro! No pude esperar a leerlo después, así que abrí la aplicación y decía:

«¿Me puedes dar tu número de teléfono? Te quiero llamar».

What?! Me puse de pie, de cuclillas, me senté otra vez... Tuve que tomar una foto de ese mensaje, ¡era lo más hermoso que había leído! Fíjate como dice «te quiero», y me está pidiendo mi número, porque él ¡me QUIERE!... llamar. OK... Me está pidiendo mi número de teléfono, no matrimonio. ¡Cálmate, Pamela! ¿Qué te pasa? ¿Estás ansiosita? ¡Uff! A veces tengo que tomar control de mis pensamientos.

Me escribió anoche, pero demoraré un poco en responder, no quiero sonar desesperada por hablar con él. Ya pasaron cinco minutos, los más largos de mi vida, le voy a responder. Pero solo con mi número de teléfono; nada más... como para hacerme la interesante. Tres horas esperando en un ayuno involuntario porque se me cerró el estómago, hasta que ¡el teléfono sonó! ¡Aleluya! ¿Qué hago? ¿Lo contesto o me hago la más ocupada? ¡Ay, Pamela! ¡Qué difícil es ser yo!

Hablamos por una hora. Qué linda su voz. Qué lindo su acento. Ahora sí que me podría enamorar, pero solo si se cortara un poco esa barba, pensé. Me dijo que no podía esperar al lunes para que le contara del cumpleaños.

Me confesó que le hubiese encantado estar allí y conocer a mi familia de la que tanto le cuento y que yo conociera a sus chicas. De pronto, mi mamá entró a la habitación, parece que estaba escuchando detrás de la puerta, porque la abrió diciendo:

—¡Hola, Donato! Yo soy la famosa Noemí.

¡Ja, ja, ja! ¡Esta madre mía tan intrépida!

Él, de inmediato me dijo:

—*Presto tua mamma al teléfono*[29].

Y la «*mia mamma*» me lo quitó sin pedir permiso. Ellos comenzaron a hablar como si fueran viejos amigos. Era tan gracioso ver a mi mamá muerta de la risa contándole cosas de mí a Donato, como si fuera su amigo de toda la vida. Podía escucharlo reír y eso llenó de ternura el momento. Y a la Noemí, que se le quitó repentinamente toda timidez, le dijo: —«Donato, ¿Cuándo vienes para acá? Nosotras vamos para la iglesia en un ratito, pero ven esta tarde para que te tomes un café boricua». Y bueno, él le dijo que sí. Así que hoy, después de dos meses, voy a volver a ver a Donato, gracias a la atrevida de Noemí. ¡Gracias, *mamma mia*!

---

29   «Pronto, tu madre al teléfono»

Después de la iglesia

Al salir de la iglesia, Penélope se fue con sus amigos a almorzar, mientras Noemí y yo nos fuimos a la casa a esperar a Donato. Yo no sé cuál de las dos estaba más emocionada. Lo vimos llegar por la ventana. Vino en su Jeep blanco de 1985, su pelo recogido, gafas, pantalones cortos y sandalias de cuero; pero había algo diferente en él: la barba estaba mucho más corta, significativamente más corta.

Abrí la puerta y ahí estaba. Podía apreciar mucho más su rostro y su linda sonrisa. ¡Es guapo el Donato! El mismo, pero lo veía diferente. Nos quedamos viendo, sonriendo, pero sin saber qué hacer. Y una vez más, me dio la mano, (¡Yo no entiendo esto!) y me dijo:

—*Vengo a trovare la signora Naomi*[30].

¿Cómo? ¿A trovare? ¿Qué es eso?

Y mi madre saltó del sofá diciendo:

—A verme, viene a verme a mí, yo soy *singora* Naomi. Todos comenzamos a reír. Ellos se dieron un abrazo de ladito, el abrazo que yo quería, ¡qué celosa me puse! Yo me raspé la garganta intentando interrumpirlos en su fraternal saludo, pero ambos me ignoraron riéndose. Mi mamá le dijo:

—¡Qué bueno que estás aquí, hijo! Al fin te ven mis ojos.

Donato bajó su cabeza, puso sus manos juntas, le dio las gracias y le dijo:

—Cuánto quisiera escuchar con más frecuencia esa hermosa palabra: hijo, *bambino*. ¡Gracias!

Mi mamá le dio un beso cariñoso en la mejilla y le dijo:

—¡Gracias a ti! ¡Gracias! ¡Gracias por salvar a mi hija!

---

30 «Vengo a ver a la señora Naomi»

Jehová te bendiga y te guarde; Jehová haga resplandecer su rostro sobre ti y tenga de ti misericordia. Jehová alce sobre ti su rostro y ponga en ti paz.

Donato respondió:

—Recibo la bendición de Números 6. —y de forma ocurrente, me miró y dijo: —Amenazo con llevarme a la *tua mamma* conmigo.

Fue un momento muy tierno.

Pasamos juntos a la cocina mientras mi mamá preparaba el café. Comenzaron a hablar sobre la Palabra de Dios y me sorprendió escucharla hacerlo con tanto denuedo. Donato, a su vez, fluía cómodo en la conversación; parecían dos maestros de las Escrituras.

—¿Alguna vez se ha preguntado sobre Génesis 6? —Preguntó Donato, generando conversación con mi mamá.

—¡Oh, sí! El tema de los gigantes, los hijos de Dios y las hijas de los hombres. Eso me llevó a querer leer el libro de Enoc.

—Sí, yo también lo hice, pero ¿sabe qué descubrí? Que hay misterios tan profundos en la Palabra que, como hombres, solo podemos especular; pero nos toca esperar al final de los tiempos para lograr un entendimiento total.

—Cierto, hijo. Yo dejé de curiosear más, cuando mi pastor me dijo que tuviera cuidado de no querer conocer tanto, que me convirtiera en historiadora más que en discípula.

—¡Oh, interesante! ¿Cuál es la diferencia?

—Bueno, que un historiador conoce mucho de la Palabra y puede entretener con historias, pero el buen discípulo aprende y pone en práctica; vive lo que predica y predica del testimonio que vive. Un buen discípulo es aquel que comparte las Buenas Nuevas de salvación que Dios se hizo hombre y vino a este mundo para tomar nuestro lugar, pagando con su muerte en la cruz por nuestros pecados; que al tercer día resucitó, caminó por cuarenta días en un cuerpo resucitado y ascendió al cielo para ofrecer vida eterna a todo aquel que crea. Así que, podemos distraernos con historias o detalles, o podemos concentrarnos en el mensaje que transforma vidas: el mensaje de la cruz.

—¡Oh, Naomi, tú eres profunda! —Dijo Donato, mientras me miraba con una tierna sonrisa y me extendía su mano, como no queriéndome dejar fuera de la conversación. —Ya entiendo por qué Pamela tiene un depósito del Espíritu Santo tan bonito. Ustedes son una familia separada por Dios con propósitos. Y si no, que lo diga Nelson —Todos reímos. —¡Qué honor estar en su hogar, *signorinas!*

Ciertamente, Donato se hace querer muy rápido.

—Bueno, Naomi, vengo a pedirle permiso para llevarme a esta linda *signorina* a hacer *paddle board.* Tengo que enseñarle a nadar para que no vuelva a meterse en aprietos.

—Sí, llévatela y enséñale porque le voy a dar una palmada en el trasero si sigue cayéndose y teniendo encuentros con ballenas. Yo estoy muy vieja para esos sustos.

—Tranquila que yo la cuido.

—Noemí, tengo treinta y tres años, creo que estoy grandecita. —Ambos se miraron y se burlaron.

Nos fuimos en el Jeep retro de Donato. ¡Cómo me encanta! Me siento Daisy en *«Los Dukes de Hazzard»*[31]. En la parte trasera del jeep tenía dos tablas de *paddle board,* una para él y una para mí.

—Quiero que conozcas a Sandra y a Luis, —le dije

---

31   Serie de televisión, popular en los años setenta, creada por Gy Waldron, emitida originalmente en la cadena CBS.

— son mis amigos, los que me enseñaron a practicar *paddle boarding*. Vamos al lugar donde ellos rentan sus tablas para que los conozcas.

—Bueno, yo he sacado el día para compartir con mi nueva amiga, la *signorina* que Dios me llevó a rescatar en Aruba; así que usted lléveme a donde quiera. Pero un día quiero invitarle a Delray, para que conozcas a mis hijas y al gran don Juan Rey, el que me enseñó a hablar «*ezpañol con la Z*». —dijo exagerando el acento español.

Llegamos a Biscayne Bay, el sitio donde Luis tiene su negocio de tablas para alquiler. Ese lugar es hermoso: tiene hermosas islas, abundante vida marina y espectaculares vistas de la ciudad. Es ideal para disfrutar de la naturaleza, observando de lejos la metrópolis. No llegamos enseguida a ver a mis amigos, porque yo quería compartir un poco con él, antes de que otra larga conversación me robara el tiempo de conocerlo más.

Tan pronto entramos a las aguas, me paré rápido sobre la tabla; quería impresionarlo. Pero él se quedó tan tranquilo, sentado en la suya, y comenzó a decirme:

—Don Rey tiene unos setenta y tantos años, pero está lleno de energía, así como tú, que has saltado sobre esa tabla y desde allá me miras con una expresión de desesperanza ante mi pereza.

—Pero, no he dicho nada.

—No ha hecho falta, me has mirado. —Ambos reímos.

Dado que los dos somos muy curiosos, quisimos ir alrededor de algunas de las islas mientras conversábamos. Las horas con él pasan volando, es tan sencillo, tan amigable.

El sol comenzaba a descender y las vistas eran impresionantes. De pronto me advierte que me ponga de rodillas sobre mi tabla, si no quería caer al agua. Yo, con los ojos muy abiertos y sin saber cuál era el peligro que me podía hacer caer, le hice caso. Al ponerme de rodillas logré ver muchos círculos grandes en el agua que se movían hacia nosotros.

—Ay, ¡Dios mío! ¿Qué es eso, Donato?

—Tranquila, son solo amistosos manatíes que nos vienen siguiendo.

—¡Ah sí, claro! ¡Tranquila!... Solo son esos monstruos marinos gigantescos, en los que cabes en su boca como un pedazo de pan.

—*Cosi drammatico!*

—Dramática, dirás.

—Sí, eso dije, pero en italiano. Me hace reír tu manera de ser. Eres muy natural, no pretendes ser perfecta, y eso es perfecto para mí.

—¡Aww! Pero, ¿qué hacemos con los molinos gigantes que nos persiguen, don Donato?

—Oh, *«dio de espuelas a su caballo Rocinante, sin atender a las voces que su escudero Sancho le daba, advirtiéndole que, sin duda alguna, eran molinos de viento, y no gigantes, aquellos que iba a acometer».*

—Oye, sí que te gusta Don Quijote, ¿hasta te sabes los diálogos?

—Es que hay tantos significados escondidos y enseñanzas sin descubrir aún. Los molinos representan nuestros enemigos imaginarios; en este caso, los manatíes, que no son tus enemigos y no tienes por qué pelear con ellos. Solo tienes que agacharte para que en la torpeza de su tamaño, no te tumben al agua cuando pasen bajo tu tabla, porque lo harán.

—*«El lugar más seguro para caer son tus rodillas»*, esa es mi frase favorita. —comenté.

—Oh, ¡es buena! Pues sí. Y típicamente los seres humanos somos como los manatíes: el tamaño de nuestro ego hace caer a otros. Nuestra boca tan grande hace creer a algunos que los comeremos; pero el poder está en nuestra imaginación, en lo que creemos que pasará y no en la realidad.

En ese momento uno de los gigantescos manatíes coloca su aleta con tres uñas sobre mi tabla y mi corazón latía a mil por hora. Donato intentaba llamarlo hacia él con su remo, pero el animal lo que quería era hablar conmigo. De pronto, otro de ellos, enorme, con su cabeza gigante, su cara arrugada y bigotes en el hocico, se asoma para mirarme. Sentí que me desmayaba, pero el valiente «Don Donato» se lanzó al agua para alejarlos de mi tabla; yo me sentí toda una Dulcinea.

Al volver a su tabla me dijo:

—No dejes que situaciones intimidantes te aterroricen. Es normal sentir temor en ocasiones, porque el temor te hará reaccionar. Pero cuando se convierte en terror, te paralizas y puedes cometer errores. Siempre recuerda lo que dice Mateo 10:28: «*No temáis a los que matan el cuerpo, más el alma no pueden matar; temed más bien a aquel que puede destruir el alma y el cuerpo en el infierno*». Nos dejamos llevar por lo que vemos, por lo físico, por el tamaño; pero el único temor sano es el temor a Dios, que es sabiduría. Hoy día las películas de terror procuran sembrar en tu mente grandes semillas de miedo para que te familiarices con un sentimiento que no es bueno, de modo que cuando lo experimentes, lo aceptes fácilmente.

No te rindas ante el temor; véncelo con valentía, antes de que se convierta en un gigantesco molino de terror que te atormente y esclavice.

130

—Es cierto. Por eso uno de mis versos favoritos es el Salmo 34:4: «*Clamé al Señor y* él me *libró de todos mis temores*». —Respondí.

No podía anticipar cuánto me ayudarían estas palabras más adelante.

*"El lugar más seguro para caer
son mis rodillas"*

El madero que me *salvó*

Después de sobrevivir a la experiencia de los manatíes, quise salirme del agua. Caminamos un poco por la playa y le pedí que me contara cómo es el lugar donde vive.

—Como te dije, vivimos en una casa de madera, estilo chalet, que hemos ido restaurando durante cinco años, entre mis hijas y yo, con la dirección de Dios. Está un poco escondida detrás de muchos árboles de sombra, algunas palmas y los árboles frutales que he ido sembrando poco a poco.

—¡Qué bonito suena!

—Vivo tan solo a unos pasos de *Intracoastal Waterway*[32], uso mucho ese canal para hacer *paddle board* y pescar. La playa me queda a minutos. ¿Te cuento algo?

—¡Claro! —respondí.

---

32 Canal Intracostero del Atlántico

—Dios me da ideas mientras duermo y en la mañana me levanto a planificar cómo voy a aplicar lo aprendido en sueños. Así que, el crédito no es mío; restaurar la casa ha sido un trabajo en equipo. Mi hija mayor ama la limpieza, la pequeña es muy artística y junto a mí, hacemos un trabajo de tres. Así cómo trabajan juntos el Padre, el Hijo y el Espíritu Santo para restaurar nuestras vidas, cada uno desde un ángulo, así hemos trabajado para restaurar la casa. Mi deseo era que don Rey pudiera venderla y recuperar la inversión, pero jamás imaginé que él nos la fuera a regalar. Él compara la casa con un perrito que fue abandonado y adoptado: el dueño original lo perdió al abandonarlo; pero el que lo rescata, lo ama y lo cuida, es el dueño real. Así que me dijo: «Vosotros la arreglasteis. Por eso, no es que yo os la haya regalado, es que os pertenece porque la amasteis».

—¡Guau! ¿Y dónde vive don Rey?

—Él vive al frente de la playa, en una hermosa mansión muy cerca de nosotros. Yo lo visito a diario y le echo una mano en todo lo que necesita. Es ahora mi cliente más importante y uno de mis mejores amigos.

—¿Pero es también como un papá para ti?

—Si lo dejo, me adopta para heredarme; pero yo no puedo aceptar eso. Yo tengo un padre al cual le debo honor y ya fui adoptado por un Padre celestial que me ha dado por herencia el Reino de los cielos.

—¡Qué lindo que pienses así! Me recuerda a Coco; diferente pero similar. Fue un hombre que conocimos al llegar a Miami; él era pobre, pero nos heredó todo lo que tenía: un carro Datsun del 74, su salón de belleza en la calle 8 y la casita pequeña en la 44 Street, en la cual todavía vivimos. Coco fue un ángel para nosotras, así como don Rey para ti.

—Dios usa a quien quiere; no importa su estatus

social, personalidad, pasado, o relación contigo. Si él utilizó cuervos para alimentar a Elías, cuánto más va a usar a otros seres humanos para bendecir a sus hijos. Pero en ocasiones juzgamos y miramos de lejos.

—Sí, yo creo que lo que ambos tuvieron en común fue la soledad. Sus familias los despreciaron, con culpa o sin ella; pero cuando encontraron amor en otras personas, se sintieron tan bendecidos que bendijeron.

—¿Sabes? Una de las razones por las que hoy vivo de ser carpintero, es porque la gente del vecindario me veía trabajar fuerte en esa casa. Ellos vieron el cambio y el esfuerzo y los vecinos me comenzaron a ofrecer trabajo. Yo puedo ir caminando a donde la mayoría de mis clientes, por eso, uso *il motorino*[33] en la semana y le dejo el jeep a mis hijas. Lo que comenzó como un proyecto de sobrevivencia, es hoy el negocio que trae la provisión a mi casa, me da flexibilidad de tiempo para mis hijas y lo empleo como herramienta para ministrar. No hay casa a la que yo vaya en la que no hable del plan de salvación. Hoy soy un experto en la madera, gracias a que soy hijo del más grande carpintero, aquel que dio su vida justamente en un madero por mí y por ti. Así que hablo de mi Padre sin detenerme.

—Y supongo que don Rey recibió al Señor...

—No puedes aguantar la duda, ¿eh? ¡Ja, ja, ja! — reímos mientras finalmente calmaba mi curiosidad — Bueno, eso tomó un tiempo y mucha paciencia, pero sí. Comencé a trabajar con don Rey en su velero y todos los días me recogía e íbamos a la marina. Él pasaba el día conmigo, sentado escuchándome, mientras que yo reparaba los gabinetes del velero. Él era tan celoso con su embarcación que no me permitía quedarme si él no estaba; así que, si él tenía que atender un negocio, yo le acompañaba. Quizás creía que me iría navegando en

---

33 «Motocicleta»

velero a Italia. Me vio cara de Cristóbal Colón. ¡Ja, ja, ja! Pero todo ese tiempo le fui hablando de Jesús. Hasta que se dio la oportunidad de recibir a Cristo.

—¡Qué bien! Pero cuéntame cómo fue.

—Pues, un día cualquiera me preguntó: «¿por qué, si soy rico, no tengo el gozo que tú tienes?» Y yo le respondí: «porque no lo quieres». «Sí que lo quiero», me rebatió. Entonces, con firmeza y amor, le dije: «lo único que yo tengo y tú no, es a Dios en el corazón. ¿Lo quieres?» Y él, rápidamente contestó: «Ya te he dicho que yo no quiero saber nada de religión». «Yo tampoco», le respondí.

«Tú quieres los frutos, pero rechazas al árbol que los produce».

Y me respondió, con lágrimas en sus ojos, por primera vez: «De acuerdo, dame el árbol, dame a Dios»". Ese día, no solo hizo la declaración de fe, sino que también lo bauticé, allí mismo en la marina y recibió el Espíritu Santo. Todo en una.

—¿Cómo así? —Pregunté con gran curiosidad.

—La Palabra dice: *«que si confesares con tu boca que Jesús es el Señor, y creyeres en tu corazón que Dios le levantó de los muertos, serás salvo»[34]*. Don Rey confesó con su boca y creyó en su corazón, así que es salvo porque con la boca se confiesa para salvación. Y dado que él creyó con todo su corazón y allí había agua, ¿qué impedía que fuera bautizado? Así que le bauticé y al salir del agua, le dije: «Don Rey, ya no se embriague más con vino, en el cual hay disolución, sino sea lleno del Espíritu

---

34   Romanos 10:9

Santo». En ese momento, fue lleno del Espíritu Santo y comenzó a hablar en otras lenguas, según el Espíritu le daba habilidad para expresarse. Don Rey es otra persona desde entonces.

—Donato, ¿todo de una?

—De una. Es que si me tomó tanto tiempo llegar a ese día, no lo iba a dejar escapar fácilmente. Ya estaba convencido, que nazca de nuevo; ya estaba mojado, que se embriague en el Espíritu... de una.

—¡Qué linda historia, Donato! Para Dios no hay nada que sea imposible.

Si todos **evangelizamos** *de esa forma, de uno en uno y en donde estemos,* **este mundo sería otro.**

Comenzamos a caminar hacia el carretón donde Luis y Sandra alquilan sus tablas y le mostré a Donato quiénes eran ellos, poco antes de llegar. Pero él, que no es nada tímido, gritó: ¡Don Luis!

¡No hay duda de que él no es normal!

Un encuentro amistoso

—Empecemos quitándome el «don». Ya se lo dije a Pamela una vez, ese «don» me suma unos treinta años que no tengo.

Todos reímos.

Los presenté y enseguida comenzaron a hablar. Donato se puso a ayudarles con las tablas y a organizar todo para cerrar. Luis le hizo muchísimas preguntas, le comentó algunas cosas de Penélope y le preguntó sobre sus hijas. Me llamó mucho la atención lo diferentes que son. Él dice que Antonella, la mayor, es líder, extrovertida y muy activa en las redes sociales; mientras que Carina, la pequeña, es lo opuesto: reservada, introvertida y ni siquiera tiene redes sociales.

—Antonella hace amistad con todo el mundo. Ella siempre ha tenido problemas con su peso; desde niña ha tendido a ganarlo fácilmente, pero ha hecho de eso, su fortaleza. Tiene muchísimos seguidores en las redes sociales y hace una cantidad de cosas para demostrarles a las chicas que el peso no es un impedimento. Ella corre, practica *surfing,* hace *skateboarding,* baila y está llena de energía. Pero no importa cuánto ejercicio haga, no logra bajar de peso. Cuando era más pequeña eso la abrumaba porque siempre era la gordita del salón, pero antes de que su mamá muriera, tuvieron una charla y Morelia le dijo: «Tu nombre significa "mujer de gran valor". Sácale brillo al valor que ya está en ti, usa la luz que tienes dentro.

Las lámparas no alumbran por la forma de su tapa exterior, sino por la intensidad de su bombillo.

Que no te limite tu peso. Vive». Y ella lo tomó como una asignación personal. Vive intencionalmente y es feliz cada día, agradecida por quién es y de estar viva. Tiene dieciséis años y es una líder en su escuela. ¡Cuánto quisiera que fuera de mi carne!

—¿Cómo así? ¿No es tu hija biológica? —preguntó Luis

Y bueno, ahí Donato le contó un poco su historia y

además algunas otras cosas que yo no sabía.

—Yo era otro, Luis. Era el peor de mi clase: no estudiaba, llegaba tarde y me copiaba. Fuera de la escuela, me drogaba, tomaba mucho alcohol y me encantaba la rumba. Me volví esclavo de la pornografía, pero no sabía que lo era. No tenía idea del daño que eso le hacía a mi mente y a mi cuerpo, y ni hablar de las puertas espirituales tan horribles que abría. Pero yo no tomaba nada en serio, iba por el camino de mi padre terrenal. Nunca había amado a nadie; disfrutaba de las mujeres, pero no las respetaba y mucho menos las amaba, no me enamoraba. Yo había visto la amargura de mi mamá y aunque la amaba, no deseaba vivir con una mujer que se pasara la vida peleando. Y el día que Antonella nació, llegó todo con ella. Ese día descubrí el verdadero amor.

—Espera, ¿Antonella es la hija de tu difunta esposa? ¿Ese día te enamoraste de tu mujer? No entiendo.

—Me enamoré de mi esposa después. Yo a Morelia la veía como una gran amiga, incluso en una temporada la vi como a una hermana. Nos conocíamos desde el colegio, su novio era mi mejor amigo, y se me hacía difícil entender cómo todo había cambiado. Él no quiso saber de Morelia y su embarazo, y yo me volví el papá de una niña que ahora es mía. A mí me dio pena, yo le debía mucho a Morelia y no podía dejarla sola en el embarazo. Ella era brava, pero estaba sufriendo. Estando embarazada se metió al punto de drogas donde yo compraba y les dio dinero para que no me vendieran.

Una mañana me encontró bebiendo y fumando, ya estaba bastante embriagado siendo muy temprano, y muy molesta conmigo me dijo: «Tú no eres un drogadicto; tú eres un hijo de Dios escondido en un basurero. Tú eres un elegido y no lo sabes, pero Dios sí. Él murió por ti en un madero y sabe bien cuántos cabellos hay en tu cabeza». En ese momento comencé a llorar como un niño y caí sobre mis rodillas. No sé qué me pasó. Nunca pensé que a Dios yo le importara, pensaba que Él era como un gran juez duro e inalcanzable. Nunca creí que a alguien le interesara algo de mi vida. Cuando abrí mis ojos todo se veía diferente, el cielo era más azul, el pasto más verde y aquella mujer embarazada se veía como un ángel ante mis ojos. Un amor indescriptible me abrazó, hacia Dios, hacia ella y hacia la hija que estaba por nacer. Ella comenzó a llorar también, pero el llanto se convirtió en gritos, y yo la miraba extrañado, todo era raro ese día.

De pronto, agua comenzó a salir de su cuerpo y yo no tenía idea. Ella me dijo que pensaba que la bebé iba a nacer, así que yo me levanté, la tomé en mis brazos y nos fuimos volando al hospital. Ese día nació ella y ella era Antonella Mía. Yo le añadí el Mía, porque ahora lo es. Mi hija y yo nacimos el mismo día; yo nací en el espíritu y ella nació en la carne.

Ese mismo día yo hice confesión de fe. Morelia había crecido en un hogar cristiano, pero estaba apartada, hasta ese día. Yo le prometí a Dios que no volvería a tocar las drogas y que criaría a Antonella como mi hija y que me casaría con Morelia. Y así lo hice. Nos casamos y un año más tarde nació Carina Valentina.

Me impresionó escuchar la persona que fue, porque no queda rastro en él de ese hombre que describe, ni siquiera lo puedo imaginar fumando o siendo un mujeriego. No lo puedo imaginar así, sin Dios.

—Entonces Donato, ¿tuviste un bonito matrimonio? —Preguntó Luis.

—Sí. Con altas y bajas, pero hicimos una vida bonita, normal, hasta que, siete años más tarde, le diagnosticaron cáncer a Morelia. De una vida de lujos, viajes, vacaciones y actividades extracurriculares con las niñas, pasamos a citas médicas, crisis, catarsis y depresión. La oscuridad cubrió nuestras vidas. Tuve que pedirle a mis hijas que crecieran rápido para que me dieran la mano, porque eso era mucho para mí y yo me sentía un niño para enfrentarlo. Trataba de cuidar a Morelia lo mejor posible, pero mis hijas fueron dos valientes. Juntos cuidamos de mamá hasta el último día.

—Es duro el cáncer. —Comentó Luis colocando un brazo sobre el hombro de Donato, en señal de empatía.

—Lo es. Es duro, Luis. Nadie sabe cómo lastima a los familiares de la persona enferma, hay que hacerlo todo por ella, mantenerte fuerte, sonreír, darle aliento, pero te sientes destruido. Tienes miedo. Duele el cáncer, duele. Nos duele a todos. El cambio físico, la nueva dieta, el estilo de vida, lo económico asusta. La gente te visita y sienten pena, sonríes y les dices que todo va a estar bien. Todos se van y hay silencio en la casa. El dolor vuelve, el miedo azota, la noche no termina. Se te va la vida cuidando a esa persona y lo haces con amor y con miedo a que en cualquier momento muera. Es terrible.

—He escuchado que las personas con cáncer desarrollan una sensibilidad especial hacia Dios. Ven todo diferente y alcanzan una paz que es sobrenatural. ¿Es cierto? —preguntó Luis.

—Pues, ¿sabes que sí, Luis? Morelia tuvo una visión que supongo que fue celestial. Ella un día me dijo: «Donato tú estás muy joven y te vas a volver a casar». Yo la miraba extrañado, pero ella no me miraba a mí; lo hacía al techo, como si estuviera viendo una visión. Y me dijo: «Hay una mujer que Dios tiene para tu vida, sigue sus instrucciones, para que la encuentres. Dios te va a acercar a ella, la vas a amar profundamente y con ella alcanzarás grandes cosas. Ella será una madre para nuestras hijas. No tengas temor, porque Dios te va a mover hacia nuevas alturas» Yo me negaba a creer lo que le escuchaba decir y la miraba extrañado. Recuerdo que luego miró a Carina y le dijo: «Busca la fortaleza que hay en tu interior, no dejes que tu mente te domine y vas a vencer. Vas a alcanzar las promesas de Dios en tu vida, aun cuando los tiempos se tornen muy oscuros. No renuncies, no te rindas, tú eres valiente, Carina». Esas fueron sus últimas palabras y luego de eso, su espíritu salió de su cuerpo.

—¡Guau! ¡Qué experiencia, Donato! —Dijo Luis, sorprendido.

—Sí, fue triste, pero hermoso a la vez. Tenía treinta y dos años, era viudo y padre soltero de dos niñas. Ahí comenzó mi aventura de leer la Palabra de Dios, buscando un refugio para mi alma. Como dice el Salmo: *«El sufrimiento me hizo bien, porque me enseñó a prestar atención a tus decretos»*[35].

—Me encanta cómo citas la Palabra constantemente, Donato; estás lleno de ella. —señaló Luis.

—Es que leo la Biblia diariamente desde entonces, al menos una hora al día. Después de que ella murió comencé a leerla por primera vez e hice un voto nazareno. Y aquí estoy. Hoy, después de cinco años, Dios me ha ordenado recortar la extensión de mi barba y lo hice esta mañana, por primera vez en todo este tiempo.

—¡Oh! Por eso te noté diferente hoy. —Dije tímidamente para que no se me notara la emoción por ver su rostro. —¿Qué es eso del voto del nazareno?

—Era una manera, en el Antiguo testamento, de dedicarse a sí mismo al servicio de Dios. Nazareno significa «uno separado», que es la raíz para el término hebreo «santo». No es que yo me considere santo; nada de eso, pero este voto está basado en Números 6. Algunas personas lo hacían por períodos limitados de tiempo, y otros, de por vida. El tiempo más corto era de treinta días y finalizaba con el rasurarse la cabeza y

---

35 Salmos 119:71

quema del cabello afeitado, junto con un sacrificio en el templo.

—¿Tú vas a hacer eso? —pregunté visiblemente intrigada.

—Yo hice un voto de abstenerme de por vida al vino y bebidas fuertes; no tomo alcohol en lo absoluto. Cuando comencé, hice una promesa a Dios de no cortarme el pelo hasta terminar de leer la Biblia. Cuando terminé, decidí reanudar un nuevo pacto del cual me reservaré los detalles ahora. Es un periodo de purificación intencional y lleva consigo un sacrificio. Pero el mayor sacrificio es mi adoración.

—Tú debes ser un hombre muy especial, Donato. — Dijo Luis. —Dios te ha permitido vivir cosas muy fuertes y a pesar de que en la escuela eras mal estudiante, en los exámenes de Dios has ido pasando con A+ cada uno.

—¡Oh no, Luis! Yo no soy lo que usted cree. El madero me salvó, yo he fallado mucho. Como decía el Rey David: «*Yo solía desviarme, hasta que me disciplinaste; pero ahora sigo de cerca tu palabra*»[36].

—Todos lo hacemos, hijo; pero los exámenes de Dios son de selección múltiple. Tú has podido elegir algo diferente, basado en tu situación y en tu historia de vida; sin embargo, has escogido el plan de Dios en cada una de las ocasiones, aunque esto haya hecho tu vida más compleja. Yo quiero volver a verte, tú y yo tenemos mucho que conversar. Quiero hacer depósitos en ti de lo que Dios me ha dado, pero yo necesito que tú compartas en mí el depósito que tú tienes. Me gusta tu fe. Eres «*extreme*», un italiano bravo, un Rey David que no teme enfrentar leones y despedazarlos. Tú sabes bien que el enemigo anda como león rugiente buscando a quién devorar; pero también sabes quién va delante de ti: el poderoso de Israel.

---

36   Salmos 119:67, NTV

Se abrazaron y se miraron fijamente a los ojos. Sin duda, fue uno de esos encuentros que no son casuales; son planificados por Dios desde el cielo.

———————————

«De acuerdo, **dame** *el árbol,* **dame a Dios***»*

———————————

Tenemos un enemigo

En ocasiones tenemos miedo de aquello que no conocemos. Tememos a un animal porque es grande y fuerte, aun si nos dicen que es inofensivo; pero a la vez, en ocasiones somos muy confiados con criaturas que parecerían inofensivas, como las hormigas o los perritos de corta estatura, solo porque las vemos pequeñas. También nos intimidamos con la oscuridad, porque no vemos con claridad lo que sucede en ella, cuando, a veces, las peores caídas suceden a plena luz del día.

Donato me intimida porque habla en un idioma diferente y viene de una cultura distinta, pero en el pasado he sido demasiado confiada con hombres que hablaban mi idioma, pero sus corazones estaban lejos de Dios.

En definitiva, debo estar sobria para observar con cautela. Debo tener dominio propio y discernimiento para no caer en las trampas del enemigo, que no parecen trampas, sino todo un lindo *resort*. Debo estar atenta a las asechanzas y al león que anda rugiendo queriéndome intimidar, pero también debo simplemente mantenerme firme en mi fe. Debo confiar en el Dios que me dirige, el que vela por mi alma sin descanso, el que me habla en las mañanas y me protege de lo que se esconde en la oscuridad.

Por eso hoy decido hacer tres cosas:

1. Tomo la decisión de no vivir con miedo y hacerle frente a lo que venga, sabiendo que Él está conmigo.

2. Me determino a preguntarle a Dios y confirmar, antes de tomar decisiones y entrar en áreas en donde no tengo claridad.

3. Decido cuestionarme. Conocer si mis intenciones son las correctas, si mi corazón es recto delante de Dios o si mi misma conducta puede ser la trampa que el enemigo use para enlazarme.

Pienso en los ratones adictos al queso; ellos no se percatan de que si les pusieron un queso apetitoso, en medio del suelo impecable, no es para que lo disfruten, sino para atraparlos. Así nuestro enemigo nos pone los deseos que nuestro corazón carnal ya ha expresado que anhela y con eso mismo nos hace caer. Por eso, Gálatas 5 dice que vivamos por el Espíritu, y no sigamos los deseos de la naturaleza pecaminosa. Soy llamada a ser libre, pero no emplearé esa libertad para dar rienda suelta a mis pasiones. Porque el espíritu está dispuesto, pero el cuerpo es débil.

Dios sabe cuáles son los deseos de mi corazón. Su palabra dice en el Salmo 37:4:

«Deléitate asimismo en Jehová, y él te concederá las peticiones de tu corazón».

La condición es deleitarme en Él. Así lo haré.

No sé qué me depara el destino, mañana traerá su propio afán; por tanto, no dejo que los pensamientos obsesivos me invadan más.

No sé si Donato es queso para ratón o petición concedida. Mientras lo investigo, seguiré confiando en mi Dios, quien nunca falla.

#Mitabladesalvación #BlogTenemosunenemigo #JournaldePamela

🔄 ♡ ➤SHARE

PARTE IV

Marejada
a la
vista

*«Se levantan las aguas,
Señor; se levantan las
aguas con estruendo; se
levantan las aguas y sus
batientes olas».*

Salmos 93:3, NVI

Caí sobre mis rodillas

Había pasado una semana maravillosa. La visita de Donato verdaderamente me trajo una gran alegría y esperanza. Luis parecía aprobarlo, pero no me había dicho ni media palabra al respecto, como si no percibiera algún interés. ¿Será que no lo hay? ¿Será que Donato es el queso que el enemigo me está poniendo como una trampa?

Pero, el viernes por la tarde, el cielo se nubló. La oscuridad se hizo tan real.

Las clases empezaron hace algunas semanas. Ya mi Penélope comenzó en su primer año de universidad y eso me pone un poco ansiosa, por lo joven que es. Usualmente, se va con Catalina o Víctor, que estudian en el mismo colegio; en otras ocasiones toma transporte público, pero esa mañana me pidió que le permitiera quedarse con mi «troca»; así le llamo a mi auto, un camión pickup azul muy alto. No me gusta que ella la conduzca porque es muy grande, está vieja y tiene mañas, además te sientes tan alta en la carretera, que es fácil perder el control; pero ella necesitaba trabajar en un proyecto con sus compañeros de clase y requería tener fácil movilidad, así que, finalmente accedí. A veces es difícil comprender que nuestros hijos han crecido. Darles la confianza que ellos necesitan, sin dejar de cuidarlos, es un balance complicado, máxime cuando se trata de una chica de dieciséis años que ya asiste a la universidad. Creció muy rápido.

Esa mañana Penélope me dejó en mi trabajo, pero yo me quedé con mucha inquietud. Pasé el día pensando en ella y cancelando los pensamientos en mi cabeza de que iba a sufrir un accidente. La mente es muy poderosa y el temor llega cuando permitimos que nuestra imaginación vuele a lugares oscuros. Todo el día repetí en voz alta: *«Llevo todo pensamiento cautivo a la obediencia de Cristo»* Esto es mi versión adaptada de 2 Corintios 10:5.

Eran las cinco de la tarde cuando recibí un texto de Penélope Sofía, dejándome saber que estaba retrasada y pidiéndome permiso para buscarme a las siete. No era mi plan trabajar un viernes hasta tan tarde, pero me dio paz saber que todo estaba bien; así que aproveché para adelantar unos proyectos de diseño que tenía atrasados. Trabajo como diseñadora de ropa para una casa de modas en Brickell, el distrito financiero de la ciudad de Miami, lleno de egos caminantes y competencias de belleza sin corona. Pasaron casi dos horas cuando el teléfono sonó, era mi preciosa hija.

—Mami, voy a buscar....

Su frase fue interrumpida por la voz gruesa de un varón pidiéndole las llaves del carro.

—Penélope ¿quién te pide las llaves así? —Pensé que era un compañero pedante de la escuela y ya quería decirle sus buenas cosas.

—¡Dame las llaves del carro si no quieres que te deje aquí pegá!

Cuando escuché eso supe que algo andaba muy mal.

—Penélope ¿quién está ahí contigo? ¿Penélope qué pasa?

Ella no respondió.

Lograba escuchar a lo lejos los gritos de Penélope pidiendo ayuda y pude identificar las voces de varios hombres al fondo. De pronto la llamada se perdió. Salí de mi oficina corriendo con la esperanza de que todavía hubiera alguien en el edificio, alguien que me pudiera llevar a no sabía dónde. No había tiempo para dar explicaciones, ni de hablar, ni de ser *nice* con nadie.

—¡Que alguien me lleve a mi casa ahora! ¡Por favor, necesito buscar a mi hija! ¡Ayúdenme, por favor!. — gritaba desesperada.

Un compañero de trabajo rápidamente se ofreció y corrimos a su auto. Él sabía que algo debía andar mal y ni preguntó.

Llamaba incesantemente al teléfono de Penélope y estaba apagado.

—No puedo dejar que la desesperación se apodere de mí —me decía. —Dios te necesito. Necesito saber que mi hija está bien.

—**Hija, Penélope está en la palma de mi mano.** — Fue lo que le escuché decir.

No sabía si eso era bueno o malo. No entendía si eso significaba que Él la estaba cuidando o que ya estaba con Él en el cielo. Mi corazón estaba latiendo fuerte, mis ojos enfocados en la meta y aunque físicamente estaba de pie, sentía mi espíritu de rodillas gimiendo, clamando a voz en cuello.

Íbamos en el camino a casa y no sabía si llamar a Noemí porque me daba miedo asustarla. Esperaba la llamada de mi hija en cualquier momento. Decidí llamar al 911 para notificar lo sucedido y me indicaron que me fuera a casa, que ellos investigarían. Iban a ser los treinta y ocho minutos más largos de mi vida, pero el tráfico estaba en mi contra; nos tomó casi una hora en llegar. Todo el camino hice lo único que podía hacer: clamar al cielo. Le avisé a Luis y me dijo que de inmediato saldría para mi casa con Sandra. Llamé a Donato y oramos juntos en el teléfono. Fue una oración poderosa. Clamó como si fuera su propia hija. Él vive a poco más de una hora de distancia, casi dos, si contamos el tráfico, así que no pretendía que viniera.

Cuando me fui aproximando a la calle en la que vivo, pude divisar que estaba llena de patrullas de la policía. Salí del auto corriendo para llegar más rápido; mi camioneta azul no parecía estar allí, no sabía si Penélope estaba, pero la esperanza de verla me hizo correr sin parar hasta la casa. Mi mamá salió en ese preciso momento y yo solo alcancé a preguntar: ¿Penélope está viva? Sabiendo que su respuesta podría cambiarlo todo en ese instante.

—Hija, Penélope está dentro hablando con la policía. Dale unos minutos.

Caí de rodillas. Sentí que mi alma volvió al cuerpo, pero las piernas no me sostenían. Daba gracias a Dios, lloraba de gratitud, de dolor y de miedo. Dolor por el tiempo que tardé en escuchar esta noticia, y gratitud porque no pasó lo peor; lo que mi alma temía, no sucedió. Pero tenía miedo.

—Mi hija está viva, mi hija está adentro con la policía.

Decir eso en voz alta me daba paz y me calmaba. Era el equivalente a decir: Mi hija está en las manos de Dios.

¿Qué sucedió?

Quería saberlo todo, pero no era el tiempo de preguntar, sino de abrazar. Mi hija y yo nos fundimos en un abrazo a gritos. Ella temblaba y lloraba como una niña. Yo lloraba al escucharla, me dolía su dolor. No sabía qué había pasado en el tiempo que transcurrió entre el momento en que yo escuché a los hombres, hasta que pude llegar a la casa. Pero ella estaba viva.

El reporte policiaco decía que había sido un «*carjacking*»[37]. Tres hombres la interceptaron en una estación de gasolina, cuando ella se disponía a recogerme en el trabajo y se llevaron la camioneta. Estaban armados e intentaron llevársela con ellos, pero ella no sabe decir cómo se les salió del carro. Estaba viva y entera, y eso era lo verdaderamente importante.

Esa noche fue muy larga. Todos nuestros amigos vinieron a apoyarnos, nuestros vecinos estaban al frente como en vigilia. Nuestros pastores y la mitad de la iglesia también llegaron. Donato llegó con sus hijas y don Rey. Muchos de ellos se quedaron a dormir en el suelo de la sala y hasta en sus carros; nadie quería irse y dejarnos solas. Es ahí donde ves el valor y el amor de tu gente.

Hubo tres tipos de personas que se mezclaron allí:

Primero, los amigos, esos que están en las buenas y en las malas. Los que dejan todo por ti, porque te aman, les importas y de corazón quieren apoyarte en lo que puedan cuando la vida se vuelve muy densa.

Luego está la familia espiritual, los de la iglesia. Aquellos que no necesariamente puedes invitar a los cumpleaños, porque no cabrían todos en un mismo lugar, pero que de seguro, en las malas corren a ayudarte. Los que hacen el círculo de oración alrededor

---

37   Robo violento de un vehículo, en presencia y conocimiento de la víctima.

del mundo por ti. Los que te conocen «de domingo», pero que tu vida les importa porque eres su hermano en la fe. Todos necesitamos a esa familia espiritual, los que, como van «pa'l cielo» contigo, están dispuestos a caminar los infiernos de la vida que te toquen, porque saben bien que mañana la prueba les puede tocar a ellos. A esos ama y agradece cada día de tu vida; son dignos de ser apreciados.

Y luego está la raza. Aquí en Miami, si tú hablas español, «tú eres mi raza». Cubano, dominicano, boricua, venezolano, colombiano, argentino, panameño, tico, catracho o chapín, no importa; todos nos volvemos familia, carnales, panas, parceros... ¡hermanos! Mi hija se volvió la sobrina del barrio esa noche. Nos conozcamos o no, eres mi raza y estoy aquí «pa' las que sean». Llegaron los vecinos y los que no son. Un montón de gente que no conocíamos llenó la 44 Street, dispuestos a buscar a los tipos que asaltaron a la niña para hacer justicia. Todos queremos tener un primo que nos defienda, aunque nunca usemos sus servicios. Es como el Pedro que le cortó la oreja al soldado. Yo me imagino que Jesús lo amaba demasiado y se reía por dentro con sus cosas.

En fin, que se hizo tardísimo y nadie se iba. Yo dormí con Penélope y mi mamá se durmió en el sillón por apenas dos horas.

Al día siguiente la casa aún estaba llena de gente, pero Penélope tomaba toda mi atención. No quería salir del cuarto y cuando lo hacía caminaba diferente. Ella decía que todo se veía distinto. Lloraba y me pedía:

—Mamita, por favor, no me dejes. No te cases, por favor, no me vayas a dejar.

Me rompía el alma verla así. Escucharla llorar de esa manera.

Donato intentó hablarle, pero ella lo miraba muy

seria y no hacía ningún esfuerzo por agradecer su presencia allí. Sus hijas fueron muy lindas también; la mayor ayudaba a mi mamá a servir comida y a limpiar todo, mientras la pequeña se sentaba con Penélope y le enseñaba sus dibujos. Es de verdad una chica muy artística, pero el momento no era propicio. Don Rey, muy simpático, conversaba a gusto con todo el mundo, parecía el alcalde de Miami. Pero Penélope no se esforzaba por hablar, no se entusiasmaba con nada. De pronto, lágrimas corrían por sus mejillas y se abrazaba a mí con temor, repitiendo la historia.

—Mami, yo creí que sería el final. Me pusieron una pistola en la espalda y cuando me volteé me la pusieron en la frente y otro me puso otra en el estómago. Yo pensaba que me iban a llevar, a violar y a matar. Tenía tanto miedo. Nadie me vino a ayudar. Yo estaba frente al puesto de gasolina del indio, al lado del sitio de las frutas, había gente allí y todos se quedaron paralizados. Yo clamaba a Dios. Ellos me montaron en la camioneta en las piernas de uno de ellos, yo no quería que pasara. De momento yo estaba de rodillas en el piso, yo no sé si me tiré, si me caí o si ellos me empujaron por gritona.

—Hija, Dios te salvó. Dios te sacó con su mano de ese carro.

—Yo no quiero volver a ver la troca mamá.

—Tranquila que ya todo pasó y aunque la devuelvan, no nos la vamos a quedar si tú no quieres. Hija, pero eso fue cerca de aquí, por lo que me dices.

—Sí, mami. Yo llegué corriendo a casa. Yo no sé si fue la adrenalina, pero corrí como loca. Yo me quiero mudar, ya no quiero vivir más aquí. Tengo miedo, tengo miedo, mami.

—Está bien, hija, descansa. Todo esto va a pasar. Medita hoy en Isaías 49:16, ese verso es para ti: «*En las palmas de las manos te tengo esculpida*». Así dice Dios de ti.

Fueron horas muy difíciles y me sentía sin herramientas para ayudar a mi hija. Estaba agradecida de que estuviera bien en lo físico, pero podía ver cómo su alma sangraba y su espíritu había desfallecido. No sé cómo se arregla aquello que no podemos ver. Dios, solo tú puedes restaurar lo que se rompió dentro de ella.

El «*leash*» no está *atado*

La atmósfera en casa se sentía muy extraña y pesada. Yo sentía que a Penélope le había caído muy bien Donato, porque vi una pequeña sonrisa asomarse en sus labios cuando él oró por paz en nuestra casa. Pero ella se resistía a reconocerlo y no era tiempo de hablarlo.

Al día siguiente del asalto, Lisa vino a la casa a visitarnos. Mi gran amiga argentina, mi consejera y psicóloga, que ha estado conmigo como sostén en los momentos más críticos.

—Amiga querida, ¿cómo te encontrás? ¿Cómo está mi niña, Penélope?

—¡Ay, amiga! Penélope está actuando un poco rara. Cuando sale del cuarto lo hace como un alma en pena. Se sienta, las lágrimas no paran de bajar, se las seca y vienen mil más. Abre la nevera, la cierra, no quiere comer. Da vueltas en la sala sin hablar, se para en la ventana por largos períodos. Yo sé que después de la tormenta viene la calma, pero esto me tiene intranquila.

—Pamela, es normal. Pero como decís, después de la tormenta llega la calma. Ahora, muchas veces también vienen los traumas y el miedo a que vuelva a pasar. La anticipación nos descontrola y arrastra consigo los temores de los que tanto hablamos. El famoso PTSD.

—¿Qué es eso?

—Bueno, querida, ahora me pondré el sombrero de doctora y te hablaré como tal. El trastorno de estrés postraumático, es lo que se conoce como PTSD, una condición real y que muchas veces se presenta después de que ha pasado algún suceso aterrador, como el que ella vivió anoche. Sí, la persona ha sobrevivido a un acontecimiento muy fuerte, pero los pensamientos y recuerdos persistentes y aterradores de esa terrible experiencia no se detienen. Se repiten en su mente, una y otra vez, y a veces crean escenarios nuevos y peores.

—¿Eso es lo que ella tiene?

—Sería irresponsable para mí decir eso. Ella necesita ser evaluada para llegar a cualquier tipo de diagnóstico o recomendación. Te lo estoy comentando para que estés alerta y seas proactiva. Estas personas pueden paralizarse emocionalmente de forma crónica y eso es muy peligroso. Antes le llamaban «neurosis de guerra». Ella con dieciséis años, siendo una niña, fue expuesta a una guerra en la que no tenía forma de defenderse; su vida fue expuesta a muchas cosas y ella lo sabe: un asesinato, un secuestro, una posible violación y hasta tortura. Todo lo que no llegó a pasar, hoy la atormenta como si la fuera alcanzar. El temor de que le vuelva a suceder y esta vez no logre escapar está muy presente.

—¿Tú crees que la debo sacar de la universidad? ¿Me debo quedar en casa con ella para que se sienta segura?

Ella se quiere mudar.

—No tomes decisiones a largo plazo en momentos como este. Explica a la universidad lo sucedido, déjales saber que está emocionalmente inestable y que necesita tiempo, descanso y revisión profesional. Pide unos días también en tu trabajo. Ella es muy fuerte, se puede recuperar rápido, pero no te quedes cruzada de brazos.

Todos intentaron lograr una conversación con Penélope, pero era imposible. Lisa, sin embargo, se fue con ella al cuarto por casi dos horas y cuando salió, mi niña estaba dormida.

—Pamela, ve y cómprale su comida favorita, la que la hace sonreír más grande. Algo que no sea tampoco muy pesado.

—¿Pudiste hablar con ella? —Pregunté ansiosa.

—Muy poco. Ella no tiene fuerzas para hablar. Lloró, le leí la Palabra de Dios y se quedó dormida. No me soltó la mano mientras dormía y en murmullos me pedía que no me fuera, así que me quedé hasta que fuera ella quien me soltara. Está muy cansada. No olvides lo que hablamos.

Recordé que a ella le gusta mucho el queso que hacen en un restaurante mexicano en *Midtown*. Lo venden con nachos y también una limonada que es su favorita. Donato se ofreció a llevarme con el famoso don Juan Rey. Fuimos en el auto de don Rey y yo elegí sentarme en el asiento trasero. Pensamos que esta sería una buena distracción para alegrar a Penélope.

Lamentablemente, nos tardamos más de lo previsto y dice Noemí que se despertó, y al enterarse de que había salido con Donato y don Rey, se puso muy mal. Lloraba sin parar y sin consuelo, y en un momento entró en una crisis diciendo que ellos dos me iban a matar, que por favor alguien me fuera a buscar. Luis, Sandra y mi mamá intentaron ayudarla a entrar en razón, pero estaba como cegada de la realidad y convencida de que algo malo me estaba pasando. Mi mamá hizo entrar a las hijas de Donato para que le dieran testimonio de él, pero fue peor. Penélope comenzó a gritarles que se salieran del cuarto, que ella no las quería ver, que no las soportaba, que se fueran de su casa. Las dos niñas entendieron la delicada situación y se quedaron afuera mientras nosotros llegábamos.

El tráfico de Miami y el tiempo de espera en el lugar nos jugó en contra. Al llegar a la casa, Penélope salió corriendo y se me tiró encima llorando y pidiéndome que por favor no me volviera a ir. Ella me abrazaba y miraba a Donato con odio. Él entendió que era mejor para la niña y para nosotras que nos dieran espacio, así que se quedó afuera con Luis, mientras nosotros intentábamos calmar a la niña en el interior.

Tiempo después supe lo que ellos hablaron ese día.

—Hijo, dale tiempo. No sé cuál sea tu interés con mi niña, pero este no es un buen momento para ella. Vas a tener que darle tiempo y espacio.

Donato bajó su cabeza y le dijo:

—Sí, señor. Yo también lo entiendo así. Yo solo quiero que ellas sepan que soy un buen amigo con quien pueden contar, alguien en quien pueden confiar. Pero si mi presencia le va a causar daño a su niña, entonces es mejor que yo me mantenga a distancia.

Yo no supe nada de esta conversación hasta tiempo más tarde.

Una semana después

Desde el día del asalto Penélope ha estado extremadamente sensible y se le hace muy difícil dormir; tiene miedo constantemente y el terror la atormenta.

A veces, en la noche se despierta y camina hasta la ventana del frente pensando que algo malo está por suceder. Escucho sus pasos y me levanto un poco ansiosa. Me parte el corazón verla de esta manera, ella no era así. Le pregunté qué sentía, qué pasaba por su cabeza, y extendiendo la mano, me dio un papel; un escrito que hizo, al parecer en estos días.

ESCALOFRIANTE SENSACIÓN
Qué horrible es, mi Señor,
sentirme así como me siento;
pensar que hay gente mala afuera y
estamos solas adentro.
Sentir este miedo sofocante
corriéndome por las venas,
perdiendo toda entereza,
perdiendo hasta el control.
Aun sabiendo que hay un
Dios que me llama su princesa,
ya ni la esencia me queda de
aquella que un día fui yo;
cuya fortaleza se caracterizó,
por enfrentarse a la vida con la valentía
y la osadía de un verdadero campeón.
Hay ruidos y oscuridad,
hay pensamientos severos.
¡Ay! Qué ganas de explotar,
de irme a vivir muy muy lejos,
por miedo a esta sensación
que está quebrantando mis huesos.

No pude evitar que mis lágrimas brotaran mientras lo leía. Mi hija está experimentando emociones tan fuertes para su edad; sufre de terrores nocturnos, porque esto siempre pasa en la noche, en el día está bastante mejor. Quisiera abrazarla hasta poder expulsar cada una de esas sensaciones, echar fuera el terror y el miedo que está experimentando, pero mis fuerzas no me dan porque también lo siento. No sé cómo ayudarla

Fui a visitar a Luis a la playa y nos sentamos sobre una de sus tablas. Él había rentado diez tablas a un grupo y estaba pendiente por si alguno necesitaba ayuda en el agua.

—Hola, mi niña. Estoy atento a estos turistas porque ya vi que muchos de ellos se quitaron el *leash*. Ellos no entienden que es por su seguridad. Pero y tú, ¿cómo hiciste para venir un día de semana en horas de trabajo?

—Así me siento yo, Luis, desconectada de mi *leash*, insegura.

—No digas eso, hija. Esta es solo una mala temporada. Hay marejada.

—Hice algunos ajustes temporales en mi trabajo para poder estar más en casa, porque Penélope verdaderamente me necesita. Temo que a mi niña le quitaron su leash y se me cayó de la tabla. Luis, no sé qué hacer. No quiere volver a la universidad, no quiere salir de la casa, pero tampoco quiere estar en ella. Tiene un miedo constante y no sé cómo manejar esto. Se sale de mis manos, de mi experiencia. Me duele verla de esa forma, es como si fuera otra persona. Quiero llevarla con Lisa o con algún otro psicólogo, pero ella me está pidiendo tiempo y no creo que eso ayude. ¿Tú qué opinas?

—Hija, aquí hay una guerra muy real. Su mente es el campo de batalla del enemigo, pero a esto hay que hacerle frente por varias áreas. Vamos un poco a la sombra porque te quiero explicar algo. —Nos sentamos bajo una palmera. —¿Sabes cuando los médicos dicen que un paciente tiene un traumatismo? Es que esa persona se ha dado un golpe muy grande, quizás en la cabeza, o se ha quebrado uno o más huesos y su cuerpo experimenta un trauma severo. Son lesiones provocadas por una violencia externa al organismo. A veces, después de un accidente la persona tiene traumas severos en varias partes del cuerpo como resultado a la experiencia vivida. El cuerpo físico fue violentado, quebrantado a un nivel llamado trauma. Lo mismo pasa con la mente. ¿Me entiendes?

—Sí —respondí muy atenta.

—Si tú, Pamela, Dios te cuide, sales a hacer *paddle board* en un río sin tu leash, te caes sobre las piedras y te rompes una pierna en varias partes, pero decides ignorar el dolor y no haces nada para sanar, ¿qué va a suceder?

—Me voy a quedar coja para el resto de mi vida.

—Posiblemente. Necesitas inmovilizar el área por un tiempo, mantenerla a cierta altura, modificar tu estilo de vida y hasta que eso no haya sanado, no puedes ponerle peso a esa pierna. Es un principio básico. Y si no lo haces, puede tomar mucho más tiempo y quizás, como tú dices, nunca sane del todo, o no sane correctamente, haciendo que hasta te quedes coja.

—Sí, a un amigo mío le pasó. Tuvo un accidente en moto y no tuvo los cuidados, quería hacerse el bravo y hasta el día de hoy está cojo de esa pierna.

—Pues yo creo que lo que Penélope está experimentando es un trauma y va a necesitar ayuda para curar el área fragmentada de su cerebro. Hay una zona rota en su alma que le está imposibilitando continuar con su vida normal. Tiene el alma fragmentada.

—Exacto. —Respondí de inmediato.

—Cuando cosas así suceden, Pamela... Voy a mostrarte algo: —Tomó del suelo un coco que estaba partido en tres pedazos. —Imagina que este coco es tu cerebro y está quebrado de esta forma, pero tú lo quieres volver a tener entero. ¿Qué tiene el coco en las orillas?

—Arena —respondí.

—Exacto, hay arena en los cortes. Entonces, si no los limpias muy bien e intentas pegarlo nuevamente, esa arena va a permanecer en el coco y su fruto estará contaminado. Ya no proveerá agua limpia. Al enemigo le encanta llenarnos de arena el coco para dañarnos, ensuciarnos el agua y dañar el fruto.

—¡Tú eres un caballo, Luis! No te ofendas, así se dice en Puerto Rico cuando alguien sabe mucho.

—¡Ja, ja, ja! Tranquila, ya lo sé, mi niña boricua. Pero si no ayudamos a Penélope a sanar apropiadamente, a limpiar la basura de pensamientos destructivos, se volverá parte de su nueva manera de pensar. Dañará el fruto de la paz en ella.

—¿Tú crees que haya medicina para estas cosas Luis?

—Yo creo que somos espíritu, alma y cuerpo y que tenemos que atender cada área de quiénes somos. No creo que la medicina sea la cura para esto específicamente; pero hay profesionales de la salud mental que creen en Dios y utilizan técnicas para atender casos de trauma. Busca a un especialista y saca una cita.

—¡OK! Voy a hacer eso. —respondí.

—Pero, por otro lado, está la parte espiritual, que es la que yo domino mejor, y en la que te puedo ayudar.

Como te dije, hay un enemigo de nuestras almas y emplea cualquier oportunidad para dañar, matar, robar y destruir. Tengo la fuerte teoría de que en diferentes edades los ataques del enemigo a nuestra alma son diferentes. Tú sabes bien que él no es creativo. Y esta edad, entre los quince y los veinticinco años, es vital por las decisiones que nuestros jóvenes toman; por eso es el tiempo en el que el enemigo los quiere atacar con más fuerza. Utiliza su falta de experiencia y deseos de crecer para meterlos en grandes aprietos: accidentes por estar embriagados, consumo de drogas, pornografía, violaciones, embarazos no deseados... tú lo experimentaste también. Entraste en una relación dañina que te llevó a un abuso sexual, que terminó en un embarazo muy joven. Esa experiencia te condujo a otra relación que te hizo daño y terminaste metida en un matrimonio de abuso emocional y trato cruel. Y cuando viniste a darte cuenta de todo lo que había pasado, ya tenías veintiocho. Una década de tu vida que fue impactada negativamente y detrás de ello, un plan estratégico para destruirte, del cual Dios te rescató. Ahora ese mismo enemigo va contra tu hija. Tú estás fuerte, has crecido espiritualmente, sabes cómo pelear tus batallas; pero ella es una niña aunque se cree que es una mujer, porque ha brincado grados y ha crecido rápido. Hace apenas unos meses tuvimos que batallar contra un hombre malicioso que quería acercarse a ella con malas intenciones. Hoy el enemigo logró sembrar la semilla del terror en su corazón y si nosotros no le ayudamos con esto, a través de la verdad de su Palabra, pero también a través de la oración de liberación, ella puede terminar siendo esclava del terror por el resto de su vida. Por eso escuchas a tantas personas hablar de los ataques de pánico y otras condiciones mentales. Pretendemos ignorar, en lugar de confrontar. Tenemos que movernos inmediatamente. Tan pronto termine con este grupo te llamo para ver cuál es el mejor momento para ir a visitar a Penélope.

En eso quedamos. No puedo esperar a ver cómo Dios va a dirigir a Luis para ayudar a Penélope.

Al *rescate* de un *alma*

Pasaron unos días antes de que Penélope aceptara conversar con Luis y al fin, hoy va a ocurrir. También saqué una cita con Lisa para comenzar terapias la próxima semana. Ella decidió darse de baja este semestre de la universidad y yo he estado trabajando desde casa las horas y los días que Noemí tiene que ir a atender el salón de belleza.

La mañana comenzó muy acalorada.

—Penélope, tu abuela y yo hemos estado hablando, de que, ya que no vas a ir a la universidad este semestre, tal vez podrías irte con ella a trabajar al salón unas horas, para que no estés tan desocupada.

—Entonces, el tipo vino a verte.

—¿Perdón? ¿De qué tipo hablas? ¿Quién vino a verme?

—Pues, el tal italiano ese, que se atrevió a venir a nuestra casa el día del asalto.

—Bueno, Penélope, él no es un tipo, es un caballero y un hombre de Dios, y vino preocupado como tantas otras personas.

—Sí, me imagino... —Me respondió con sarcasmo y evidente mala actitud. Pero yo decidí hacer silencio porque esa no es la batalla que voy a pelear hoy. —Yo solo te pido, mami, por piedad, por misericordia hacia mí, si es que la tienes, que dejes que yo me vaya. Yo me mudo y luego tú te casas las veces que quieras, pero no me hagas pasar por más.

Estaba lista para responderle como se merecía, pero sus ojitos se llenaron de lágrimas y pude ver que dentro de su terquedad había honestidad.

—¿Penélope, a qué viene esto? ¿Por qué me estás hablando así? Para empezar, él es solo un amigo y la verdad es que la palma de mi mano tiene más dedos que las veces que lo he visto. Y, por otra parte, ¿por qué estás hablando de mudarte? ¿A dónde te quieres ir? ¿Y cómo piensas hacerlo?

—Es lo que voy a hacer, mami. Ese es mi plan: irme. Yo lo necesito. Yo no voy a volver a tener un padrastro, no voy a seguirte en un nuevo experimento. Respeto tus decisiones, pero me afectan y no lo quiero permitir. Únicamente te pido tiempo. No te cases en un mes, dame seis meses. Voy a buscar un trabajo este semestre, ahorro y me voy. Nada más necesito ahorrar.

Esta conversación me dolió en lo profundo de mi ser. Sentí desprecio y hasta hastío en su voz. Me duele el corazón, el alma, el pecho, me duele la vida. Ella es mi hija hermosa a la que quiero ayudar; sé que no he sido perfecta, pero a veces es tan dura conmigo. Me duele tanto ver su cambio.

—Entonces, dice la Palabra de Dios, en Juan 8:32: «*Conocerán la verdad y la verdad las hará libres*» —La voz de Luis interrumpió el incómodo momento.

Pronto mi mamá, Sandra y Luis entraron en la habitación e inmediatamente la atmósfera cambió.

—Hija, fíjate que la Palabra de Dios no dice que la oración nos hace libres; dice que LA VERDAD nos hará libres. Entonces, cámbiate de ropa y te veo en la sala en un ratito para que conversemos a gusto. ¿Te parece?

—OK, tío —le respondió.

Ya en la sala, mientras esperábamos a Penélope, les conté un poco lo que habíamos hablado ella y yo.

—Hija, no te preocupes por nada. El cristal por el cual hoy ella mira, ha sido roto; ella no alcanza a ver con claridad, pero no lo sabe. El primer paso es darle la información, es decir, la verdad, para que ella entienda en dónde está y pueda ser liberada de esa opresión.

Te lo explico de esta forma: Imagina que una persona está secuestrada y vamos a rescatarla; pero como ya ha recibido torturas y amenazas, en el momento en el que entramos, esa persona ataca e intenta defenderse. Entonces, si no le explicamos cuál es el plan y cómo es que la vamos a sacar de esa situación, posiblemente al quitarle sus amarras, entre en pánico y no quiera seguirnos porque tiene terror de que, en el intento, la vuelvan a atrapar y todo sea peor.

Así que, es importante dejarle saber al secuestrado que la policía está afuera esperando, que en cuanto salga por esa puerta van a abrir fuego contra ese lugar y van a matar o a arrestar a las personas que le hicieron daño. Decirle que vamos a salir juntos, agarrados de la mano. Darle todos los detalles: que nos vamos a dirigir a la izquierda, que hay una puerta a la derecha en la que ya tenemos una persona lista, que los secuestradores están siendo interceptados por otros de nuestros amigos que están en el operativo, que su vida no peligra. Explicarle que va a ser libre y darle seguridad para que crea lo que le estamos diciendo y pueda confiar en nosotros. Decirle: «Sígueme, que nos vamos de aquí. Hoy llegó tu libertad. ¿Confías en mí?» La víctima necesita entenderlo, aceptar el plan y ejecutarlo. ¿Ustedes me entienden? ¿Entienden la analogía de este cuento en el plano espiritual?

—Sí —respondimos todas.

—Yo necesito explicarle a Penélope qué es lo que le está pasando, cuáles son sus herramientas, y cuán grande es nuestro Dios y el ejército que está aquí para liberarla. Ella tiene que entender y estar de acuerdo para poder ser libre. Y ustedes deben permanecer en oración constante. Ya saben cuáles son los relojes de la noche, ¿verdad?

—¿Te refieres a los relojes de oración? —Pregunté para estar segura.

—Sí. Los tiempos precisos de la noche o del día, en los que oras con un propósito en mente muy específico.

—Sí, Luis. Yo comencé ayer a orar con Carmen de seis a nueve el primer reloj de la noche, para silenciar al enemigo en la vida de Penélope. —dijo mi mamá muy seria.

—Perfecto. Repasen eso y hagamos grupos para que podamos orar de dos en dos, cada tres horas, por los próximos siete días. Vamos a ver la mano de Dios obrar en la vida de nuestra Penélope. Es impresionante cómo Dios usa a Luis, las cosas que dijo y cómo las dijo. Yo quería hasta tomar notas. Penélope se acercó a la sala y de inmediato Luis puso toda su atención en ella.

—Penélope, hoy estoy aquí para ayudarte a recuperar tu libertad por medio de la verdad. Quiero que entiendas que la batalla está en la mente y si aceptas el temor como parte de la nueva tú, es como si le rentaras al enemigo una cabaña dentro de tu campamento. ¿Ajá y qué, chama? ¿Le alquilaste un cuarto en tu casa a ese desgraciao? ¿Qué es eso? ¡Bótalo! ¡Pa' fuera es que va, mi muñequita! Él no tiene que estar ahí. Él no tiene que estar en la habitación de tu mente, ¡na' que ver!

Ese día Luis estuvo horas en nuestra casa. Le explicó lo que era el temor y cómo el enemigo lo utiliza para esclavizarnos.

—Te explico una cosa hija. El temor, que es lo que tú has estado sintiendo por lo que pasó, es ese sentimiento de inquietud o angustia que te impulsa a querer huir o evitar aquello que puede hacerte daño. Es como una alerta hacia el peligro; por tanto, no es que sea del todo malo. De hecho, Dios lo permitió para que evitemos la principal consecuencia del pecado, que es la muerte. Además, el temor de Dios es sabiduría; por eso, dice la Palabra, en Proverbios 8:13[38]: que *«quien teme al Señor aborrece lo malo»*. Pero, por otro lado, si permitimos que se salga de control, puede paralizarnos y hacernos daño.

Todos hemos experimentado el miedo en algún momento, pero es necesario que sepas lo que dice el Salmo 56:3[39]: *«Cuando siento miedo, pongo en ti mi confianza»*. Hija, hoy vamos a orar y a declarar la Palabra sobre ti. Es importante que tú la recibas, la creas en tu corazón y la declares. La fe viene por el oír, y el oír la Palabra de Dios. Por eso lo hacemos en voz alta, porque cuando tú declaras su Palabra, la escuchas y tu fe aumenta.

Penélope, tú tienes que entender que Dios no te hizo así. La Palabra del Señor nos dice, en 2 Timoteo 1:7: *«Porque no nos ha dado Dios espíritu de cobardía, sino de poder, de amor y de dominio propio»*. Hay poder en ti, hay amor en ti, hay dominio propio en ti. Este espíritu de cobardía se tiene que ir hoy, en el nombre de Jesús. ¡Sal de la vida de Penélope ahora, en el poderoso nombre de Jesús!

---

38 NVI
39 NVI

La Palabra del Señor nos habla de una armadura que está disponible para nosotros, hija. En Efesios 6, dice que debemos fortalecernos en el Señor, y en el poder de su fuerza. Dios nos da una armadura para que podamos estar firmes contra las asechanzas del diablo. Dios sabía que seriamos asechados, que cosas malas sucederían, pero necesitamos entender que nuestra lucha no es contra sangre y carne, sino contra principados, contra potestades, contra los gobernadores de las tinieblas de este siglo, contra huestes espirituales de maldad en las regiones celestes.

Por eso es que nuestra armadura debe ser espiritual y no física. Él nos dice que tomemos la armadura de Dios, para que podamos resistir en el día malo, y habiendo acabado todo, estemos firmes. Debemos traerla puesta siempre porque tendremos días malos.

Te quiero leer lo que dice Lucas 10:19. Escucha bien: *«He aquí os doy potestad de hollar serpientes y escorpiones, y sobre toda fuerza del enemigo, y nada os dañará»*. Te voy a explicar algo Penélope, tú clamaste a Dios ese día del asalto, ¿no es así?

—Sí, tío —respondió Penélope.

—Y él te oyó. ¿No te defendió Jesús esa oscura noche? Es por Él que hoy estás aquí, viva y entera. Tú quizás no tenías un arma contigo para defenderte, porque las armas de nuestra milicia no son carnales, sino poderosas en Dios. Y ¿para qué son esas armas, hija? Son para la destrucción de fortalezas, para derribar argumentos y toda altivez que se levanta contra el conocimiento de Dios, y llevar cautivo todo pensamiento a la obediencia a Cristo.

La Palabra de Dios es nuestra arma secreta, por eso hay que memorizarla. Úsala. Derriba esos argumentos que el enemigo te está sembrando, lleva tus pensamientos cautivos a la obediencia de Cristo. Utiliza las armas que ya tienes, pero para eso necesitas conocerlas.

En este país, para portar un arma debes tomar clases de tiro y luego entender cómo y cuándo puedes usarla. Necesitas una licencia que te da autoridad para hacer uso de ella. Tú ya tienes la licencia para utilizar tu arma, la Palabra de Dios, en todo tiempo. Tienes la portación, ya has tomado las clases, hoy solo necesitas practicar tu tiro. ¿Qué es eso, tío Luis? Pues memorizar la Palabra. Estudia, medita y memoriza lo más que puedas. Deja que penetre en tu interior lo que has estudiado, porque de esa forma, el día en que necesites desenfundar tu arma estarás lista y no vas a fallar un tiro.

—Me gusta esa analogía de las pistolas, tío.

—Qué chévere que te gusta, hija, pues te voy a entregar un arma de alto calibre para que te defiendas, pero necesitas practicar su uso. Esta arma se llama Salmo 121:

«Alzaré mis ojos a los montes;
¿De dónde vendrá mi socorro?
Mi socorro viene de Jehová,
Que hizo los cielos y la tierra.
No dará tu pie al resbaladero,
Ni se dormirá el que te guarda.
He aquí, no se adormecerá ni dormirá
el que guarda a Israel.
Jehová es tu guardador;
Jehová es tu sombra a tu mano derecha.
El sol no te fatigará de día,
Ni la luna de noche.
Jehová te guardará de todo mal;
El guardará tu alma.
Jehová guardará tu salida y tu entrada desde
ahora y para siempre».

Memorízalo y repítelo cada vez que el temor trate de controlarte de nuevo. Te voy a dar otros salmos que te van a ayudar en tu fe y en la reconstrucción de tu alma:

- Salmos 4:8—Este es fácil, cortito «*En paz me acostaré y dormiré, porque solo tú, oh Señor, me mantendrás a salvo*». Hasta hay una canción con él.
- Salmos 46:—Habla de quién es Dios, nuestro amparo y fortaleza.
- Salmos 27—Mi favorito: Mi luz y mi salvación. Un Salmo poderoso. Decláralo en voz alta y con poder.
- Salmos 34 —Es el Salmo de la protección divina.

Y por supuesto, el más conocido de todos para estos casos, el Salmo 91: Morando bajo la sombra del Omnipotente.

Esa noche Penélope recibió liberación, fue el comienzo de su proceso de recuperación. Con mucha oración, apoyo emocional, la ayuda de Lisa como psicóloga y una profesional especializada en traumas, ella pudo comenzar a retomar una vida normal. Entendí el valor que se requiere para enfrentar las situaciones y no ignorar las maquinaciones del enemigo. Además, aprendí la importancia de memorizar la Palabra, porque necesitamos saber usar nuestras armas.

Cuidado con los cocodrilos

Han pasado dos meses desde el asalto y tengo que decir que, con toda la ayuda que ha recibido Penélope, su mejoría ya es notable. Está asistiendo a sus citas de apoyo profesional, se reúne con Luis una vez a la semana, ha conversado con una dama de la iglesia que vivió una situación similar, y creo que la combinación de todo esto, sumado a su relación con Dios, ha sido trascendental para su recuperación. No hay duda de que en la multitud de consejos hay sabiduría y que el cuerpo de Dios unido es muy poderoso. Con todo esto he descubierto el poder que existe en la identificación temprana de un posible trauma. Hay consecuencias de las situaciones que nos ocurren en la vida, y debemos trabajar con ellas.

Así que esta mañana he decidido darme cariñito. Es

sábado, día para hacer *paddle boarding*... ¡y el cuerpo lo sabe!. Quiero tiempo para mí y quiero una aventura con Dios. Me voy sola y voy lejos. Quiero descubrir «*The Villages*». Sí, yo sé que no es recomendable ir tan lejos sola, pero es que hay días en los que uno no quiere más compañía. Hoy quiero hablar con Dios, como aquella vez que me enamoré de Jesús en la marina.

La troca apareció quemada esta semana. El dinero del seguro no ha llegado, pero una pareja de la iglesia nos prestó, por tiempo ilimitado, su cámper de 1979. ¡Es súper cool! Pero está bastante viejito. A veces se le calienta el motor o no prende, pero ya me he hecho una experta en echarle agua y esperar que enfríe. Así que me iré conduciendo, confiando en que Dios me lleve a mi destino, que está como a cuatro horas de distancia.

Llevo mi tabla, mi Biblia y mi diario de confesiones; todo lo que necesito para pasar un día espectacular.

Buen tiempo para... ¿un monólogo?

Me pregunto qué pasará por la mente de Donato. Me es tan difícil leerlo. Es tan diferente a todo lo que yo haya conocido. Después de irse de mi casa aquella tarde, con don Rey y sus niñas, la comunicación ha sido diferente. Siento que habíamos ido ganando confianza, pero después de ese día es como si hubiera parado ese fluir. Me envía un mensaje todas las mañanas, eso sí, con un versículo bíblico y una pequeña enseñanza que nos sirve de excusa para mantener la conversación. O quizás no es eso, tal vez él solo quiere, de alguna manera, impartir algo en mí de lo que ha recibido del Señor. Me gusta pensar que es una excusa, aunque honestamente no lo sé.

Cuando le pregunto si podemos hablar, solo me

responde: «Claro, te llamo el lunes». ¿Por qué son los lunes los únicos días en los que hablamos? Me recuerda a ese famoso libro «*Lunes con mi viejo pastor*»[40]. Ahí voy yo cada lunes a hablar con mi amigo, el pastor Donato, para que me dé sabiduría.

¡Qué cosas me pasan a mí! La verdad es que lo paso muy bien cuando hablo con él; pero, ¡Dios mío!, no me dice nada, nada. ¿Señor, tú se lo tienes prohibido? ¡Dime, por favor! Yo también soy tu hija... No sé si le gusto o me ve como una hermanita. Escuché varias veces esa voz en mi corazón decirme: «Considera a Donato» y entiendo que has sido tú, Señor. Y el mismo día que oré y te pedí que me confirmaras, que por favor me hablaras a través de alguien para sentirme segura, Sandra me dijo que el Espíritu la inquietó para que me dijera: «**Considera a Donato**», las mismas palabras que tú me habías dicho. ¿Qué más necesitaba? Esa era la confirmación que estaba esperando. Pero luego del asunto con el asalto no lo he vuelto a ver. No sé qué pensar al respecto, Dios.

Bueno, no estoy recibiendo respuestas hoy... Esto no pinta muy bien, es un viaje muy largo para un monólogo. Señor, también a ti te siento distante. ¿Hice algo mal? ¿Dije algo incorrecto?

Silencio.

La aventura comienza

Llegué a «*The Villages*», un lugar muy pintoresco en donde vive mucha gente mayor. Parece ser el sitio ideal para retirados. Hay carritos de golf en todas partes y de todos los estilos. Me encanta.

Caminé un poco, me distraje bastante y luego decidí

---

40   Navajo, J.L. (2011). *Lunes con mi viejo pastor.* Thomas Nelson Publishers.

ir en busca de un lago o un río en el que pudiera hacer *paddle boarding*. Así que tomé mi teléfono, revisé mi GPS y me di cuenta de que, a cinco minutos de distancia, se veía un cuerpo de agua bastante grande que parecía ser un buen destino para mí esa mañana: Lake Weir. ¿Lago Presa? Si lo traduzco sería algo así como «presa de un lago», no me gusta el nombre. Cuando llegué al lugar me percaté de que había una gran casona de madera al frente, que era tipo barra o restaurante. Se veían tablas de *paddle board* y *kayak* recostadas sobre el viejo edificio.

Me acerqué a una terraza abierta para admirar desde allí la belleza del lugar. Parecía una playa. Pude ver que había una hermosa área con arena muy clara, sillas de playa, mallas para jugar voleibol y otros atractivos para el disfrute de la comunidad. Así que, decidida, fui al cámper a buscar mi tabla y caminé hacia ese pequeño rincón, entusiasmada por la experiencia que iba a vivir. Se veía inofensivo. No había demasiadas personas en el área, pero las suficientes como para no repetir la historia de Aruba. Esta vez no me quitaré el *leash*, me pondré salvavidas y me enfocaré en lo que la voz de Dios quiera hablar a mi corazón. Porque hoy, más que nunca, necesito escucharle.

El agua se ve muy cristalina, la arena es clara y suave. La verdad parece una playa, pero es un lago. Camino determinada a entrar, pero cuando puse un pie en el agua, un hombre con un gran sombrero, sentado en una silla de playa me dijo:

—Si yo fuera usted no pondría ni uno de mis hermosos pies en esa agua.

—¿Por qué? —Respondí sin pensar, mientras me volteaba asustada.

—Está tan lleno de belleza natural como de cocodrilos en su interior. Y lamentablemente, dado que hay gente ignorante que viene aquí a lanzarles comida, para ellos, la gente es sinónimo de alimento. Ellos no tienen miedo de acercarse a usted, lo harán si quieren, y le comerán si pueden.

—Pero yo he escuchado que los cocodrilos no se acercan a las personas. —Dije confundida, retrocediendo espantada.

—Eso es cuando no han sido alimentados por ellas. Fíjese, le cuento algo, yo soy de Bolivia. —Me decía con su mirada fija en el agua. —Crecí en un lugar muy humilde, un barrio pobre de La Paz. Siempre recibimos ayudas y limosnas, ropa de segundo uso, comida donada por personas que se sienten bien al hacerlo, y eso es bonito. Pero le cuento qué sucede: hay quienes se acostumbran solo a recibir; toda la vida les han dado tanto que cuando dejan de obtener lo que ya creen que se merecen, comienzan a robar, y se vuelven agresivos, creídos y demandantes. Ya no van a buscar su comida humilde y honradamente, sino que la exigen de forma violenta. Y la ironía de la vida es que me fui de La Paz, porque fue justo lo que perdí viviendo allí.

Amo a mi familia y amo a mi raza, pero cuando los míos fueron atacados por cocodrilos malacostumbrados a no trabajar por su comida, me tuve que ir. Y le digo algo señorita, hay personas que han luchado siempre por lo suyo y son incapaces de dañar a nadie; pero hay otros muy peligrosos. —Tomó una pausa y yo quedé en silencio sin saber qué decir. —En fin, los animales se comportan de la misma manera. Le garantizo que si entra ahí y sobrevive, saldrá con una muy mala experiencia.

—Oiga, —dije yo —y si no hay un letrero, ¿cómo se supone que la gente sepa eso? ¿Cómo sabrán que hay cocodrilos peligrosos?

—Señorita, las personas no cargan un letrero diciendo que son peligrosos o anunciando que le harán daño. Si me permite mi humilde opinión, yo creo que cada vez que usted quiera entrar a un nuevo lugar, por lindo que se vea, debe preguntar a los locales por referencias y pedir al propietario del lugar permiso para proceder.

—¿Y cómo voy a encontrar al dueño de la propiedad en un sitio público?

—Está hablando con él.

Le di las gracias y me despedí.

Me senté en la arena sobre mi tabla, y comencé a meditar en nuestra conversación. ¿Fue Dios quien lo mandó? Viajé cuatro horas para hablar con Él, ¿y me mandó un mensajero a la cita? Sus palabras son tan ciertas. Los que asaltaron a Penélope son vagabundos que no quieren trabajar y roban, así como estos cocodrilos. Pero ¿será que Donato es un cocodrilo de esos? ¿Será que otra vez me dejé llevar por lo que veo? Me pareció cristalino, se me hizo familiar, inofensivo y quizás está lleno de cocodrilos en su interior que no puedo ver. Tal vez el rechazo de mi hija es una señal; es Dios usándola para que no cometa otro error, como usó a este hombre.

¿Será que estoy entrando en una situación peligrosa? Necesito hablar con el propietario del terreno: Dios. Necesito conocer a los locales, necesito referencias del tal Donato, conocer su iglesia sus pastores, y vecinos. Este italiano, guapérrimo, flaco, recién aparecido puede ser peligroso y yo sin saberlo.Mañana me tiraré a la aventura. Voy a aparecer en su iglesia, porque necesito conocerlo en sus aguas y ver qué tal. Ya lo dice la Palabra, en Proverbios 16:2: «*Todos los caminos del hombre son limpios en su propia opinión; Pero Jehová pesa los espíritus*». Él es el que sabe. Necesito que me muestre.

CAPÍTULO 17

Espejismo de agua en *el desierto*

Hoy me levanté determinada. Voy a descubrir si me estoy haciendo vanas imaginaciones con Donato o si esto es real, así que iré a visitar su iglesia. Me ha hablado maravillas de su congregación en Delray, así que le dejaré saber a mi familia que hoy voy a hacer una visita especial.

Me puse uno de mis trajes favoritos, lo diseñé en esta pasada colección y lo llevaré con unos zapatos de plataforma. Él nunca me ha visto de esta manera, así que quiero impactarlo para ver si se anima y me dice algo bonito. Un halago nunca cae mal al corazón. Ya hace más de cinco meses que nos conocemos y no me suelta ni un poquito de información.

Estacioné mi cámper en la iglesia, pero bastante apartado de la entrada porque no quería ser reconocida por él o llamar la atención de los ujieres. La apagué muy rápido porque se venía calentado. Cuál fue mi sorpresa al verlo caminando a través del estacionamiento, junto a don Rey, sus dos hijas y una pareja. Mi corazón comenzó a palpitar rápidamente. Lo seguí con mi vista tratando de decidir si buscaba alcanzarlo o dejaba que me recibiera adentro. —Creo que es mejor que me vea adentro — Pensé. Pero de pronto, el temor de todo lo que podía pasar me hizo quedarme en el carro demasiado tiempo y cuando me di cuenta ya la música de adoración se podía escuchar afuera. Habían empezado.

Entré a la iglesia y me quedé en los asientos traseros. Será bastante difícil pasar desapercibida porque aquí la gente es extremadamente amistosa. Es una iglesia multicultural en donde traducen los servicios y hay mucha gente de distintos países. Realmente esto es lo que la Biblia habla en Apocalipsis: *«todas las naciones, tribus, pueblos y lenguas, delante del trono en la presencia del Cordero».*

El mensaje fue poderoso y caló en mi corazón. El pastor hablaba de los *«counterfit»*, es decir, las falsificaciones o contra ajustes que el enemigo usa para confundirnos. El fruto del Espíritu es real, pero en ocasiones sustituimos el amor por la lujuria o la pasión; el gozo del Señor por una alegría superficial; la paz por el entretenimiento; y en lugar de buscar paciencia, tenemos tolerancia y cuando se nos acaba, explotamos. La amabilidad que Dios quiere que tengamos con todos la cambiamos por una cortesía fingida; la bondad que debe salir de un corazón generoso, por buenas acciones con propósitos ocultos distorsionados. Cambiamos la fidelidad que nos debe llevar a cumplir nuestras promesas, por ser hacedores de promesas que no cumplimos. Cambiamos la dulzura del corazón por un corazón ultra sensitivo que se ofende fácilmente y sustituimos el dominio propio por una disciplina que dura hasta que las cosas cambian. ¡Guau! ¡Poderoso mensaje! De esas veces que sientes que el mensaje entero es solo para ti. También me cautivó el amor y la simpatía de todos los hermanos en la iglesia. Hay blancos, negros, rojos, latinos, chinos, árabes, europeos, de todo.

Donato no me había visto. Él estaba en los asientos de enfrente y yo me había quedado en la parte trasera. Terminó el servicio y otra vez mi corazón comenzó a palpitar fuerte. No podía esperar a ver su reacción a mi sorpresa, pero Donato no salía de su asiento. Alcancé a ver que sostenía una animada conversación con una mujer. ¡Jumm! No me quiero preocupar por esto, pero debo confesar que no me está gustando. ¿Sería esto lo que Dios me iba a mostrar? Yo sentía a Dios en silencio. Ella lucía un poco mayor que él, pero no mucho. Mi mente comenzó a maquinar en todas las direcciones: Tal vez le gustan mayores... Él me lleva cuatro años, quizás me ve como una hermanita.

El servicio había terminado y la gente no parecía querer irse. Todos entablaban conversaciones en diferentes áreas; algunos hacían fila para hablar con el pastor y otros hablaban entre ellos. Logré ver a don Rey al frente hablando con el pastor de la iglesia, las hijas de Donato estaban compartiendo con unos jóvenes y él continuaba hablando con aquella mujer.

Me empecé a sentir celosa e indignada, ya habían pasado diez minutos, que parecían diez años. Comencé a analizar: —No dejaré que la sangre latina me invada, me voy a calmar y voy a ir a saludarlo naturalmente. —Pero luego otro pensamiento: —No, vete como si nunca hubieses estado aquí, él ni se enterará. Así terminas esta relación rara de amistad que tienen. —Y luego otro pensamiento: —No, ve y párate allí, donde te vea, fuerte y valiente y déjale saber que lo viste. Vamos a ver qué te va a decir. Se le cayó la máscara. —No podía decidir cuál de los tres era el pensamiento correcto. ¿Qué debía elegir hacer?

Hubiese querido no tardar tanto en tomar mi decisión porque repentinamente todas las personas que estaban entre Donato y yo parecían haber desaparecido. Él tornó su mirada hacia la parte trasera de la iglesia y me miró directamente a los ojos. Su cara de sorpresa fue evidente. ¿Qué hago? ¿Corro? ¿Me desaparezco ahora? ¿Dónde está el botón de *«delete»* cuando lo necesito? *«Undo, undo»*... botón de deshacer esta situación, por favor, manifiéstate.

No tuve tiempo de reaccionar, él comenzó a caminar hacia mí despidiéndose de la chica rápidamente, pero ¡con un abrazo!, y se me acercó sonriente como si nada estuviera pasando. En este punto ya había visto lo suficiente; a ella la abraza y a mí me da la mano, como si fuera un compañero de trabajo lejano. Creo que hasta estaban sentados juntos, quizás es su novia o alguien que le gusta. ¡Ay qué vergüenza! ¿Por qué vine? ¡Qué papelón el mío! Ese debe ser el motivo por el cual ha cambiado conmigo. Es un mujeriego, debí saberlo, si es italiano, todos lo son, lo he visto en las películas. No podía ser tan bueno. Ya sabía yo.

Los pensamientos se multiplicaban a la velocidad de la luz. Una fiera en mí quería golpearlo con la cartera o con el zapato de plataforma que me había puesto para impresionarlo; y la otra parte, quería ir corriendo y agarrar por el pelo a la rubia americana esa que me quiere quitar a mi italiano. No, ya ni lo quiero. Este hoy se cortó las patas conmigo, como dicen en Puerto Rico. ¡Ay, Señor! ¡Ayúdame! La carne se me descontroló. La vieja criatura quiere resucitar, no la dejes, Padre, no me dejes fallarte. —Todos estos pensamientos parecían fuegos artificiales saltando al mismo tiempo sin lograr detenerlos.

—Qué bonita sorpresa la suya, *signorina*. —Y me extendió nuevamente su mano.

Es que se la quería fracturar. ¡Ay, Señor, perdóname!. ¿Pero cómo me da la mano a mí y a ella le dio un abrazo?

—Sí, vine en agradecimiento por el día que estuviste con nosotras, cuando el asalto de la niña. Nada, una manera de disculparme por el trato que ella les dio, quise hacerlo en persona y darte el saludo. Tienes una iglesia muy bonita, te felicito.

Es que parecía una tonta hablando, estaba tratando de inventar mil excusas y quizás se había dado cuenta. Imposible que no.

—Gracias, Pamela, pero no tenías que disculparte. Yo entiendo perfectamente lo qué pasó. Además, ya te has disculpado demasiadas veces por el mismo asunto. Yo estaba consciente de que estaban en una situación muy delicada y mis hijas también lo sabían. Yo fui a apoyarles y no esperaba nada. ¿Cómo sigue tu niña? ¿Por qué no le trajiste?

—No, tú sabes cómo es ella. No creo que quiera venir hasta acá para un servicio. Y yo lo hice porque sentí que era lo correcto, pero, cumplido mi propósito aquí, ya me voy.

Me miró con cara de atontado, como si no supiera lo que estaba pasando por mi mente. ¿Cómo podría no saberlo? Se está haciendo el loco, el tarado. A mí esto no me gusta. Entonces hice el gesto de irme y él con una simpatía fingida me dijo:

—Pero no te vayas tan rápido, te invito a almorzar. Vamos a la casa y comemos juntos, compartes un rato con las niñas y don Rey. ¿Te parece?

—No, gracias. Ya tengo compromisos para esta tarde y me tengo que ir, porque el viaje es largo.

Él me miraba intentando descifrar mis pensamientos, pero yo estaba esforzándome intensamente en ocultarlos. En eso, don Rey apareció inesperadamente a mi lado y se sumó a la incómoda conversación.

—¿Acaso habéis pensado que podéis iros de aquí sin visitar la casa del Rey?

—Gracias, don Rey, qué gusto verle, pero de verdad me tengo que ir; tengo un compromiso muy importante.

En fin, los convencí de que tenía que irme, pero ellos decidieron caminar conmigo hasta el carro. ¿Y qué pasó? La supercámper traicionera esta ¡decidió no prender! A mala hora me pasa esto. ¡Dios, ayúdame a escapar! ¿Dónde estás? Yo creo que el carro estaba tan caliente como estaba yo. Mi tapa del bloque estaba a punto de volar y arrancarle la cabeza a todos ellos. ¿Cómo me mienten descaradamente? Ya veré, ya mismo llega su noviecita americana.

Donato se puso a trabajar en la cámper para prenderla y me dijo que necesitaba llevarla a su casa, porque allí tenía todas las piezas que necesitaba para que el carro quedará listo de una vez y por todas.

—Mi casa queda a siete minutos de reloj de aquí. Te prometo que cambiaremos la pieza y te dejaremos ir.

Ese fue el trato que ellos hicieron. Yo no estaba de acuerdo, pero realmente no tenía opción, mi cámper no prendía.

Fuimos a su casa en el auto de don Rey, quien mandó a llevar mi cámper en una grúa hasta allí. Al llegar me quedé muy sorprendida; tengo que decir que me pareció muy acogedora y bonita. La entrada estaba llena de plantas y árboles de sombra que no dejaban verla a quienes pasaban. Un lindo ambiente de playa alrededor. La casa era tan él, pero la verdad es que era también muy yo. Era una casa de madera, sencilla, pero tan playera, tan campo, tan sol y mar. Era como siempre había soñado, pero no quería que se me notara la emoción. Total, no es mi casa.

Mientras el carro era reparado por el santo Donato, sus hijas cordialmente me invitaron a pasar a la terraza y tomarme un jugo fresco. Me llevé una gran sorpresa al ver un hoyo en la parte trasera de la casa, pensé que era como un espejismo por el calor, luego pensé que era un «*sink*»[41]; pero después me di cuenta de que había convertido la piscina en una pista de patinetas. Antonella comenzó a contarme que su papá les había enseñado a las dos a correr patineta desde muy chicas y que disfrutaban más practicar *skateboarding* que meterse a una piscina de agua fría. Ellas prefieren ir a la playa o patinar en su patio.

—Cuando nos mudamos, la piscina estaba muy destruida y pensamos que en lugar de repararla, podríamos transformarla en el parque de diversiones que soñábamos. Un parque de *skateboard*, donde practicar todo tipo de trucos.

Ellas no tienen ni idea de cuánto a mi hija le gusta eso. ¿Será esto una señal?, me pregunté. Les compartí un poco sobre Penélope y me disculpé por la forma en que mi hija las trató ese día. Son chicas muy dulces. La menor actúa un poco rara, pero no sé definir qué es. ¿Será timidez? Me dio ternura ver cómo la grande cuida de la menor cuando la nota incómoda.

De pronto, Donato llegó con sus manos negras de aceite a decirme que mi auto estaba listo y de inmediato comenzó a contarme la historia de la piscina nuevamente.

—Siempre me ha gustado el *skateboarding*, es mi distracción en el patio. Me gusta correr patineta dentro de la que fue la piscina. —Comentó Donato mientras se limpiaba las manos en el lavabo de madera que él había construido en la terraza trasera.

Se sentía la tensión en el ambiente y no quería permanecer más tiempo ni dar más espacio a las dudas,

---

41   Hoyo en la tierra.

así que agradecí por todo y me despedí. Donato me acompañó al carro y me preguntó si estaba bien.

—Te siento tensa, diferente, como incómoda.

—No, te equivocas, no me conoces nada bien. — Respondí visiblemente incómoda. Él no dijo nada, solo me miró con ternura.

—Ha sido una temporada difícil y esta visita me tomó más tiempo de lo que esperaba. Dios te bendiga hermano. —Dije tratando de ser sarcástica sin ser evidente. Extendí mi mano para seguir su plan de ser colegas de trabajo, pero para mi sorpresa tomó mi mano y le dio un beso suave y tierno.

¡Mujeriego!, pensé.

—Dios te bendiga a ti también, Pamelita.

Sentí como si esa fuera nuestra despedida, la última vez que le vería. ¿Cómo me engañó el italiano este?

Debo confesar que lloré todo el camino a casa. Mi burbuja explotó. Sentí un dolor tan grande, como si hubiese perdido algo de alto valor.

—Dios, yo creía que él era el correcto. ¿Qué hice mal? ¿Por qué otra vez me equivoqué? ¿Cómo me ilusioné tan rápido? ¿No fue tu voz? ¿No fueron tus confirmaciones? Él tiene otra vida, una chica con quien comparte. Yo me la creí. ¿Cómo fui tan ilusa? Mi hija tenía razón. Al llegar a casa le escribiré un texto, diciéndole que no me llame ni escriba nunca más.

Una canción salió en la radio mientras conducía a casa y la tomé como la respuesta de Dios: «*Me diste amor cuando nadie me quiso amar. Es por eso que yo te amo Cristo, es por eso que te amo, Señor. Tomaste mi vida y mi corazón, y una nueva criatura yo soy. Por eso, Señor, yo te canto y por eso yo te alabaré. Me diste amor cuando nadie me quiso amar*»[42].

---

42   Berríos, D. (1982). *Me diste amor* [Cancíón]. En *Gloria a Dios*. Heaven Networks / Presencia Music

Él fue un espejismo en mi desierto. Señor, me equivoqué una vez más. Esta canción fue la confirmación. Hoy te digo como una vez te dijo el rey David: *«Lloro con tristeza; aliéntame con tu palabra».*[43]

43   Salmos 119:28, NTV

Desde mi quebranto

Hay ocasiones en las que la vida nos da golpes muy duros. Yo sé bien que Jesús nos dijo que en este mundo tendríamos aflicciones, y que no nos preocupemos porque ya Él ha vencido al mundo. Sin embargo, es muy difícil mantener la fe en que todo va a estar bien, cuando ante tus ojos la vida tiembla.

Escuchar en el teléfono los gritos de mi hija sin saber qué le pasaba, y sintiendo en tu espíritu que era algo malo. El terror de quizás no encontrarla con vida, el dolor de verla tan aterrorizada. Es muy difícil que estas cosas no afecten lo que sucede en nuestro interior.

Es en estos momentos en los que entramos en gran confusión y comenzamos a apaciguar nuestra alma buscando respuestas.

Y luego otro golpe en la boca del estómago.

Realmente pensé que Donato era la persona. Me duele saber que me entusiasmé con una sombra inexistente, un espejismo en el desierto de la soledad. Me duele porque creí haber encontrado al que Dios tenía para mí. Muchos no entenderán y dirán: «Ustedes no llegaron a nada, te enamoraste de la ilusión». Es cierto, no guardé mi corazón, como dice la Palabra. No lo logré, fallé otra vez. Verdaderamente, sentí que Dios me había confirmado que él era la persona. ¿Cómo reconcilio mi alma ahora?

Si pudiera dar un consejo a una persona en este momento sería:

No te **enamores** *del* **amor.**

No entregues tu corazón hasta tener todas las bases llenas con la confirmación de Dios y de otras personas, con testigos que puedan ratificar el testimonio de esa persona, con suficientes experiencias vividas que te dejen ver que vas por el camino correcto.

Es muy difícil discernir quién es la persona correcta vs. las imitaciones, son como las que hacen en China, tan parecidas que engañan a cualquiera. Hoy te digo: «Tú guardarás en completa paz a aquel cuyo pensamiento en ti persevera; porque en ti ha confiado». Isaías 26:3

Eso haré. Perseveraré en Dios y en el poder de su fuerza.

 SHARE

PARTE V

Un mar en calma

«Y levantándose, reprendió al viento, y dijo al mar: Calla, enmudece. Y cesó el viento, y se hizo grande bonanza»
Marcos 4:39

Neblina que no deja ver

Abrí mis ojos y no podía creer lo que había pasado. Anoche le envié un mensaje de texto a Donato dejándole saber que ya no quería que continuáramos contactándonos y viéndonos. Le escribí: «Yo tengo que enfocarme en mi hija y debo cuidar mi testimonio. No me hace bien estar *"texteando"* con un hombre que al final del día no conozco bien. Gracias por salvarme en Aruba, gracias por todo y que Dios te bendiga». Pero sentí que después de enviar ese texto mi corazón se rompió en mil pedazos. Eran las dos de la mañana cuando finalmente me acosté, intentando dormir. Fue una larga noche y pienso que hoy será un día pesado. Quisiera llamar y no ir a trabajar, pero supongo que será una buena distracción irme.

¿Cómo volveré a confiar en que Dios me habla? ¿Por qué iba Él a hablarme a mí, que he sido tan pecadora? Soy una madre soltera. No creo que Dios hable con nosotras.

—¿Y qué fue lo que hice con la samaritana del pozo, hija? ¿No fue a ella a quien primero me revelé?

—¡Ay, Jesús! Lo sé, pero me siento tan confusa. Pensé que tú me habías confirmado a través de varias personas, y fue bonito lo que pensé ver, pero mira lo que pasó.

Me siento triste.

Miré mi celular para ver la hora y encontré un texto en respuesta de Donato. ¡Ay, ay, ay! ¿Qué dirá? Lo envió a las cuatro de la mañana. ¿Qué hacía despierto? Quizás lo dejé preocupado, quiere que le explique qué pasó o quiere hablar; pero yo no creo que quiera hablar con él. El mensaje decía: «Respeto su decisión, *signorina*. Que Dios le bendiga siempre. Donato Dante».

¿Eso es todo? No, ya estuvo. ¡¿Ves, Dios?! No me equivoqué. No hubo cuestionamientos, no me pidió hablar, no dio ni pidió explicaciones del porqué. Yo no le importo, discerní bien. Entonces, realmente me hice una novela en mi mente y él nunca tuvo interés en mí. Es un mujeriego italiano. Pero bueno, Dios, gracias por salvarme de esta agua viva que me iba a picar.

Necesito música de adoración para reconciliar mi espíritu. Me siento afligida. Triste. Muy triste.

El lugar más seguro para caer son mis rodillas. Aquí voy, Dios. Una vez más, necesito llorar en tus brazos. Necesito tu abrazo.

Meditaba sobre todo lo ocurrido. ¿Qué hice mal? ¿Por qué percibí todo erróneamente? Si no era mi tipo; es que al principio ni me gustaba, entonces, ¿qué me pasó? Creí que era un gran hombre, pude ver más allá del exterior y encariñarme con la esencia de su corazón. Y quizás sí, él es un buen tipo, pero únicamente quería ser mi amigo. La confundida fui yo. Ciertamente, solo Dios ve el corazón, uno no puede. Siento que hay una gran neblina en mi interior que no me permite ver con claridad a dónde voy. Quizás Dios me permitió descubrir esto ahora, para protegerme de un mal mayor en el futuro. Ahora tiene más sentido el mensaje del señor boliviano sobre los lagos con cocodrilos que no tienen avisos. Este hombre no tenía aviso de peligro.

Una canción comienza a salir de mi espíritu: *«No te puedo mirar, ni te puedo tocar, no ha llegado el momento. Y a veces en mi afán creo que ya tú no estás, pero vuelvo y te siento. Y cuando me tocas, con tu Santo Espíritu, lloro, canto y tiemblo».*[44]

Esta canción es como un salmo en mi vida; Coco la ponía en nuestra casa los días de limpieza. Yo era una niña y no la entendía, pero hoy describe lo que siento. *«Es inexplicable, un misterio, que en mis duras pruebas lo conviertes todo en calma».*

Dios, solo tú puedes poner el mar de mi interior en calma. Tu presencia disipa la neblina y trae paz. En el bien y en la adversidad te daré gracias, mi Dios, porque he entendido que cuando una puerta se cierra es por mi propio bienestar, y que no todas las puertas que se abren vienen de tu parte. De esta me recuperaré, porque estás conmigo y siempre me levantas.

Mis ojos están hinchados de tanto llorar. ¿Cómo podré disimular en un lunes de trabajo lo que mi corazón siente?

Al salir de mi habitación me encuentro a mi mamá y a mi hija en la cocina preparando desayuno y café. No estoy lista para tratar de sonreír.

—¿Mamá qué te pasa? ¿Estabas llorando? —Mi hija siempre tan directa e incisiva. No me da oportunidad de huir. Es incapaz de ignorar el elefante en la sala.

—No, mi linda, estoy bien. Es que no pasé una buena noche.

—¿Qué pasó? ¿Te peleaste con Donato? —No podía creer que me estuviera preguntando eso. Ella no había

---

44   Ramos, L.(s.f.) *Inexplicable.* [Canción]

querido tocar el tema para nada, pero hoy sí. Con la cabeza respondí que no y tomé mi café, mientras me justificaba diciendo que hay cosas internas que las mujeres manejamos y que ella algún día entendería. No sé, quise sonar filosófica para confundirla, creo, pero las dos me miraron con cara de «*what?*»

—¡Ay, no tiene que ver con nadie! ¡Déjenme! La guerra está en mi mente y es conmigo misma. —Intenté alejarme del lugar para evitar generar más conversación, pero Penélope, ignorando mi intento de huida, me dijo de la forma más casual del mundo:

—Mamá, si quieres salir con Donato no te detengas por mí. —Yo la miré esperando ver su cara de sarcasmo, decidida a no tolerar de nuevo su «me voy de casa»; pero para mi sorpresa, ella estaba en otro tono. —Yo he entendido, mamá, que hay cosas que yo también tengo que manejar en mi interior y que nada tienen que ver contigo. Tío Luis me explicó que Donato es un gran hombre y que él siente en su corazón que ustedes juntos pueden ser un gran equipo en el Reino de Dios. Así que yo no me voy a oponer a la voluntad de Dios para tu vida, ni les voy a hacer la vida difícil. Tú tienes todo el derecho de ser feliz, mamita y te lo mereces.

Yo intenté sumergir mi cara dentro de la taza de café para que no notaran las lágrimas que habían inundado mis ojos; pero en ese punto me venció el dolor en mi corazón. Así que, rápidamente, asentí con la cabeza, me di la espalda y caminé hacia mi cuarto lo más rápido posible para no llorar delante de ellas. No quería que se dieran cuenta, pero creo que fue imposible.

Caí de rodillas otra vez

Dios, tengo tantas preguntas en mi cabeza, tanta confusión. ¿Cómo es posible que ella me diga esto ahora? Qué bien engañó Donato a todos... ¿O seré yo la que estoy engañada y metí las patas al cortarlo? ¡Ay, qué desconcierto! Pero si todos pensamos bien del tipo, entonces no soy tan tonta. ¿Cómo es posible que todos nos hayamos equivocado? ¡Hasta Luis! Pero es que la Palabra dice, en Proverbios 16:7, que «*cuando los caminos del hombre son agradables a Jehová, aun a sus enemigos los hace estar en paz con él*». ¡Ay! Ya ni sé qué creer.

Me vestí lo más rápido posible para ir a trabajar cuando de pronto esa canción sale en mi celular: «*Cornerstone*», Dios trayendo a mi memoria mi proceso de transformación. «*En Jesús fuerte soy, solo Él mi Roca es, sobre la tempestad Él es Rey*»[45]. ¿Será que esto me pasa solamente a mí? Que Dios parece que decide usar la radio para hablarme. ¿O yo estoy otra vez sobre espiritualizando todo?

Creo que voy a llorar todo el camino a mi trabajo.

Un giro inesperado

—Saldré de la casa lo más rápido posible sin mirar atrás, así me escaparé de estas dos fieras que quieren devorarme a preguntas.

Pero, al abrir la cortina que separa mi habitación de la sala, mi hija estaba parada de frente, esperándome, y sin darme oportunidad de reaccionar, me dio un abrazo muy tierno, acompañado de un beso en la frente y me dijo:

—Te amo tanto, mamá. Estoy muy orgullosa de ti y no te quiero ver sufrir. Si hay algo que yo pueda hacer por ti, por favor, dime. Tú siempre has estado para mí, déjame hacer lo mismo por ti.

---

45   Myrin, J. Morgan, R.Liljero, E. (2014) *Cornerstone*.[**Canción**]. Hillsong Music Publishing

Llegado a ese punto ya era imposible aguantarme más. El dolor de lo que estaba sintiendo, mezclado con las palabras que siempre había querido escuchar, causó una bomba de emociones en mi mente. Me abracé a ella fuertemente y dejé salir el llanto. Mi mamá se unió al abrazo y fue muy reconfortante. Al calmarme un poco les dije:

—¡Qué gran dicotomía! Chicas, hablemos por la tarde. Gracias por tus palabras Penélope, necesito un poquito de tiempo. No estoy teniendo un buen día, pero todo va a estar bien.

Abrí la puerta y salí a toda velocidad para montarme en el cámper e irme huyendo al trabajo.

Pero para mi gran sorpresa, él estaba allí.

Frente a mi casa, sentado en su pequeña motocicleta azul, estaba Donato. Me sorprendí, pero traté de actuar *cool*. Él me miró con los ojitos rojos, parecía haber estado llorando también, y me dijo:

—¿Por qué Pamela? —Yo tenía todo un discurso preparado en mi cabeza, que hice durante la noche, en caso de qué él me hiciera alguna pregunta; pero no esperaba verlo frente a mí, en mi casa, a esas horas de la mañana. Así que abrí mi boca y hablé sin filtros.

—Porque te vi hablando y abrazando a aquella mujer en la iglesia, y no me pareció bien. —Lo que dije podría ganar el premio a «la respuesta más idiota que le puedes dar al chico que te gusta». Él agachó su cabeza con una gran sonrisa, creo que aguantando la risotada y al levantar su rostro me dijo:

—Tú sí eres preciosa, Pamela mía. —Mis ojos se abrieron como dos pelotas de baloncesto. ¡Me dijo preciosa y Pamela mía! ¿Me derrito ahora o luego? ¡Disimula Pamela! Control, control... —Yo también tengo sentimientos por ti, hermosa damisela. —Dijo... ¿Dijo?

Yo estaba tan pasmada que intenté corregir lo que dije de diferentes maneras e ignorar lo que había escuchado, pero mientras más trataba de hablar, su sonrisa se hacía más grande. Y este hombre loco, de pronto comenzó a reírse a carcajadas y casi que a saltar. Y me dijo riendo:

—Esto era lo que me decían mis amigos: «cuidado con las latinas que son fuego». Pues, ¡me gusta el fuego! ¡Me encantan tus celos! Qué linda te ves celosa, Pamela. ¡*Sei gelosa per me!*[46]

—No. —Dije tontamente.

—Déjame aclararte algo, *signorina*: No hay otra mujer en quien yo haya puesto los ojos fuera de ti. Tú eres mi Dulcinea. He sido contagiado con un virus muy peligroso que se llama «Pamelitis» y no me quiero curar.

Yo no podía creer lo que estaba oyendo, pero quería escuchar más.

—Yo no estoy celosa —Intenté aclarar.

—Pamela, la ira y los celos son energías, así como el fuego. Dios conoce muy bien el celo y la ira y simplemente nos advierte que no pequemos al sentir estas emociones tan fuertes. Pero Él las puso ahí, Él siente celos por nosotros, y en ocasiones, la ira de Dios causa grandes estragos en el mundo. El fuego ayuda a acelerar la cocción de los alimentos. Entonces, si tú tienes ira conmigo o si sientes celos, solo significa que te importo. ¿Cierto?

—Quizás... un poco. —Respondí, tratando de sonar muy digna o indiferente. No quería quedar como personaje de película de Hollywood, que muestra a las latinas como locas, celosas e histéricas.

Soy intensa, pero tengo dignidad, señores.

—Y yo estoy *innamorato*[47] de ti, Pamela. —Eso sí lo entendí y sonreí. —Y te veías especialmente hermosa ayer en la iglesia con tu vestido y zapatos de plataforma.

---

46   «¡Estás celosa de mí!»

47   Enamorado.

Se terminó de caer mi muro de contención... sonreí triple.

Nos quedamos mirando unos segundos, con una tierna sonrisa en nuestros labios. Él tomó mi mano y me dijo:.

—Yo le había pedido a mi Señor que me diera una señal clara para poder avanzar y hablarte sobre mis sentimientos, Pamela. Yo quería estar seguro de tus sentimientos por mí. Es que yo vengo sintiendo que tú eres la indicada, pero había entre nosotros como una densa neblina que no nos dejaba ver con claridad el siguiente paso. —Mi corazón estaba a mil por hora escuchándolo. Era la conversación más deseada de los pasados meses. Anhelaba saber qué pasaba por su mente. —Y cuando tú apareciste ayer en la iglesia, cuando mis ojos te vieron, yo supe que esa era la señal que Dios me estaba dando.

Sonreí y le interrumpí diciendo:

—Cuando tus ojos me vieron yo estaba a punto de lanzarte un zapato. —Ambos reímos.

—Yo no quería dejarte ir, Pamela. Quería mostrarte mi vida, presentarte a todos mis amigos, a mis pastores, inclusive a mi amiga.

—¡Ay, tu amiga! ¿Quién es ella?

Mi cara delataba a la leona en mí.

—Esa chica que hizo que explotaras así, es una amiga de Italia.

¿Que explotara? Yo estoy bajo control. —Pensé, pensé, no lo dije.

—Oh, yo creía que era una americana coqueteando contigo. —Dije con una sonrisa sarcástica.

—A veces llegamos a conclusiones precipitadas y nos equivocamos, Pamela; es la neblina de la que te hablaba. Ves cosas donde no las hay, y no observas con claridad. —¡Qué vergüenza estoy sintiendo! Me voy a quedar calladita mejor, pensé. —Ella es la mejor amiga de una de mis hermanas mayores. Nos conocemos desde que éramos niños y la quiero como a una hermana también. Ella se ha mudado para acá y le está costando adaptarse; la aprecio mucho y la he invitado a mi iglesia para que se congregue. Si no hubieses reaccionado como lo hiciste, te la hubiese presentado y ambos hubiésemos pasado un mejor tiempo.

—¿Está casada?

—No, nunca se ha casado, ha tenido una vida complicada. Luego la conocerás y entenderás.

—Pero, ¿por qué la abrazaste? A mí solo me das la mano.

—A ella la puedo abrazar porque lo he hecho toda mi vida, es como una hermana para mí. A ti no te puedo abrazar, Pamela, porque me derretiría en tus brazos. —Hizo una pausa y la que se derretía era yo. —Pamela, yo apenas te doy la mano porque necesito contener lo que estoy sintiendo. Tengo que ponerme límites. ¿No te das cuenta de que hago ayunos de ti?

—¿Cómo que ayunos de mí?

—Sí, para poder mantener mi mirada en el Señor y no consumirme mirándote a ti, yo hago retiros. Evito verte con frecuencia, trato de no hablar contigo tanto como quisiera.

—¿Por eso nada más me llamas una vez a la semana?

—Por eso y porque Luis me dijo que te diera tiempo y espacio, y es lo que he hecho. Yo no he retirado mi artillería, solo te estoy dando el tiempo que necesites para que organices tu vida, ayudes a tu hija y estés con tu familia. Quiero aclararte algo: lo menos que tengo son deseos de entrar en una relación de noviazgo contigo.

—¿Ves? Yo lo sabía. Por eso fue que te corté.

—Pamela, a veces llegas a conclusiones muy rápido, no me dejaste terminar de hablar. Recuerda que español

205

no es mi lengua materna y me cuesta. Me toma tiempo comunicarme. Debo traducir en mi mente lo que quiero decirte, pasar mis emociones de italiano a castellano no es sencillo.

—OK. Perdón, tienes razón.

—Toma en cuenta que a veces piensas muy rápido, respondes volando y escuchas poco.

—OK, OK, continúa.

—¿Impaciente?

—No, avergonzada.

—Entiendo. No he querido avergonzarte. Disculpa.

—Discúlpame tú. Continúa por favor, quiero escucharte.

—Decía que lo que menos me interesa es entrar en una relación de noviazgo contigo. No quiero pasar una linda temporada; yo miro hacia el futuro. No te quiero para salir conmigo, te quiero como esposa mía.

Cuando dijo eso sentí que me derretí. Las rodillas me temblaban, las medias me dieron calor, los zapatitos me apretaban, me muero del corazón.

Solo sonreí y le dije:

—Gracias.

¿Cómo dije? ¿Gracias? ¿Por qué siempre digo cosas tan bobas? Nunca se me ocurren buenas ideas en estos momentos. Digo cualquier bobada y él es tan profundo.

—Pamela, te quiero pedir dos cosas, por favor. ¿Me permites?

—Sí, claro, dime. —En ese momento ya no sabía ni qué día es, ni por donde va este día ni cómo me llamo. Estoy como boba escuchándolo.

—Quiero pedirte, si puedes, que llames a tu trabajo y digas que llegarás tarde o que quizás no llegarás. ¿Puedes hacer eso y pasar este día conmigo?

—Sí puedo.

—Bien. Segunda pregunta. Por favor, responde con honestidad a esta pregunta: ¿Usted quisiera ser mi novia, *signorina* linda?

—Sí quiero.

Fue un momento tan especial, tan así. No esperaba que pidiera eso y no medité en mis respuestas; solo salieron de mí. Quisiera decir que luego de eso nos abrazamos, o nos dimos nuestro primer beso, pero no fue así. Largas y profundas miradas precedieron ese momento tomándonos de las manos. Pasamos un hermoso día juntos, paseando por la playa y conversando. Lo más puro que he conocido jamás.

Límites *claros* y *saludables*

Nunca me hubiese podido imaginar la experiencia que estoy viviendo en esta relación de noviazgo con Donato. Somos adultos con hijos, él tiene treinta y siete años y yo treinta y tres, y nunca en mi vida había tenido una relación más pura que esta. El día en que nos hicimos novios, mientras caminábamos por la playa, surgió la conversación más inesperada que yo haya podido tener.

—Pamela, quiero que hablemos claro y definamos bien cómo vamos a manejar nuestra relación. —Lo miré intrigada. —Para mí es muy importante que mantengamos nuestro dominio propio al 100% de efectividad, y para lograrlo va a ser necesario establecer límites claros. Necesitamos limitar nuestra carne y alimentar nuestro espíritu para poder hacer esto a la manera de Dios. ¿Te parece?

—Sí, eso me interesa, porque no quiero volver a fallar. Esto es importante para mí también.

—Seré muy franco. Tú me gustas mucho y me resultas francamente muy atractiva. —Se detuvo, y mirándome a los ojos, me dijo: —Te prometo, con todo mi corazón, que desearía en este momento que mis labios tocaran los tuyos. —Él habla de una manera tan especial y con ese acento italiano, que siento que se me olvida quién soy y dónde estoy. Es que nunca me habían hablado tan bonito y tan franco. ¿Me irá a besar? Pero él continuó diciendo:

—Claro que quiero besarte. Sin embargo, concédame usted el privilegio de no hacerlo. *Trattenere*, que quiere decir refrenarme. Dame el privilegio de respetarla, honrarla y tratarla como la princesa e hija de Dios que usted es. Porque si sucumbiera a los bajos deseos de mi carne, deshonraría a mi Padre y soy incapaz de herir a quien me ha dado tanto. —Me dijo con lágrimas en sus ojos. —Pamela, yo soy un hombre mundano en mi carne, pecador con larga experiencia, pero Dios es todo para mí. Él me hizo de nuevo, y temo de mí mismo, no dejaré que el viejo hombre salga de la tumba. No ahora que lo he conocido tanto.

Él me rescató de lo vil y menospreciado, me sacó del lodo cenagoso y me trajo a la plenitud de una vida redimida en Él. Me ha permitido vivir el Reino de Dios aquí en la Tierra y no puedo dejar que la debilidad de mi carne, o un momento de placer me aleje de lo conquistado.

Y debo aclararte algo: no es que besarte sea pecado. La Biblia no registra nada acerca de eso. Es que mis frenos han demostrado fallar anteriormente y no quiero asumir el riesgo. Deseo a Dios más que a nada en la tierra y no me perderé por placeres momentáneos, ya no.

Lo miré sonriendo con paz en mi corazón y gratitud

a Dios por el hombre que es y solo asenté con mi cabeza. —Yo he de confesarte, damisela mía, que podría ser capaz de no detenerme el día que te bese. No confío en mí y no quiero arriesgarte. Por eso, porque reconozco que soy débil y no confío en mi carne, quisiera suplicarle, que durante este tiempo de noviazgo no me deje besarle. Permítame sostener su mano como mi más amorosa y respetuosa expresión de afecto. Cuando mi mano toque la suya, mi espíritu le estará revelando cuánto va creciendo mi amor por usted. Cuando sujete su mano al caminar, será mi manera de decirle que quiero protegerla, cuidarla y sostenerla en cada momento de su vida. En cada ocasión en que mi mano acaricie la suya, le estaré diciendo que es hermosa a mis ojos. «*Toda tú eres hermosa, amiga mía, y en ti no hay mancha*», dice Cantares 4:7. Yo quiero descansar cada día en la paz que me produce estar caminando en la voluntad de Dios sobre mi vida, que es respetarte como hija de un Rey.

La verdad yo no sé con qué se come esto. ¿Qué hago con toda esta dulzura y con este amor que nunca he conocido? Si lo que conocí hasta hoy fueron relaciones sexuales forzadas, un hombre que me despreció por ser madre soltera y otro que vomitaba sobre mí con insultos y ofensas. Y ahora, este amor que me expresa es más de lo que jamás soñé. Tengo temor a despertar. Es imposible que al escucharlo las lágrimas no inunden mis ojos. Es que nunca había sido amada, respetada y honrada por un varón. Nunca había conocido a un hombre con el corazón conforme al de Dios.

Estableciendo los límites

Ese día establecimos los límites de nuestra relación, sentados bajo las palmeras de la playa *Surfside* en Miami.

211

¡Este lugar es una joya escondida! El agua es cristalina, la arena es blanca, suave y espesa. El azul marino del mar con el turquesa de sus playas y el celeste del cielo se mezclan en un espectáculo de color. La arena y el mar coexisten en absoluta paz; así queremos vivir nosotros.

No teníamos con nosotros las tablas, pero por supuesto que rentamos dos. Nos fuimos al agua y decidimos hacer algo diferente: una competencia de velocidad en tablas. ¿Qué crees? Sin mucho esfuerzo me dio una paliza. No una, o dos, sino ¡tres veces!. Por supuesto, cada una de las veces yo gritaba: ¡Gané, gané! No era ninguna declaración profética, eran tácticas de intimidación; era la niña competitiva en mí que quería gritar eso. Hay cosas que no tienen sentido, pero que se disfrutan mucho.

En la tercera ocasión en la que llegué en segundo lugar, el muy payaso se había acostado a dormir sobre su tabla, roncaba a todo volumen como si se hubiese cansado de esperarme. Con sus ojos aún cerrados, me preguntó:

—¿Está bien que andemos solos en un auto o que salgamos solos?

—Yo no veo problema con eso, somos adultos.

—Pienso igual, yo me sabré comportar. —Me dijo mientras abría sus ojos y me lanzaba una guiñada. —Además, no me gustó que me siguieras hoy en tu cámper y yo solito en mi moto hasta este lugar.

—¿Por qué?

—Temo por mi seguridad. No quiero ser aplastado por una mujer celosa.

—¡Ay, tan payaso! Yo no soy una mujer celosa, deja eso. —Respondí amenazándolo con una chancleta.

—¿Ves? Eres peligrosa, atacas con todo tipo de zapatos. Debemos escribir en nuestro documento de límites claros: *«No golpear a Donato con una chancleta».*

¿Qué más, signorina?

—Bueno, hablando de límites seguros, creo que es mejor que no nos quedemos a solas en una casa o en una habitación. —Dije para impresionarlo.

—De acuerdo, *bella signora.*

—Y no nos besaremos hasta el día de nuestra boda. —Dije esto para confirmar si él estaba seguro de lo que me había dicho. Yo aún no lo procesaba bien.

—Chiaramente[48]. Sus deseos son órdenes, princesa.

Me senté sobre mi tabla, cansada de intentar ganarle sin ningún fruto y él continuó diciendo.

—Pamela, esto será para nuestras almas como sentarnos en la tabla: un descanso. Será una amistad especial, a la cual llamaremos noviazgo y servirá para que nuestras mentes, nuestros pensamientos y nuestras vivencias se renueven y se vayan uniendo en un mismo sentido. ¿Te cuento algo que no sabes?

—Si, *per favore.* —Dije para impresionarlo.

—*Bene, bene, praticando il tuo italiano*[49]. Te cuento: Un día le pedí a Dios que me diera una señal de quién era la mujer que Él tenía reservada para mi vida. Sabía que existía porque Morelia lo había dicho antes de partir con Él; ella lo profetizó sobre mí. Me dijo: «a mí ya me toca irme, pero tú te quedas para cuidar de nuestras hijas y vas a enamorarte nuevamente. Ella será una hija de Dios». Y ¿sabes cuál fue la respuesta de Dios?

—Se llama Pamela. —Respondí sin pensar.

—No, créeme que no me dijo eso. Ojalá fuera tan fácil. Me dijo: **No te daré más señal que la de Jonás.**

—¿El que se lo comió la ballena? —pregunté.

—¡Exacto! Pero me fui a la Palabra y Jesús dijo eso en una ocasión refiriéndose a la generación malvada

---

48   Claramente.
49   «Bien, bien, practicando tu italiano»

que pide señal. Entonces me asusté y dije: no vuelvo a preguntar, porque no lo quiero hacer enojar.

El día que te conocí, estando en Aruba, yo estaba en una peña y vi la sombra de aquel gigante animal. Me lancé al agua en mi tabla porque quería verlo de cerca.

Mientras intentaba acercarme, sentí la voz de Dios decirme: **Esa es la señal.** Yo me pregunté ¿Cuál señal? Y no entendí. Luego vi a una mujer en al agua batallando por resistir, y mi corazón comenzó a latir muy rápido. Te ibas a ahogar si no te ayudaba y sentía que Dios me decía: **Hijo, no la dejes ir.** Fui por ti, sin saber que hoy estaríamos aquí. Esa fue la primera de muchas confirmaciones que Dios me ha venido dando sobre ti, para que yo hoy haya tomado el valor de hablarte de mis sentimientos.

—¡Guau, Donato! Yo pensaba que no tenías interés.

—Tenía miedo. No quería que me dijeras que no, como aquel día que no quisiste que te acompañara al aeropuerto. Fui un atrevido. Hablé antes de tiempo y no pregunté a Dios.

—Yo me sentí muy mal contigo, sentí que te avergoncé.

—Sí, lo hiciste; pero tenías razón. ¡Qué atrevido fui! Y ahora no iba a cometer el mismo error. No quería hablar hasta tener la seguridad que hoy siento. Creo que tú eres la mujer de la cual Dios me ha hablado y confío en que también sepas que yo soy el hombre del cual Dios te ha hablado a ti. —Sonreí. —Yo no creo que Dios fuerce a nadie; Él une caminos, muestra corazones y revela propósitos, pero uno toma las decisiones. De ambos estar en la misma sincronía, comenzaremos a crear un triángulo amoroso muy especial. Uno en el que Dios reina en la cúpula de nuestras vidas y en la medida en que nos acerquemos a Él, cada día estaremos más cerca el uno del otro.

Algunos otros de los acuerdos a los que llegamos para mantener nuestros límites claros y sólidos fueron:

- Orar juntos cada vez que nos veamos y vayamos a tener una cita.
- Leer juntos la Palabra de Dios.
- Poner música de adoración en el auto siempre que estemos solos.
- Mantener reuniones periódicas con nuestros pastores para ir dando reporte de cómo vamos avanzando y las áreas que debamos trabajar.
- Por supuesto, no vamos a tener relaciones íntimas antes del matrimonio, pero a eso añadimos no besarnos hasta ese día. Fue una difícil decisión, pero por el pasado que ambos tenemos, en donde hemos demostrado no saber contener adecuadamente nuestras expresiones de amor, decidimos ser extremos y esperar.
- Durante el noviazgo solo vamos a tomarnos de las manos. No abrazos por ahora.
- Decidimos comenzar a leer libros sobre relaciones sanas.
- Hicimos una lista de temas relevantes que debemos tocar para irnos conociendo mejor.
- Vamos a pasar tiempo con ambas familias para ir acercándonos poco a poco a nuestras hijas y que ellas se conozcan.
- Cada uno continuará asistiendo a su iglesia actual y oraremos por dirección hacia el futuro. Visitaremos ocasionalmente la iglesia del otro para conocer a nuestros círculos cercanos. Permaneceremos hasta que Dios revele el lugar.

Comenté con Luis de esta lista que hicimos y la decisión de no besarnos hasta el día de la boda y se quedó boquiabierto. Me dijo que ojalá todas las parejas iniciaran su relación estableciendo sus límites claramente y confesando sus debilidades para evitar caer en tentación.

Luis me dijo:

---

*Cuando no conocemos **nuestros límites** nos acercamos a **bordes peligrosos.** Cuando los **identificamos de antemano** andamos en **terreno seguro.***

Me sentí tan orgullosa de dejar a Luis boquiabierto. ¡Es la primera de muchas victorias!

Entrando en profundidad

Este primer mes de novios ha sido el más hermoso que haya vivido, un valioso tiempo de largas conversaciones para entrar en profundidad en nuestra relación. Hemos podido descubrir nuestros anhelos, proyectos y sueños, nos hemos confiado ciertos temores y hemos confirmado que ambos estamos mirando hacia la misma dirección. Hoy tendremos una cita en donde él me ha dicho que debemos tener una conversación difícil. Estoy un poco preocupada, pero sé que todo va a estar bien porque he aprendido a confiar en mi Creador como nunca antes. Sé que Dios ha puesto a esta persona en mi vida para que nos acerquemos juntos a Él, sin ninguna otra agenda escondida.

Decidimos ir hoy a *Key Largo*, la primera y más

larga isla de la cadena insular al sur de Miami, que está como a hora y media de mi casa. Cayo Largo, como se traduce su nombre, tiene al oeste la Bahía de Florida y el interior del Parque Nacional Everglades; por un lado, el Océano Atlántico, y por el otro, las aguas cristalinas de la corriente del Golfo. Es un lugar hermoso.

Nos detuvimos en un sitio a la orilla de la carretera donde se practican diversos deportes acuáticos y decidimos ir a conocer. Nos sentamos en nuestras sillitas de playa para observar un poco el área e iniciar la conversación, mientras nos comíamos unas ricas empanadas que vendía una linda señora nicaragüense desde su auto estacionado.

—Hoy hablaremos de un factor importante en nuestra relación: nuestros hijos. Tú tienes una, yo tengo dos; sus vidas, decisiones y conducta van a afectarnos. Esto quizás va a ser una conversación difícil, pero me parece que es fundamental ahora que se acerca la Navidad y estaremos pasando mucho tiempo con nuestras familias.

Yo quiero que hablemos con sinceridad, de quiénes son nuestros hijos y que anticipemos las situaciones que puedan surgir en un futuro. Así que la pregunta es: ¿Cuáles son esas cosas por las cuales oras por tu hija? Comenzaré yo. Voy a hablarte primero de la parte más fácil y culminaré por las más difíciles para no asustarte. —Dijo sonriendo. —Como has notado, mi hija mayor es muy cercana a mí. El vínculo entre ella y yo sobrepasa la sangre, porque no es mi hija biológica, pero es hija de mi alma y mi espíritu. Entre nosotros hay cierta amistad que va más allá de una relación padre e hija. A ella le gusta aconsejarme y yo la escucho, pero también es humilde para recibir de mí lo que yo tenga que decirle.

Antonella es alentadora por naturaleza. Es imposible estar con ella y no recibir sabiduría. Ella camina por un camino que yo desconocía a su edad. Me hace la vida tan fácil. A sus dieciséis años es líder y madre por naturaleza, madre de muchos niños en la iglesia y mamá de su hermana más pequeña.

En cuanto a ella, oro por tres cosas:

Lo primero es que hay días en los que la carga de otras personas y el estilo de vida ajetreado en Estados Unidos la angustian. Ella hace de todo y más, pero un día siente el peso de todo aquello, se entristece y llora. Lo bueno es que sabe soltar sus cargas ante el Señor. Mi oración es que algún día aprenda a no llevar el peso de otros, sino a dirigirlos sin afectarse hasta las lágrimas por el calor del horno.

La segunda cosa por la cual oro por ella es para que aprenda que la situación económica no debe causarle ansiedad. Siento que a ella le cuesta entender las finanzas del reino. Ella quiere saber qué traerá el día de mañana y calcularlo todo. Yo he tenido que aprender a confiar en que el pan llegará a nuestra mesa cada día y podremos cubrir todas nuestras cosas. A ella le cuesta soltar el control, y la entiendo porque yo era así, pero me ha tocado una temporada diferente y he visto la bondad de Jehová aquí en la tierra de los vivientes, cada día de mi vida.

Lo tercero y último, es por su pareja idónea. Mi hija sufre de problemas de sobrepeso y yo oro que eso nunca sea una limitación para que un varón vea el gran corazón que ella tiene y la mujer de valor es. Ella se merece al mejor hombre del planeta, así que desde ya, oro por él.

—Qué lindo cómo describes a Antonella. Ella me transmite mucha paz; es y va a ser una gran mujer.

—Mi pequeña hija Carina, por el contrario, parece fuerte, pero es frágil en su alma y en su espíritu. Ella se apegó mucho más a su mamá y llevo años luchando para ayudarle a salir de una depresión que parece no tener fin. Se levanta y vuelve a caer. La llevamos a la iglesia, hemos traído gente a la casa a orar, hemos intentado de todo, pero por alguna razón que desconozco, ella no ha logrado tener un encuentro real con el Señor.

¿Recuerdas las imitaciones a los frutos de los cuales hablaba el pastor en la iglesia el día que fuiste? Eso hace ella. Parece que todo está bien, pero no lo está. En dos ocasiones me ha tocado levantarla del piso sangrando porque se ha cortado hasta quedar desmayada. Por eso siempre la ves con camisas de mangas largas. Sé que ha fumado marihuana y también sé que ha hecho muchas otras cosas incorrectas. No conozco los secretos más íntimos de su corazón, porque no ha querido confesármelos, pero he tenido visiones mientras oro, que me duelen. Observo que actúa más como un niño que como una niña. No estoy en negación, conozco a mi hija, solo que no quiero declarar nada sobre su vida. Conozco sus luchas y oro por ellas, oro por su sanidad emocional y espiritual.

No sé cuánto sea mi culpa, la muerte de su madre, o el cambio cultural, no lo sé; pero ella es la que me hace quedarme dormido sobre mis rodillas, clamando. Y no me detendré hasta verla ser libre como la hermosa mariposita que es; como cuando era niña: libre, feliz. Daría mi vida por quitar el dolor de su mirada y verla sonreír como antes. Es hermosa, frágil, tan delicada, pero su alma está fragmentada. Ella me acompaña a la iglesia porque me ama, pero yo sé que no lo disfruta. Ella dice que le causa ansiedad ir. Puedo imaginarme al enemigo torturando su alma y quisiera pararme sobre el cuello del mismo diablo y arrebatar a mi hija esas telarañas.

Puse mi mano sobre su hombro, viendo cómo una lágrima se derramaba. Sentí tanto admiración como compasión de ver a este gran hombre de Dios clamar por su hija.

—No hay nada más poderoso que la oración y no me rendiré. —Continuó diciendo. —Para mí era importante compartir contigo los motivos de mi oración y los dramas de mis hijas, porque si tú decides continuar en una relación conmigo, mis traumas serán los tuyos, y los tuyos serán los míos. Ahora quiero escuchar todo lo que tenga que saber sobre Penélope, y luego necesitamos decidir si podemos continuar mirando hacia el futuro juntos.

El nivel de su sinceridad me impresiona. Se vuelve vulnerable, no hay orgullo. ¿Cuánto tiempo habrá tardado en ordenar sus ideas para saber cómo expresar esto? ¿Cómo empiezo yo con mis melodramas? No lo quiero asustar diciéndole que Penélope no lo quiere.

—Donato, gracias por ser tan vulnerable y contarme todas estas cosas. Verdaderamente, atesoro en mi corazón tus lágrimas de padre, tu dolor y tu sinceridad. Quisiera tener tanta claridad mental como tú la tienes para hablar sobre Penélope y debo confesar que la vulnerabilidad me cuesta. —Donato interrumpe mi monólogo para hacer una aclaración que creo que fue muy importante.

—Pamela, para entrar en una relación que tenga futuro necesitamos aprender a ser vulnerables. Nadie puede saber más de ti de lo que sé yo, y nadie debe saber más de mí de lo que sabes tú. Debemos conocer nuestras almas. Necesitamos atrevernos a ser vulnerables y a saber que estamos capacitados para cuidarnos uno al otro. Cuando tú abres una herida en tu corazón y me la muestras, yo te prometo ser incapaz de echar sal sobre ella. Te miraré a los ojos y te diré que juntos lo podemos vencer. Te preguntaré ¿qué necesitas de mí para sanar en esa área? Y juntos, con la ayuda de Dios, trabajaremos en que esa herida sane de una vez y para siempre. La oración será nuestra aliada.

De igual forma espero que cuando te abra mi alma y veas mis áreas más vulnerables, puedas ser sensible y ayudarme a sanarlas. Sin presionarme, sin empujarme, sin controlarme, sin intentar decirme que eso no es nada. Lo que es importante para ti lo es también para mí. Lo que a ti te duele se convierte en mi dolor. Ser vulnerables es el primer paso para una vida de confianza.

—¡Guau! De acuerdo, prometo no filtrarte nada. Penélope es una chica muy madura, que ha crecido muy rápido, como sabes; pero, en ocasiones, oro porque no repita mi historia. Ella todo el tiempo siente que el próximo que conozca puede ser el amor de su vida. Anhela tener una relación temprana como la tuvo Noemí con mi Daddy, pero siento que no sabe elegir y actúa por emociones, buscando llenar un vacío… como era yo, pero más intensa; yo soy un *toy poddle* y ella es una leona. Ella me critica fuertemente por mis errores, pero siento que va camino a repetirlos, o al menos, eso temo. Oro para saber cómo educarla porque a veces me convierto en su hermana cuando tengo que ser su mamá.

—Pamela, siento que aún luchas con la culpa y no tienes por qué sentirte de esa forma. Has cometido errores y te confieso que en ocasiones también me siento así, pero…

No dejes que la culpa te saque de la silla de autoridad que te pertenece.

Siguió diciendo:
—Tú eres su madre y Dios te dio esa posición con una razón y por un propósito.

—Te voy a confesar algo: Cuando ella te conoció, no quería saber nada de ti. Pero un día me sorprendió y me dijo que hiciera lo que yo quisiera, que ella sabía que tú eras un buen hombre, así que, de cierta forma, fue como si me diera el permiso. Cuando le conté que éramos novios simplemente asentó con la cabeza y dijo: Bien. Creo que sería bueno que compartas un poco con ella y trates de conocerla, ella siente mucha desconfianza hacia cualquier persona que se me acerca. En estos días conversamos bastante porque su mejor amigo, Víctor, le confesó que Dios le dijo que ella era la mujer con la que él se va a casar. Está muy entusiasmada con eso y yo también.

—Espera, espera, Pamela ¿Cómo así? Tu niña tiene dieciséis años y Víctor, ¿cuántos tiene?, ¿dieciocho?

—Sí, eso creo.

—Si me permites opinar, lo hago. Si no, nada sale de mi boca.

—Sí, por favor. Quiero escuchar tu opinión.

—Siento que están muy jovencitos para manejar ese tema. Esa es una decisión que dos personas toman para toda su vida y que no se declara de esa forma tan casual. Suena a manipulación o irreverencia. ¿Cuántas horas en oración él le ha dedicado a este asunto? ¿Cuántas veces Dios le ha confirmado que esa es la respuesta? ¿Cuánta experiencia con Dios tiene él en su caminar? ¿Dónde están sus frutos? Perdona que me ponga como un león, pero es que escucho a tantos jóvenes decir esto con tanta ligereza. Es que ni siquiera es la manera en la que Dios habla. Ese no se parece en nada al Dios al cual tú y yo servimos. ¿Cuántas veces Dios te dijo, de una forma emocional y casi irreverente, Donato es con el que vas a casarte?

—No, nunca; no así.

—Exacto. Por mi parte no hubo ni una sola ocasión

en la que Dios me hablara de esa forma; tampoco lo veo en la Palabra de esa manera. En la Biblia hay historias de amor, pero todas llevaron un proceso de confirmación, un orden y prudencia.

—Cierto —Respondí un poco sorprendida con su respuesta.

—Tú y yo vivimos un proceso de cinco años buscándolo a Él, enamorándonos de Él, creciendo con Él, dejando que Él limpiara lo sucio en nosotros. Nuestra relación con Dios tomó el primer lugar y en el momento en el que tú y yo nos conocimos nada fue inmediato. Hubo una primera impresión, quizás la sublime voz de Dios invitándonos a conocernos.

—Sí, pero Dios hace como quiere. ¿Y si es cierto que Dios le dijo eso?

—No digo que no lo sea, no lo pondré en duda; pero Dios no invita a la gente a actuar de forma emocional sino prudente. Él no cambia de parecer, Dios no es hombre para que mienta, ni hijo de hombre para que se arrepienta. Él no se equivoca, pero nosotros sí. A veces creemos haber escuchado la voz de Dios y fue nuestra propia mente. Por eso hay que confirmar y filtrar por la Palabra lo que sentimos en nuestro espíritu. Dios no anda casando a la gente mientras todavía son unos niños. Él no juega a los matrimonios, Él establece relaciones permanentes, pactos eternos. Hay ciertas cosas que necesitan pasar primero en tu espíritu, para que alcances la madurez y la profundidad de saber quién es la persona correcta y eso lleva tiempo. Típicamente, Dios no nos revela todo el plan, no nos dice el final desde el principio, Él quiere que caminemos con Él en dependencia. Yo no le daría en promesa una de mis hijas a un varón que no me ha demostrado frutos.

—Pero él es un buen muchacho. —Dije, casi suplicando.

—No lo dudo. Pero es un niño y sé cosas que tú no. Pamela, soy mentor de jóvenes en mi iglesia y en mi comunidad... ¡Y he visto tanto! Te cuento que un día lo invité a reunirnos para ver cómo puedo apoyarlo más, y me parece que no lo recibió bien. Definitivamente, una cualidad importante para ser un buen esposo es la humildad.

Dios no une a dos quebrantados para propósitos fallidos.

Él restaura, y une en el tiempo correcto. He conocido un poco a Víctor, hemos hablado, sé sus luchas y lo tengo en una lista especial de oración. Si Dios le reveló eso, debió habérselo reservado, trabajar en sí mismo y orar. No me gusta que trate de manipular a Penélope para que no mire a ningún otro. Si es de Dios que lleguen al matrimonio, no necesita manipularla. Que comience a caminar en pureza, desarrolle una amistad linda con ella y ore a Dios. Están muy jóvenes y no creo en noviazgos largos. Creo en amistades largas, noviazgos cortos y matrimonios eternos.

Hubo una pausa después de su acalorada defensa de la libertad de Penélope a elegir y no ser manipulada. Debo decir que me sorprendió. Pienso que él sabe algo que yo no.

—Pamela, quiero saber si después de conocer cuáles son nuestras luchas con nuestros hijos y mi carácter de león para defender a las mías, quieres continuar en esta travesía.

—Donato, toda mi vida he tenido un vacío en mi interior porque no hubo un padre que nos protegiera a mi mamá y a mí. Hemos tenido que protegernos solas y hemos cometido errores porque a veces nos ha faltado malicia. Tus palabras son la respuesta a la oración de toda una vida. Gracias por defender a Penélope. Yo sí quiero continuar en esta travesía, quiero ser ayuda con tus hijas, quiero ser la amiga que necesita Carina y la madre que Antonella necesita. Quiero que tú te involucres en la vida de mi hija. Mi oración en este momento es que un día te ganes su confianza para que puedas hablar sabiduría a su corazón que tanto lo necesita.

—Pamela, esa es mi asignación desde este día: ganar la confianza de tu hija hasta que se vuelva la mía. Debemos enfocarnos en ganarnos mutuamente a nuestras hijas. No pretendamos sustituir la posición de alguien más, pero esperemos que el Señor nos use poderosamente para ser sus guías. Sé que Dios está en este asunto y era necesario que hoy tuviéramos está difícil conversación. Ahora sabemos cómo orar y cómo dirigir nuestros esfuerzos en este tiempo de conocernos.

Sujetó mis manos. Ya sabía lo que esto significaba.

¡Qué hermosa experiencia de vida! Amor del puro; puro amor.

Una *flor azul* en el *agua*

Hace casi cuatro meses que nos hicimos novios y no hay día en que Donato no me sorprenda con el depósito tan especial que Dios ha puesto en su vida. Ha sido un tiempo muy bonito, hemos podido conocer mejor a nuestras hijas, llegar a acuerdos de comunicación que nos han sido de gran ayuda y siento que poco a poco he logrado romper la distancia entre Carina y yo. Ella me cuenta algunas cosas y yo la hago reír, ¿o será que se ríe de mí? No importa, verla sonreír me da esperanza. Ella ama a mi mamá y se le nota. Le encanta escuchar a Noemí con su marcado acento intentando hablar inglés y creando nuevas palabras; ahora decidió ser su traductora oficial. A veces Penélope se pone celosa, lo noto, pero creo que ya se siente un poco más confiada con nosotras. De alguna manera comienza a verme como una amiga.

Con Antonella no hay ningún problema. Ella es tan especial y tan auténtica. Lo único es que siempre la siento como superior a mí; la admiro y respeto tanto que me intimida pensar en ser una figura materna para ella. No es que no quiera, es que no sé si soy yo a la persona que ella quisiera ver así. Y bueno, Penélope ha hecho las paces con Donato, muy poco a poco, pero hemos ido avanzando. No se muestra afectiva con él, pero al menos ya no lo desprecia. Hasta se atrevió a preguntarme cuándo nos comprometeríamos.

Entre las chicas, hay días y días. A esa edad es difícil empujarlas a que desarrollen la química. Así que yo solo oro; no hay nada más que pueda hacer que orar por esa relación de hermandad entre ellas tres. Son totalmente distintas: una es colérica, la otra es sanguínea y la otra melancólica. ¿Qué podemos hacer?

Pasamos unas navidades muy lindas con nuestras familias, pero no hemos tenido mucho tiempo para compartir solos él y yo, en una cita más romántica. Así que hoy tendremos una cita muy especial: nos vamos de «*road trip*»[50] a una hermosa isla en *Jacksonville* llamada *Big Tailboat Island*. Pararemos en una playa llamada *Black Rock Beach*, que dice Donato que está llena de rocas negras muy particulares. Es un lugar muy conocido para practicar *paddle board*.

Nos espera un largo viaje de seis horas y nos iremos en mi cámper. Finalmente, se la compré a don José y Teresa. Sé que ellos hubiesen deseado regalármela, pero sentí que era tiempo de devolver con generosidad la generosidad recibida. Dios me ha dado tanto que, aunque me dieron un precio muy atractivo, cuando llegó el dinero del seguro, le consulté a Donato y ambos estuvimos de acuerdo en que lo correcto era bendecirlos pagándoles más de lo que me habían

---

50   Viaje en carretera.

pedido. Son una pareja retirada, con pocos ingresos y con sus condiciones de salud actuales no podían seguir manteniendo la cámper. Donato dice que la quiere poner bien bonita por dentro y pintarla por fuera. ¡Esa será nuestra primera renovación juntos!

A la aventura

Me parece muy divertida nuestra aventura de hoy, aunque hace bastante frío. Creo que febrero es el mes más frío en la Florida, y vamos de camino a la ciudad más al norte del estado. Llevamos comida, sábanas, abrigos, la hamaca, las tablas, la guitarra, y madera para una fogata. Nos detuvimos en el camino para disfrutar el amanecer en la costa. ¡Estos encuentros tempranos para ver salir el sol me gustan tanto! Son mañanas gloriosas a su lado.

A las doce del mediodía llegamos a nuestro destino. Ya veremos qué nos espera.

—Pamela, para llegar al lugar en donde comienza la aventura tendremos que atravesar por un bosque. *Sei pronta?*

—¿Sei qué? —Exclamé con los ojos muy abiertos.

—Dije: «¿Estás lista?», en italiano.

—¡Uy! Eso sí que no lo podía adivinar. No, no *sono pronta*, no sé a dónde voy. ¿Un bosque? Nunca he ido a un bosque. ¿Hay osos?

—Quizás, pero creo que no.

¡Donato me pone en unos aprietos! Yo soy costeña, ¿qué es eso de cruzar un bosque con osos para llegar a la playa? Eso no me suena al Caribe. En fin, era un pequeño caminito que conducía hacia un paraíso. Árboles cubrían con su hermosa vegetación todo el camino. No había osos, pero era diferente a todo lo conocido. Traíamos con nosotros una neverita, la caseta de campaña, la hamaca, nuestras tablas, la guitarra y la Biblia. Parecía que nos estábamos mudando a aquel lugar, pero logramos colocarlo todo sobre las ruedas de un carrito de arrastre que él llevó; es que él piensa en todos los detalles. ¡Aquí vamos de camino a la aventura!

—¿Qué te parece este sitio, Pamela?

—Jamás hubiese creído que cruzando un bosque llegaría a una playa. ¡Me encantan las sorpresas de Dios!

—Sí, por eso me gusta este lugar, me parece uno de esos sitios fantásticos.

—Y es bastante retirado. Qué bueno que no había osos.

Comenzamos a ubicar las cosas entre los árboles secos que descansan sobre la arena. Parecen soldados grises caídos en una guerra. Son grandes y muy fuertes, pero los huracanes, cambios climáticos, y quizás el aumento en el nivel del mar, los convirtieron en enormes asientos para los visitantes.

—Parecen huesos blanqueados de robles vivos convertidos en madera flotante gigante. Es como si estuviésemos en Hawaii, ¿cierto?

—Sí, este paisaje es tan diferente. ¿Por qué las piedras son negras aquí, Donato?

—Hay una revelación en estas piedras. Te mostraré.

Para mi sorpresa, Donato levantó su pierna y partió con el talón una de esas piedras. Me tapé la cara pensando que iba a romperse su pie. ¡Se nos acabó la aventura!, pensé... y grité, por supuesto.

—¡Donato, ¿qué haces?!

Y bueno... él comenzó a reírse. Debí saberlo. ¡Hombres!

—Es que estas no son rocas; son corazones salvables. —Sonrió. —La roca, o lo que parecía ser una roca, era arena bien consolidada. Te explico: Estas supuestas rocas son suaves en realidad y se forman a partir del suelo, imitando piedras volcánicas por su color oscuro y contornos erosionados.

—¿Y cómo sabes que es arena y no una roca? —No hay forma de saberlo solo con verlas, pero el conocimiento, la experiencia y el discernimiento te ayudan a vivir mejor.

—Ajá, ¿y entonces? A veces no te entiendo. ¿Cómo sabías que esa que pateaste era de arena?

—Bueno, cuando te conocí no sabía si eras roca o arena, pero hay cosas que delatan la condición del corazón de una persona. Lo cerca del agua que está la roca, o supuesta roca, me deja saber que conserva humedad suficiente para no ser piedra. Además, las rocas son grises, la arena mojada y endurecida se pone negra. Es mejor trabajar con blancos y negros que con tonos grises.

—¡Boom! ¡Ahí va Donato! Venga, que yo sé que hay más. Cuénteme. —Le dije sonriendo.

Es que este hombre tiene unas analogías. Fuente inagotable.

—Cuando el sol se pone, el agua sube y esa «piedra» recibe esa humedad. Por tanto, aunque luzca como roca y tenga un color parecido al de la roca, no puede serlo estando tan cerca del agua. Cuando yo fui descubriendo tu relación con Dios, cuán cercana estás a su Palabra y cuán sensible eres al río de su Espíritu, supe que eras arena y no piedra. Te has dejado moldear y eso hace imposible que seas de piedra. Tu corazón es fuerte, porque Dios te ha fortalecido, pero tan sensible a Él, que al más mínimo toque se deja ver tu contenido.

—¿Y por qué me pateaste? ¡Ja, ja, ja!

—¿Cómo?

—Es broma, quise decir: ¿por qué pateaste a la arena?

—¡Oh! ¡Ja, ja, ja! El aventurero en mí, Pamela, ite quería mostrar mi fuerza! Dios transforma, pero nos deja el sentido del humor y lo apasionados. Pero, ¿qué tal tú? Aquel día casi me cortas por un drama de celos injustificados.

—Bueno, tú dijiste que mis celos eran energía, isoy muy enérgica!

—*Molta* energía. Pero ¿sabes qué? Ese día tú te mostraste vulnerable, me dejaste ver tu corazón y cuando me hiciste saber cómo te sentías, me derretí. Tú interpretaste mal y actuaste impulsivamente, pero vi tu humanidad. No necesitamos ser perfectos, pero sí vulnerables y humildes. Para mí, cualquier sombra de duda que tenía, ese día fue disipada. Dije: aquí no hay orgullo, donde no hay orgullo ahí está Dios. Una persona orgullosa jamás reconocería las cosas como tú lo hiciste.

—Yo no sé cómo pasó eso, las palabras se me salieron de la boca sin filtro.

—No necesitas filtro. Tú fuiste tan humilde, tan vulnerable y tan sincera que ya no había ninguna razón por la cual seguir prolongando la espera.

—¡Guau! Jamás hubiese imaginado que lo que creí que había sido un momento tonto y de debilidad, iba a causar esa impresión en ti. El mundo nos dice lo opuesto: aparenta, filtra, presume, oculta, pretende, calla, esconde tus sentimientos, no seas débil.

—Me recuerda esa escena de la Biblia donde David danzó ante el Señor con todas sus fuerzas, en regocijo por amor a Dios. Mucha gente no lo entendió, ni su esposa lo hizo. Hoy en día aún hay gente que no entiende qué fue lo que sucedió ahí. Pienso que el Señor miró ese acto como la más humilde expresión de amor y gratitud que algún humano le haya hecho; por eso y por mucho más, se le llama a David: «*el hombre con el corazón que agrada a Dios»*. Y no se trata de que vayamos por el mundo repitiendo lo que otro hizo, sino que vivamos con un corazón sincero. Dios es original y creativo. Lo que yo creo que cautiva su corazón es la espontaneidad. A David no le importaron las apariencias, ni su posición para humillarse ante Dios frente al pueblo.

—Yep, Dios mira de lejos al altivo, pero el de corazón sencillo logra escuchar el palpitar de su corazón. Caminar, no levitar. Mientras más cerca del piso, mejor es nuestra relación con Él.

—¡Que no se diga más! ¿Vamos al agua? El tiempo es ahora. *Sei pronta?*

—*Sí*!

Vamos a las aguas

Tomamos nuestras tablas y el agua estaba fría como un témpano de hielo. Las aguas de la Florida normalmente son frías, pero estas estaban heladas.

—Bueno, Donato, cuéntame, ¿qué me tienes que decir de que el agua esté fría? Porque yo creo que en tu interior hay un pozo sin fondo de revelaciones y analogías del Señor, que pareciera que nunca termina. Así que siempre estoy esperando por lo próximo que me vas a decir, esa analogía que me va a dejar boquiabierta. Hasta pareces hijo de Luis.

—Sí, este tío debió haber sido, mínimo, mi hermano mayor. No considero que tenga edad para ser mi padre, pero ciertamente lo admiro con todo mi corazón.

—¿Y la analogía...?

—Bueno, te puedo decir del agua fría algo muy especial y muy profundo: No me gusta. —Ambos reímos. —Pero gracias a Dios que tenemos nuestras tablas, así que, tan pronto la quilla no roce la arena, nos pondremos de rodillas sobre ellas; lo cual me hace pensar en la bondad de Dios. Quien no le conoce, quien no ha descubierto el amor del Señor, no sabe que cuando las cosas están muy difíciles, cuando el agua está demasiado fría, tenemos un lugar donde podemos descansar. Él es nuestra tabla, el lugar seguro mientras dure el agua fría.

—¿Ves? Yo sabía que ibas a salir con algo. ¡Es que ya te conozco! —Comenzamos a reír a carcajadas.

Entramos al agua en nuestras tablas y Donato hizo la salvedad de que iríamos primero con la corriente y después volveríamos en contra de ella. Tuve que preguntar por qué.

—Esta vez va a ser diferente. —Respondió sin mirarme.

—No entiendo.

—No tienes que entender; solo obedecer.

Me lo quedé mirando un poco molesta porque no me gustó esa respuesta, pero él comenzó a avanzar como escapando de mi mirada.

—Te voy a dejar pasar esta, chico malcriado.

—No soy malcriado. Así es con el Señor.

—¿Cómo así?

—No tienes que entenderlo; solamente le obedeces.

—¡Ay, Donato! Siempre me tomas desprevenida.

—Una cosa es que Jesús sea tu Salvador, pero una mucho más grande es que sea tu Señor. —En ese momento se paró en su tabla y me invitó a detenerme. Luego continuó diciendo mientras me miraba con una tierna expresión de amor. —Una cosa es que seamos novios, pero otra mucho más grande es que seas mi señora. ¿Entiendes la diferencia?

—Sí, claro.

Pero mi corazón se sobresaltó.

Sorpresivamente, Donato unió nuestras tablas usando su remo. Y sin yo poder anticipar lo que haría, dio un salto de ciento ochenta grados y pasó de su tabla a la mía. Pensé que los dos nos caeríamos al agua, pero él, con su gran balance, logró mantener fija la tabla con sus pies y sosteniendo mis hombros me ayudó a mantenerme en pie.

Nunca habíamos estado tan cerca. Me miró a los ojos y mientras lo hacía, sus ojos se humedecieron. Había un brillo especial en su mirada. ¿Será que se arrepintió de decir que no me besaría? ¡Ay, Señor, perdóname! Pero si me da un beso tengo que confesar que le respondería.

Repentinamente, interrumpió el momento cuando colocó una rodilla sobre la tabla, sacó del bolsillo ancho de su pantalón de playa una gran flor de lirio azul, y dentro de esta, había una sortija.

—Yo quiero ser tu señor y que tú seas la señora mía. Pamela Breckwoldt Díaz, ¿quieres casarte conmigo?... *Dimmi di sì*[51].

No podía creer lo que mis ojos veían. No me lo esperé así y tampoco ese día. Me tapaba la boca impresionada, no lograba responder como quería. No podía ser todo más perfecto, ni lo alcancé a soñar. Cada segundo se hacía largo. Quería abrazarlo, pero no me atrevía, recordaba los límites. Pareciera que hubiese leído mi mente cuando dijo:

—Si tu respuesta es sí, por favor, abrázame. Estaríamos cruzando al próximo nivel que derriba un límite. Pero si es no, patéame ahora mismo y tírame al frío océano. *Questo italiano morirà affogato*[52].

Una mezcla entre llantos y risas nos acogió a ambos. Me puse sobre mis rodillas, lo miré tiernamente y lo abracé. Por primera vez, abracé al amor de mi vida.

---

51   «Dime que sí»
52   «Este italiano morirá ahogado»

—Sí, Donato. Sí quiero casarme contigo.

¡Qué gran sorpresa! ¡Qué hermoso anillo! La piedra es del color del cielo, lugar en donde tendré para siempre puesta mi mirada. Es azul, se llama aguamarina. Ningún detalle se le escapa a mi Donato. La forma... No podía ser otra, no es redonda, no es cuadrada, no es diamante, es una flor. Son doce diamantes creando la forma de una flor, en donde reposa la gema azul. Representa mi identidad, quién soy. Dios creó flores para oxigenar este mundo y puso en mi vida un varón para cumplir ese propósito.

Me siento feliz, plena y agradecida.

El estacionamiento disponible

Recuerdo bien una visión que Dios me dio poco antes de conocer a Donato. Estaba en un gran centro comercial en Miami, necesitaba estacionarme y llevaba prisa. Realmente no había razón por la cual tener prisa, pero reconozco que no me gusta esperar. Siempre he escuchado a mi mamá orar por un estacionamiento en la primera fila, así que lo hice. Oré, di vueltas y más vueltas y nada.

Entonces escuché la voz de Dios: —**Para. Deja de buscar y espera en mí.**

—Pero, Señor, si no doy vueltas, ¿cómo voy a encontrar parking?

—**Detente ahora. Párate aquí.**

Me detuve detrás de varios autos estacionados y no estaba para nada cerca de la entrada al centro comercial. Y su voz regresó:

—**Podrías estacionarte lejos y caminar un poco, no es malo para tu salud y no tendrías que esperar por un buen lugar para estacionar. Así como podrías buscar a alguien que esté muy lejos de mí, uno que no es deseable para nadie, pero es cómodo para ti. Está** disponible, no tienes que esperar al mejor. Mejor mal acompañada que sola. Pero no quieres eso, quieres lo mejor. ¿Cierto?

También podrías pelearte con alguien por un estacionamiento. Al fin y al cabo, llevas tiempo esperando y eso te debe dar el derecho a ser insolente, ofender y gritar a alguien más débil, para poder quitarle el lugar. Quizás tú lo viste primero. Así como podrías ir a pelear por uno que ya está casado, que vive con alguien o tiene novia. Algunos dicen que debes luchar tu bendición, pelear por lo que quieres, aunque nunca le he prometido a alguien el marido de otra. No opero así. Lo sabes, ¿cierto?

O podrías calmarte, sintonizar mi frecuencia, disfrutar mi presencia y moverte solo al escuchar mi voz. Si lo haces de esta forma, recibirás lo mejor. Lo sabes, ¿cierto?

Muévete ahora. Hazlo. Comienza a mover tu auto. Lo hice. Al final era todo tan real. Me moví y le escuché dirigirme a doblar al final de ese pasillo a la derecha.

—Mira a tu izquierda, Pamela. Ahí está el que quiero para ti.

Para mi sorpresa, había un estacionamiento disponible, nadie lo estaba esperando ni deseando, nadie lo había visto. Era el primero en línea a la entrada principal, bajo la sombra, y el guardia de seguridad estaba a nada más unos pasos de él.

Mis lágrimas comenzaron a bajar. Fe y esperanza me inundaron ese día. Sabía que había sido Él. Fue Dios quien me mostró el estacionamiento perfecto para mí ese día y una inolvidable enseñanza. Pasaron unos años antes de conocer a Donato, pero valió la pena detenerme en medio de la vida y esperar. Esperé a la voz de Dios y me llevó al mejor estacionamiento del centro comercial. Esperé la instrucción de Dios y me llevó a Donato. Es perfecto para mí.

Cuando miro a mi alrededor, veo que hay otros cientos de puestos.

Amiga, ora con fe y cree, que si es la voluntad de Dios para tu vida, te dará a la persona adecuada para ti. Donato no es perfecto, yo tampoco lo soy. Juntos crearemos el vínculo perfecto por medio del amor de Dios. El perfecto amor echa fuera el temor y el amor cubre todas las faltas.

Hoy te invito a soñar con lo mejor que Dios tiene para ti. Y si estás casada, honra el lugar en el que estás. No tengas temor de nada, ora por lo que te preocupa y descansa en Dios.

#Mitabladesalvacion
#BlogElestacionamientodisponible #JournaldePamela

 SHARE

PARTE VI

Sin temor a la profundidad

«Ni lo alto, ni lo profundo, ni ninguna otra cosa creada nos podrá separar del amor de Dios, que es en Cristo Jesús Señor nuestro».

Romanos 8:39

La gran noticia

Llegamos a la casa expectantes por conocer la reacción de nuestras familias. Donato le había pedido a don Rey que estuviera con sus hijas en mi casa a las nueve de la noche; y Luis y Sandra también estarían.

Llegamos todos a la vez, y sin darle muchas vueltas al asunto, al entrar a la casa gritamos mostrando el anillo:

—*Siamo fidanzati!*

Eso es todo lo que aprendí en italiano, después de seis horas de estudio. Significa: ¡Estamos comprometidos! La respuesta de ellos fue tan espontánea como nosotros y todos comenzaron a aplaudir y a reírse. Algunos decían haberlo sabido. Mis ojos estaban fijos en Penélope intentando leerla. Ella era la menos expresiva.

—Yo sé que algunos podrán pensar que el tiempo ha sido corto, pero creemos que a esta edad no debemos perder el tiempo en relaciones pasajeras. Por eso quisimos ser intencionales en conocernos, conversar, orar y buscar la voluntad de Dios. El fin de toda relación debería ser el matrimonio. Por eso, siendo adultos, el proceso ha sido intenso, queríamos estar seguros. Hizo una gran diferencia el hecho de que ambos habíamos ya vivido un proceso de sanidad interior. —explicó Donato para aclarar cualquier posible duda ante nuestra decisión.

—Hijo, yo estoy de acuerdo contigo. El tiempo ha sido propicio. Ustedes se han cuidado de no caer en tentaciones y cuando uno sabe, uno sabe que sabe. Creo que Dios les ha ido confirmando a ambos y me encanta eso que dices, los dos están sanos espiritual y emocionalmente; eso es lo más importante. El proceso de sanidad antes de conocerse valió la pena. —Afirmó Luis.

—Yo también siento que ustedes están listos para este paso —Confirmó Sandra.

—Yo los veo y los escucho orando a diario desde que se conocieron y eso me gusta mucho. Sé que han hablado de temas muy profundos que son fundamentales en la relación, yo pienso que ustedes han sido muy maduros. —Añadió mi mamá.

—Sí, eso es cierto. Incluso en las decisiones de dinero nos hemos consultado todo. ¿Verdad mi amor? —Dije mirando a Donato.

—Sí, todo. A mí me gustó mucho que Pamela me consultara lo de la compra de la cámper. Creemos que para vivir una vida juntos es necesaria la transparencia, sobre todo en las finanzas.

—Ya hubiese querido yo, a vuestra edad o cuando me casé, tener la mentalidad y la madurez que vosotros tenéis. Yo me la pasaba de juerga, ligando con todas las tías que se me atravesaban y siempre estaba metido en algún fregao; es que no sé ni cómo mi mujer se casó conmigo. Igual por eso me dejó, tío. Y bueno, ahora que estoy mayor y soy un trozo de pan, la parienta[53] ya no quiere estar ni cerca de este gordete. —Comentó don Rey, con su acento madrileño y gran sentido del humor. Las niñas estaban atentas, pero calladas. Y Luis, que no pierde tiempo para una buena enseñanza, tomó el liderazgo de la sorpresiva reunión y dijo:

—Quizás esto es algo que ya ustedes sepan, pero yo igual me siento en la responsabilidad de decirlo. La cabeza de la casa, Pamela, una vez se casen, será Donato. Así como Cristo es cabeza de él.

—Lo sé, Luis. —Respondí.

—La Palabra nos dice, en 1 Corintios 11:3: «*Cristo es la cabeza de todo varón, y el varón es la cabeza de la mujer, y Dios la cabeza de Cristo*». Dios, en su infinita bondad, nos ha provisto una cadena de protección que comienza en Jesús y continúa en el hombre. El Señor provee protección, corrección, instrucción y dirección; el hombre, como líder de la casa, debe proteger y proveer para la familia; y a su vez, la mujer debe manejar el hogar y criar a los hijos.

Les pongo este ejemplo: En una compañía el presidente le rinde cuentas al dueño, pero es el responsable de proveer y proteger a los empleados. Luego hay un gerente general que está a cargo de manejar la oficina y dirigir a los empleados. Cuando hay que tomar una decisión mayor, el gerente va al presidente y el presidente debe ir con el dueño. Esto no significa que no haya relación entre el gerente y el dueño, nada más lejos de la verdad; esa es una de las mayores mentiras que las personas han usado para desvirtuar el plan de Dios sobre la familia. La relación de la mujer con Dios es tan importante como la del

---

53   Forma coloquial con la que, en España, los hombres se refieren a su esposa.

hombre con Dios. Tampoco significa que el hombre va a tomar decisiones arbitrarias, ni que va a ser abusivo, o que se va a sentir de ninguna manera superior a la mujer.

Los roles son diseñados para hacer las tareas más fáciles y para que no haya choques, pero ambas posiciones son valiosas para Dios. El hogar no se mueve de la misma manera cuando la mujer no está en la casa. El hogar no fluye de la misma forma cuando falta un varón de Dios que la dirija.

Lamentablemente, hay muchos hombres que han hecho un terrible uso de esa posición, así como presidentes han sido corruptos y han dañado la confianza del pueblo. Lo mismo han hecho millones de esposos alrededor del mundo, y hoy los que tenemos buenas intenciones debemos ser probados más duramente. Nos toca demostrar que nuestro sacerdocio tendrá orden y santidad.

Lean, por favor, Efesios 5:22—24,1 Pedro 5:17—18 y Efesios 6:1. Estos versículos hablan de la autoridad en la familia, para que vean que no lo dice Luis, lo dice la Palabra de Dios. —Concluyó.

Todos lo escuchamos con gran respeto y admiración. Luis sabe decir verdades profundas de modo que cualquiera las puede entender. Mi madre hermosa interrumpió el solemne momento con todas sus preguntas de rigor. Las madres siempre tienen preguntas, ¿por qué seremos así?

—Bueno, hoy es un día muy especial. Me siento feliz por mi hija, porque sé que Donato es un gran hombre, pero quiero saber si tienen una fecha estimada, ¿a dónde van a vivir?, ¿cómo fue el compromiso?, ¿dónde quieren casarse?, y si hay algunas otras decisiones que debamos saber. —Donato me miró sonriente y me pidió con un gesto que le dejara a él contestar.

—De hecho, sí, Noemí. Tomamos la decisión de casarnos en tres meses. Nos gustaría hacerlo en la playa, en una ceremonia sencilla. No nos interesa gastar ni tiempo, ni energía, ni dinero en una boda opulenta. Entendemos que ese día haremos oficialmente nuestro pacto con Dios de unir nuestras vidas para siempre. Será una ceremonia más espiritual que social.

—Sí. No intentaremos complacer ni impresionar a nadie, solo a Dios. Los invitados serán los testigos de un evento que va a suceder en el espíritu, cuando dos nos volveremos uno. —Comenté en acuerdo con mi prometido.

—Queremos que los acompañantes entiendan que este sello se hace para que quede establecido en los cielos. Dice la Palabra de Dios que todo lo que atares en la tierra será atado en los cielos y ese día ataremos nuestras vidas con Dios, como un triángulo de amor. —añadió Donato.

—¡Qué hermoso! Así debe ser, chamo.—Comentó Sandra emocionada.

—Hoy ha sido un día precioso. Sobre dónde vamos a vivir hablaremos mañana Noemí, pero sí les cuento que nos comprometimos en la playa, sobre nuestras tablas. —Dije muy emocionada.

—Después caminamos por las calles de St. Agustín; esa es la única ciudad instituida por los españoles en los Estados Unidos. Don Rey, debe visitarla.

—¡Vamos!, que me llevo de paseo a doña Noemí para que recuerde a Puerto Rico. —dijo don Rey con su habitual coqueteo a mi madre, que ella sabe ignorar muy bien.

—No, gracias, don Juan... digo, don Rey, ya la he visto —Respondió Noemí.

Todos reímos por su evidente sarcasmo al llamarle don Juan.

—La verdad es que es una ciudad hermosa, se parece mucho al Viejo San Juan en Puerto Rico. Oramos por un indigente, uno joven con el que Donato habló y aceptó a Cristo, y también Dios hizo un milagro en el pie de una mujer que tocaba el piano en las calles. Fue tan hermoso, nunca voy a olvidar este día.—Concluí.

Rendida ante ti, Señor

Al día siguiente, me desperté a las cuatro de la mañana. No podía dormir, necesitaba ir a mi encuentro con Dios lo antes posible. En noventa días seré la esposa de Donato. —Se acerca el día para el cual me has preparado por todos estos años y quiero estar lista. — Me senté en el suelo, como tantas otras veces, pero con una sonrisa diferente en mi rostro. Vine preparada con aceite de perfume aromático. Lo coloqué en mis manos y en mi frente y me postré, rostro en suelo. Quería presentarme delante del Rey con olor fragante, quería ser aprobada para esta asignación tan importante. Había sido seleccionada para ser la reina de un hogar junto a mi flamante rey Dante.

—Señor, te presento esta sortija de compromiso; presento mis planes, mis sueños y todos los deseos de mi corazón. Voy a ataviarme para casarme. Ha valido la pena sacrificar la carne, esperar con paciencia, dejarme transformar por ti. Cada lágrima ha valido la pena. He vivido una renovación y siento que estoy lista para esto.

Con mis ojos cerrados comencé a tener esta visión: Me vi con mi traje blanco largo, sencillo, sin velo, solo flores adornan mi cabeza. Parecían señal de triunfo. Triunfé sobre mi misma, sobre mis miedos e inseguridades, ¡lo he logrado! Su voz en mi corazón no se hizo esperar:

—**Vístanse de pureza, bendeciré su vínculo de amor. Por los próximos noventa días oren a diario juntos.**

Hagan una lista de todas esas cosas por las que deben orar antes de casarse. Cada uno de ustedes ha vivido la experiencia y sabe bien cuáles son los mayores retos que pueden enfrentar al unirse. No den espacio al diablo. Reconozcan que es una gran mentira pensar que una vez estén casados todo será felicidad y armonía. Las situaciones vendrán cada día, en este mundo tendréis aflicciones... Lo sabes bien, pero tranquila, Yo he vencido al mundo. Si me mantienen a mí en el centro, nada podrá separarlos. Cuando uno se sienta airado intente siempre visualizarme a mí en medio, para que no entre el pecado a su relación. Mírense a través de mí, con ojos de amor y hónrense siempre.

—Señor, tengo una gran pregunta: Es una costumbre en este país cambiarse el apellido cuando uno se casa; él no me lo ha pedido, pero yo batallo con eso. Siento que es como traicionar a mi Daddy y de alguna forma, darle la espalda a mi hija que también lleva mi apellido. No me atrevo a confesarle a nadie que tengo esto en mi mente, pero no quisiera desilusionarlo a él, ni a mi familia.

—Hija, yo te estoy dando una nueva identidad. Te has ido renovando poco a poco, y el día de tu boda será como una graduación. Desfilarás conmigo, que soy tu Padre, te llevaré de la mano, caminarás sobre el agua para encontrarte con el caballero que elegí para ti. Dale el honor de tomar su apellido. No se trata de costumbres humanas ni de egos o ritos; es una manera de demostrarle que estás dispuesta a someterte a él tanto como él se somete a mí. Es una forma de honrarlo y demostrarle a tu familia que después de Dios, tu esposo será el primero. Hija, yo sé que es una lucha ese pensamiento en tu interior, has sido madre, antes que cualquier otra cosa, por los pasados dieciséis años, pero Penélope crecerá y ese es el orden que mi

Padre estableció. El vínculo que existe entre tu hija y tú es sólido, y nada lo va a cambiar.

—Así lo haré, Señor. Seré obediente a ti. Tú me has dado una nueva identidad y hasta me has cambiado el nombre.

Anoche Penélope me felicitó en privado y me dijo que sabía que Donato era un gran hombre, que a ella le caía muy bien y que sabía que era idóneo para mí. Me pidió que le diera tiempo para acostumbrarse a esta nueva idea y a confiar de nuevo. Yo la entendí, sigo orando por ella para que logre sentirse feliz en medio de este proceso.

Señor, confío en ti.

Confrontando el pasado

Fui a la habitación de Penélope, pero ella no estaba allí. Hay un lugar en la casa muy especial para nosotras. Era un pequeño garaje trasero que solía ser el apartamento donde mi mamá y yo vivíamos cuando Coco estaba vivo. Lo habíamos convertido en un espacio de desahogo, que, sin duda, era el sitio favorito de Penélope. Ahí pasaba horas cantando canciones con sus amigos, allí disfrutó largas jornadas de juego cuando era niña y en ocasiones, también era el sitio en donde se encerraba para hablar con Dios. Era su cueva, el lugar al cual iba cuando no se sentía bien.

Imaginé que estaba allí. Me acerqué, abrí la vieja puerta blanca, ya bastante consumida por el moho y la humedad, y su peculiar ruido de casa abandonada anunció mi entrada. Sentada en el sucio suelo estaba Penélope, como si hubiese estado esperando a que yo llegara. Un viejo abanico soplaba de frente dejando al descubierto su humedecido rostro. La pregunta sobraba, había estado llorando. Bajó su mirada intentando cubrir su rostro y con voz entrecortada me dijo:

—Hoy no voy a la iglesia mamá. Y por favor no insistas.

—Quise hacer preguntas, pero el Espíritu Santo, como poniendo su brazo sobre mi hombro me dijo: **Calla**.

La miré con ternura y le dije:

—Yo respeto tus decisiones y tus procesos...

Ella me interrumpió y mirándome dijo:

—Yo he respetado los tuyos. También he respetado tu silencio. Hasta hoy.

—¿Mi silencio?

—Quiero saber mi historia, mami. Con detalles, así te den asco. Quiero saber de dónde vengo, cómo fui concebida, quién es el hombre que te embarazó. Y quiero detalles. Es mi vida y tengo derecho a saber.

Mis ojos se llenaron de lágrimas, y mi corazón de temor. El momento de la verdad me alcanzó. Era tiempo de confrontar un pasado que me daba vergüenza y dolor; de romper la burbuja que había querido crearle a Penélope. Había tenido tanto miedo de que llegara este momento, y aquí estaba, frente a mí. Qué vergonzosa historia para contar.

Traté de convencerla de qué había cosas que era mejor no saber y no discutir. Pensé que iba a funcionar porque mi mamá usaba esa técnica conmigo y siempre me dejaba sin palabras. Pero no con Penélope. Ella indaga, pregunta, insiste, repite, confronta. Es incisiva, persuasiva hasta la médula y muy intensa en su posición. Me deja desarmada y no sé si soy capaz de engañarla con mi pose de mamá segura. Parecería que me viera por dentro. Mi mamá dice que heredó de Daddy esa personalidad. Y a mí, que con que me miren profundo me hacen desnudar el mayor de los secretos...

Le conté todo. Con el nivel de detalles que ella exigió. Era como si me hubiese exigido la herencia y un juez me obligaba a entregarla aun cuando sentía que la iba a utilizar inapropiadamente.

Al terminar de hablar temí lo peor.

—Penélope, me has hecho todas las preguntas que ni siquiera yo me había hecho a mí misma. Te he dicho todo lo que no le había dicho a nadie, con un nivel de detalle que me da hasta vergüenza pensar. Pero para que esto sea un trato a partes iguales, yo necesito que tú me digas qué sientes con el mismo nivel de detalle con el que yo te abrí esta verdad tan dolorosa y tan vergonzosa para mí.

—Mamita, —me habló con tanta ternura que mi corazón palpitó como volviéndose a ubicar en mi pecho. —Gracias por ser vulnerable y por decirme todo lo que necesitaba conocer. Quiero que entiendas tres cosas... tres:

La primera: No me interesa conocer a ese tipo que me engendró. Creo que es un ser despreciable y contrario a odiarlo, lo compadezco porque no sabe cuán poca cosa es. No considero que tenga perdón de Dios. Y no quiero hablar nada más sobre él. No es mi padre. No me interesa conversar jamás otra vez contigo sobre esto, no te mereces pasar por esto otra vez.

Lo segundo: Te agradezco que te hayas quedado junto a abuela y que me hayan criado juntas. No pudo haber sido mejor. Te amo con mi vida y daría mi vida por ti, pero reconozco que hubiese sido muy difícil sin la ayuda de abuela en nuestras vidas. Es evidente que tú no estabas lista para mí, y no te juzgo por eso, yo no estoy lista para traer un hijo al mundo aun cuando me siento muy madura. Pero también me hace pensar en algo que quizás te duela escuchar, pero es la más profunda verdad; es lo tercero que quiero decirte.

Mamá, tu historia es tan vergonzosa que me hace querer hacer las cosas bien. No quisiera nunca tener que contarle a un hijo lo que tú me acabas de contar hoy a mí. No quisiera estar en tus zapatos. Por esa razón, decido que quiero hacer lo correcto porque jamás quiero estar en la posición en la que tú has estado hoy delante de mí. Por favor, no te ofendas con eso, sé que es duro de escuchar, pero me conoces y quiero ser tan sincera y transparente contigo como tú lo has sido conmigo. —Sé que sus palabras son ciertas y sin duda son honestas, pero qué duro escucharlas. —Por último y para cerrar esta conversación. Estoy feliz por ti y por tu futuro matrimonio, pero me siento cansada de seguirte, mamá. Te amo y aprecio a Donato; es un buen tipo... raro, pero bueno. Pero quisiera quedarme con abuela a vivir y visitarte las veces que tú quieras. Yo necesito mi espacio, me siento tu sombra y no quiero otro cambio. Hoy no voy a la iglesia porque tengo mucho que pensar, mucho que hablar con Dios y no puede ser en público; tiene que ser en privado.

No respondí. No pude. No supe. Me mordí los labios, la besé en la frente, me levanté del suelo en donde estuvimos conversando y con un gran nudo en mi garganta, me fui.

Salí devastada de ese viejo garaje. ¿Quién es la adulta? No sabía si ir a la iglesia o irme a mi habitación a llorar. Tengo miedo del porvenir. No la quiero perder. No sé ser mamá. ¿Por qué no todo puede ser simplemente perfecto y ya? Siento que cometí una gran equivocación al contarle.

Noemí estaba afuera echando agua a sus flores y entonando una canción. Creí que estaba ajena a lo que sucedía, pero soltó todo, se acercó a mí sutilmente, colocó sus brazos sobre mis hombros, me acercó a su pecho como cuando era una niña y me dijo:

—Cuando tú saliste de ese garaje, entró Dios. Vámonos

a la iglesia en paz, ellos tendrán una larga conversación. No puedo creer la seguridad con la que ella me dice eso.

—¿Cómo lo sabes, Noemí?

—Desconozco por qué lo sé, pero te lo puedo asegurar: Dios entró. Y te digo más: Él ama a esa niña mucho más que tú. Esa chiquita enojada es su hija, su pequeña princesa a la cual la vida le ha dado duro últimamente. Él le dio ese espíritu que ella tiene. No te sientas mal. Nadie pudo ser una mejor mamá para ella que tú. Pero ahora, Dios está a cargo ¿Crees que la va a dejar sola en esto? Penélope saldrá de ese lugar en los brazos de nuestro Amado y ya no será la misma. Vámonos a la iglesia, ¡tenemos que celebrar la victoria! Como diría Donato: «*Dobbiamo celebrare la vittoria mia signora! Andiamo andiamo!*»[54]

—¡Noemí! ¿Estás aprendiendo italiano?

—Tengo que comunicarme con mi nuevo hijo de forma ¡efectiva! —ambas reímos.

El amor lo cambia todo

Esa tarde, después de la iglesia, Donato pasó por casa y nos invitó a almorzar a las tres. Vino con sus hijas y fuimos a un restaurante muy bonito con vista a un lago en el Doral, la ciudad de todos mis amigos venezolanos.

—*Ragazze*, hay una conversación que yo quisiera tener con ustedes cinco juntas, pero les confieso que estoy temblando. Estoy en minoría en esta mesa junto a cinco mujeres, tres latinas y dos italianas. Tengan misericordia de mí, soy un pobre hombre tembloroso y ando en gran desventaja. —Todas reímos. —Algunas de las cosas que les compartiré ya las hablé con mis hijas entre anoche

---

54 «¡Debemos celebrar la victoria, mi señora! ¡Vamos, vamos!»

y esta mañana. Pero quiero comenzar por reconocer el amor que hay entre ustedes tres: Pamela, Noemí y Penélope. Esa unidad es hermosa y yo la respeto mucho. Es muy parecida a la que tengo yo con mis hijas. Para mí sería muy difícil sentirme cómodo llevándome a Pamela de sus vidas. Yo quiero que me escuchen y que, por favor, consideren lo que voy a decirles:

En la Biblia hay una historia de una joven viuda llamada Rut, que es fiel a su suegra. Ella conoce a este buen hombre llamado Booz y él se hace cargo de ella y de su suegra. Él no intentó separarlas; al contrario, la integró a su familia y dice la Palabra de Dios que Noemí le ayudaba en la crianza de sus hijos.

—¿Se llamaba Noemí? —preguntó Penélope extrañada.

—Sí. —Y tomando la Biblia que siempre lo acompañaba, la abrió para buscar una Escritura mientras continuó relatando. —Dice el texto que las mujeres le decían «*Loado sea Jehová, que hizo que no te faltase hoy pariente, cuyo nombre será celebrado en Israel; el cual será restaurador de tu alma, y sustentará tu vejez; pues tu nuera, que te ama, lo ha dado a luz; y ella es de más valor para ti que siete hijos. Y tomando Noemí el hijo, lo puso en su regazo, y fue su aya. Y le dieron nombre las vecinas, diciendo: Le ha nacido un hijo a Noemí; y lo llamaron Obed. Este es padre de Isaí, padre de David*»[55]

Hizo una pausa y nos miró a todas para continuar diciendo:

—No creo equivocarme en que eso fue señal para mí. He pensado mucho sobre lo que voy a decirles. Como hombre, debo ser responsable no solo de Pamela, sino también de su mamá y de su hija. —Dijo mientras alcanzaba sus manos y las miraba con ternura. —Yo quiero ofrecerles que vengan a vivir con nosotros a Delray.

---

55   Rut 4:14-17

Todas nos miramos en silencio.

—Penélope, quiero que lo consideres. —dijo haciendo mayor énfasis en ella, porque sabía su resistencia. — Yo sé bien que después del asalto han sido unos meses muy difíciles, y ustedes viven en un área donde los niveles de criminalidad han aumentado. También sé que los recuerdos de lo que pasó te hacen sentir temor. Es natural, y opino que este cambio puede ayudarte. Además, en este momento no estás estudiando en la universidad y creo que todo lo nuevo te ayudaría a replantear qué quieres hacer con tu futuro escolar y profesional.

Y te diré algo más: has crecido rápido, mucho, pero solo tienes dieciséis, no necesitas tener prisa. Yo te recomiendo, con amor, que hagas una pausa, disfruta un sabático. Dios es capaz de coser con hilos de oro tu corazón, como lo hizo con tu madre. Toma tiempo para pensar.

Yo vivo en un área muy segura y tranquila, cercana a la playa y hay muchísimos lugares en los que puedes buscar trabajo si quisieras hacerlo. También hay universidades cercanas, colegios de cursos cortos. La vida es más pasiva que acá en Miami. En mi casa hay una habitación que en este momento la tengo como oficina, pero no la uso. Puede ser tuya.

—No quisiera darte una respuesta ahora, Donato, pero te agradezco el gesto. Hoy tuve una experiencia muy linda con Dios, así como las que tiene mami. — Dijo sonriendo de forma distinta. —Dios me mostró una película, pero quisiera compartirla luego. Por favor continúa, te estamos escuchando.

—Vas a ser una gran líder, Penélope. Te expresas tan bonito. Quiero que sepas que te admiro mucho y verdaderamente me está encantando conocerte cada día más. Eres genial, *sei grande, grande Penélope!* —Le dijo visiblemente emocionado.

—Gracias Donato. —Respondió mi hija mientras hacía contacto visual con sus dos hijas, quienes permanecían en silencio, pero en evidente complicidad con su padre.

—Bueno, también pensé que como frente a la lavandería de la casa hay un espacio vacío, lo puedo convertir en un taller para Pamela. Quisiera apoyarla para que ella haga su negocio propio, que deje la casa de moda y trabaje desde nuestra casa. Si ella quisiera.

—¡Guau, Donato! ¡Eso sería un sueño para mí! —Le dije, abrazándolo muy emocionada.

—Tú, Penélope, si aceptas, compartirías el baño con mis dos hijas, ellas son muy limpias.

Ellas sonrieron y Antonella añadió:

—También puedes usar la pista de *skate* en el patio, creo que la pasaremos muy bien. A nosotras nos encantaría tenerte en la casa.

Y Carina, ante nuestra absoluta sorpresa, porque típicamente es la más reservada dijo:

—Penélope, tú dispondrás de la casa, será tan tuya como es nuestra.

Sus palabras realmente nos conmovieron, sobre todo viniendo de ella.

Donato, poniendo su brazo sobre sus hijas continuó diciendo:

—Yo quiero que sepas que todo lo que es mío les va a pertenecer a ustedes. Nunca te vas a sentir como una invitada o una visita. Esa será tu casa, y mis hijas, como ves, ya lo saben. Quiero invitarte a que la disfrutes. Esa casa nos fue dada por Dios y es para todos nosotros. Ahora comprendo por qué tenía tantas habitaciones sin usar.

—Gracias, Donato. Significan mucho para mí tus palabras, así como las de ustedes. No tengo una respuesta todavía, pero gracias. –respondió Penélope visiblemente conmovida.

—Yo no pretendo ser tu papá, Penélope, aunque me encantaría. Pero sé bien que para que me consideres tu padrastro, primero necesito ganármelo con mi amor, con mis actos y a través de los años. Me va a encantar ser parte de tu vida, protegerte de cualquier persona que quiera hacerte daño, comprar regalos para ti como lo hago con mis hijas, ayudarte cuando se te dañe un carro, orar por ti cuando te sientas enferma y ser para ti un gran amigo en el cual puedas confiar totalmente. —Penélope tenía lágrimas en sus ojos, pero trataba de contenerlas mirando hacia lo lejos.

Hizo una pausa para permitir que el mensaje fuera completamente digerido por ella, y se dirigió a Noemí.

—Y usted, mi Noemí, usted no se me puede quedar atrás. Como ya sabe, mi casa tiene dos niveles y en la parte de abajo hay un cuarto largo que podemos convertir en un lindo apartamento. Siempre le había llamado el cuarto triste porque se me llenaba de agua, pero ya eso fue reparado. Ahora será llamado el cuarto del gozo porque la tendrá a usted como huésped permanente. Ese espacio es tan largo como la casa, voy a construirle una pequeña cocina, ya tiene baño y podemos embellecerlo un poco. Ahí también podría hacer un espacio para seguir atendiendo a sus clientas, si usted quisiera; pero Noemí, usted ha trabajado toda su vida, yo la invito a descansar y a hacer un cambio de vida. Si pone a la venta su casa y la llave de su negocio usted puede vivir muy bien sin necesidad de trabajar. Y cualquier necesidad que usted tenga, yo con gusto la cubriría. Yo no quisiera vivir con Pamela a una hora de distancia de usted. Yo quiero cuidarla como a la *mia mamma*.

—Ay mijo, me dejas sin palabras, yo no esperaba esto. —Respondió mi mamá, visiblemente conmovida.

—Yo sé que les estamos presentando un gran cambio de vida, pero quiero que lo consideren y que piensen lo siguiente: Este lago que ustedes ven desde el balcón, tiene un área limitada y el agua no fluye hacia ningún lugar; es agua estancada. El pasado las trajo hasta el lugar en donde están, han vivido altas y bajas, tiempos difíciles y momentos de alegría. Pero como este lago, hay temporadas que tienen un inicio y tienen un final. Yo siento que Dios las quiere llevar a un nuevo lugar, un lugar espacioso, donde puedan respirar un nuevo aire y una nueva vida. Él las quiere restaurar, renovar y transformar.

Mi invitación es a que descansen, a que permitan que Dios las haga florecer en un nuevo lugar. Este puede ser un nuevo amanecer para las tres. Siempre han estado juntas, se han tenido siempre y no tiene que ser diferente. Mi compromiso no es solo con Pamela, es con las tres, en realidad con las cinco. Pero ustedes tres también son un triángulo de amor, han estado juntas toda una vida. Yo no vengo a restar, sino a sumar. Yo quiero *conquistare i loro cuori*.[56]

Luego de esa hermosa conversación con Donato y sus hijas nos fuimos a la casa pensativas, teníamos tanto que conversar. Nos sentamos las tres en la sala y hablamos por horas, repasamos el pasado y todas las vivencias que hemos tenido en esa casa. No es menos cierto que vivimos en un lugar que con los años ha dejado de ser tan seguro como solía ser. El ambiente alrededor ha cambiado bastante y no estaría mal dejar atrás tanto. Penélope, como siempre, me sorprendió con sus palabras:

—Mamá, abuela, hoy tuve una experiencia con Dios que expandió mi mente y se las quiero compartir.

Reconozco que ustedes dos son grandes mujeres y

---

56   «Yo quiero conquistar sus corazones».

me siento feliz de tenerlas. Abuela, tú perdiste a mi abuelo tan joven, criaste sola a mi mamá en un país lejano sin saber el lenguaje y te hiciste cargo de mí en muchas áreas. Mamá, tú has cometido errores, pero te has responsabilizado de cada uno de ellos y has dejado que Dios te transforme en una gran mujer de la que me siento supremamente orgullosa. Me dolió mirar el pasado en mi conversación con mamá esta mañana. Me dolió saber quién era mi papá, pero no todo es perfecto en esta vida.

Dios me dio una visión: Había una ballena que se enredaba en una trampa de pescador. Ella luchaba por salir, y aunque era fuerte, sus esfuerzos eran inútiles; en vez de soltarse se enredaba más. En esa lucha se pinchó un ojo con un objeto punzante que la dejó medio ciega, pero ella no paraba de luchar y se seguía golpeando con rocas. De pronto, un buceador se acercó y comenzó a cortar las mallas de la trampa. Ella creía que él la atacaba, así que intentaba atacarlo. Pero él insistió. Se unieron otros buzos y fueron persistentes y pacientes con ella, a pesar de que los atacaba a todos. Al final, la salvaron y ella fue libre y poco a poco recuperó su vista. Esa ballena soy yo. Ustedes, Luis, Lisa, Sandra, e incluso, Donato, han sido los pacientes buzos que me han ido desatando, aun cuando yo les he atacado con fuerza. Todavía no veo todo claro, pero siento paz de saber que ustedes están aquí para mí. Estoy agradecida con Dios.

—¡Guau, hija! ¡Qué hermosa visión! Verdaderamente se parece a las que Dios me da.

—Yo quiero ser libre, mamá. Confronté el pasado, me dolió, pero estoy lista para algo nuevo. Abuela, si tú dices que sí a la oferta de Donato, nos vamos las tres e iniciamos una nueva vida. *I'm ready*. Pero siempre juntas, juntas siempre.

¡Yo salté de mi silla emocionada, quería abrazarla!

—¡Ay, hijas! Es que para mí es muy difícil dejar mi

lugar seguro, mi salón de belleza que me ha provisto por tantos años, el lugar en donde todos me conocen, mi casa. Nunca he vivido en otro sitio desde hace veinticinco años. —Hizo un silencio y Penélope y yo quisimos argumentar, pero callamos. —Yo reconozco que el asalto de Penélope a mí también me ha cambiado mucho. No me siento tranquila en esta casa ya, y llevo meses pidiéndole al Señor paz, pidiéndole que calme esta angustia que siento. Y cuando Donato nos hizo esa hermosa oferta yo sentí paz. Yo creo que esta es una oración respondida. Vamos a hacerlo. —Dijo Noemí sonriente.

—Sí, mamita, lo es. —Respondí gozosa.

—Penélope, hagamos esto juntas. Tu mamá nos ha mostrado un crecimiento espiritual y una madurez impresionante. Ella se ha convertido en una sabia mujer de Dios y el Señor ha puesto a su lado a un hombre lleno de virtudes. Ellos se merecen ser felices. Yo sé que un día tú crecerás, Pita, te casarás y harás tu vida. Pero hasta que ese día llegue, yo quiero estar segura de cuidar de mis niñas y me encanta la idea de tener en nuestras vidas a un varón de Dios que promete cuidarnos y mantenernos unidas. Por mí, cerremos la puerta del pasado y vayamos sonrientes al futuro que el Señor nos ofrece.

Las tres nos paramos y nos abrazamos. ¡Estamos listas para esta nueva aventura! ¡Nos mudaremos a Delray!

«Alguien que está solo puede ser atacado y vencido, pero si son dos, se ponen de espalda con espalda y vencen; mejor todavía si son tres, porque una cuerda triple no se corta fácilmente. »

Ecleasiastés 4:12

Triángulo de amor

Estamos apenas a un mes de nuestra boda y el tiempo se ha ido volando. He descubierto un tipo de amor que no conocía; un amor como el que describe 1 Corintios 13, pero que creía era imposible, un sueño.

Durante nuestras clases prematrimoniales nos mandaron a hacer un ejercicio en donde cambiábamos la palabra amor por nuestro nombre. Sería algo así: «Pamela es sufrida, Pamela es benigna; Pamela no tiene envidia, Pamela no es jactanciosa, no se envanece; Pamela no hace nada indebido, Pamela no busca lo suyo, no se irrita, no guarda rencor; Pamela no se goza de la injusticia, más se goza de la verdad. Pamela todo lo sufre, todo lo cree, todo lo espera, todo lo soporta». La idea es que podamos entender que no podemos dar aquello que no somos. Para dar amor hay que ser amor. Queremos dar aquello que anhelamos recibir, pero no podemos dar lo que no tenemos, ni ofrecer lo que no somos.

Necesito ser amor para dar amor.

Conociéndonos más

Hoy salimos a practicar *paddle boarding* en Delray, su vecindario. Pasamos un tiempo muy especial hablando de nuestros planes y nuestros hábitos. Parte de los ejercicios del panfleto de trabajo diario que necesitamos completar, previo a nuestro casamiento, incluye hablar de temas profundos y livianos. Pero todos relacionados con una exhaustiva preparación para el matrimonio basada en los principios bíblicos. Tengo que reconocer que nos reímos mucho cuando lo hacemos, pero a veces es tenso.

Fuimos a un canal muy tranquilo cerca de su casa, nos sentamos sobre nuestras tablas en el agua, pusimos nuestros remos entrelazados para sujetarlas juntas y comenzamos la asignación. Donato fue el primero en responder:

—Yo duermo cuatro o cinco horas, máximo. Y muchas veces me levanto a las dos o tres de la mañana, prendo las luces, tomo mi Biblia, leo un rato y en ocasiones, comienzo a interceder. Me pongo unos audífonos grandes sobre mis oídos para evitar que los ruidos del aire me distraigan. Siempre me levanto de la cama a las cuatro de la madrugada. Me gusta ser consistente y amo la rutina. No ronco.

—¡Ay, ay, ay! Yo necesito dormir ocho horas o me pongo intensa. Duermo profundamente y si me levantas cuando estoy dormida, me pongo malhumorada, no sé por qué, pero me pongo *cranky*[57]. Si me prendes las luces,

---

57 Irritable, malhumorada

me enojo. Si me tocas durmiendo, me enojo. Si me hablas mientras duermo, me enojo. Si me asustas, me enojo... y me asusto fácilmente. Y cuando me levanto, a veces a las cinco, otras veces a las seis y otras a las siete de la mañana, pongo música de adoración bastante alta para que mi cerebro vaya despertando. ¡Ah!, y odio la rutina. No es que sea inconsistente, es que soy creativa con la agenda. Y tampoco ronco.

—*Sarà semplice. Povero me.*[58] —Dijo con su sarcástico sentido del humor italiano. —Yo converso con mi Padre a las cuatro porque me gusta despertar antes de que salga el sol. Muchas veces salgo a caminar mientras lo hago, clamo en busca de ayuda y pongo mi esperanza en sus palabras, eso es del salmo 119. ¿Estás segura de que no roncas?

—¿A caminar a las cuatro de la mañana? ¿Y afuera de la casa? Esto es Florida, hay cocodrilos, asaltantes, osos, coyotes, las calles casi no tienen luces. ¿Tú estás loco? Yo no salgo de mi casa si no hay luz del sol. Y no, no ronco. Pero yo creo que tú sí.

—Yo disfruto ver el amanecer orando, y a las siete en punto estoy listo para vestirme en quince minutos, disfrutar del desayuno que mis hijas preparan y salir corriendo a mi trabajo. Soy efectivo con el uso de mi sueño, por eso no ronco. Tú sí, de seguro.

—Ay, Donato... Yo necesito una hora para vestirme, quince minutos solo me alcanzan para observar mi clóset sin saber qué ponerme. Casi nunca desayuno, y siempre salgo corriendo tarde al trabajo, lo confieso. Pero roncar no es de damiselas; no ronco, no me ofendas.

—Yo no llego tarde, Pamela, eso no está en *mio* vocabulario. En ocho horas de sueño es imposible que no ronques, no me mientas.

---

58   «Será sencillo. Pobre de mí»

—Yo nunca llego temprano, no me gusta esperar, me gusta más que me esperen. Entonces ¿todos tus días son iguales? Y seguro roncas y no lo sabes.

—No, para nada; cada día es una aventura diferente. Siempre trabajo en la casa de una persona distinta y por eso invierto tiempo en oración de madrugada, porque quiero que Dios me dé una palabra fresca para bendecirlos y una estrategia para discipularlos en esas horas. Casi siempre trabajo en el mismo vecindario, así que por lo general utilizo mi moto y mis hijas el jeep. Usualmente, termino de trabajar a las tres de la tarde y me voy al agua a correr olas, hacer *paddle board* o voy en patineta con los jóvenes para crear vínculos con ellos y luego poderlos discipular. A veces visito a mis amigos sin hogar, pero a las cuatro intento estar en mi casa, darme un baño y ese es mi tiempo de compartir con las niñas. Por muchos años pasé mis tardes encerrado leyendo la Biblia, durante mis años de nazareno; pero ahora las comparto con una *signorina* llamada Pamela, que ronca al dormir.

—¡Ja, ja, ja! ¿Esto no va a terminar? Roncas y ya. Gané. ¿Cuéntame un poco más de tus años de nazareno?

—Bueno, nazareno viene del hebreo *nazir*, que significa «poner aparte». Eso es lo que hice cuando decidí no cortar mi cabello y barba, y comencé a leer la Biblia, me separé para dedicarme a Jehová. El voto del nazareo era una costumbre judía que se hacía para expresar un deseo especial de acercarse a Dios y separarse uno mismo de las comodidades y placeres de este mundo; yo no puedo decir que lo hice exactamente como lo indica la Biblia, pero si fue un tiempo de consagración. Cuando te conocí supe que ese tiempo iba a finalizar, porque Dios me iba a unir a una mujer. Todos esos años medité en un verso que declaro en voz alta, todos los días, antes de comenzar mi jornada y es un *rhema* para mí: «*Aparta mis ojos que no vean la vanidad. Avívame en tu camino. Confirma tu palabra a tu siervo que te teme*». Es el Salmo 119:37—38

—¡Guau, Donato! A veces te escucho y me siento tan pecadora. Quizás sí ronco.

—No digas eso, yo estoy muy lejos de ser perfecto. Como sabes, también tengo un pasado complicado y lo que me hizo ir a ese nivel extremo con Dios fue el dolor y el temor al futuro como papá soltero y hombre viudo. No soy mejor que nadie. He sido procesado y mis luchas son las mismas de todos. Fui esclavo de la pornografía, al sexo, a las drogas, al alcohol. Ahora soy adicto a Su amor, a su maravillosa presencia. Por eso no ronco.

—¡Ja, ja, ja! Acabemos con eso. Yo quiero que sepas que mi mamá y mi hija están muy conmovidas con tu invitación a venir a vivir con nosotros, y por mi parte, yo acepto. Acepto renunciar a mi trabajo después de nuestra boda e iniciar mi sueño de emprender un negocio propio como diseñadora de ropa desde casa.

—¡Hagámoslo, Pamela! Yo creo en ti y sé que tienes un gran talento. Yo soy un carpintero muy trabajador y voy a cuidar de ustedes y sostenerlas. Podemos fundar un negocio juntos y vender nuestros productos al mundo, ¿te imaginas? «Las tablas de Donato», le podemos llamar y el tuyo sería... ¿Qué tal: «Pamela Fashion»?

—¡Qué lindo es soñar juntos! Te amo. Amo estar enamorada de ti. Agradezco a Dios por no haber dejado que mis pensamientos destructivos y mis estereotipos me frenaran de recibir la bendición de conocerte. La bendición de Dios me alcanzó. Estoy viendo la bondad de Jehová en la tierra de los vivientes.

—Yo también. Mi vida hoy está llena de múltiples colores, jardín de flores tengo en mi corazón. Te amo, princesa mía. Anhelo el día de poder llamarte esposa y besar esos labios que me llaman... «*Ah, sí me besaras con los besos de tu boca... ¡grato en verdad es tu amor, más que el vino»* Eso está en Cantares 1:2, ¿lo sabías?

—No. ¡Cuántos misterios de amor encierra la Palabra de Dios! ¿Tú crees que besarse antes del matrimonio es pecado?

—No, para nada. Esa fue una decisión personal que tomé basada en mi pasado, mis debilidades personales y para cuidarte. También para asegurarme de honrar a Dios. Pero cada uno debe tomar decisiones individuales basadas en su convicción personal y no llevar la carga de otros. Por ejemplo, hay gente que no come ciertas cosas porque sienten que es lo mejor para ellos, por diversas razones; sin embargo, yo como de todo y esa carga a mí no me afecta, no es la mía.

—Eso me recuerda algo que no te he dicho: he decidido que tomaré tu apellido. Quiero honrarte y después de Dios, tú vas a ser lo más importante para mí. Quiero seguirte a todas partes.

—¡Guau! Me impresiona y me honra. Sé cuánto significa para ti y para tu cultura conservar tus apellidos. Te agradezco por honrarme de esa manera y me siento afortunado, no lo tomo livianamente. Además, suena bien: Pamela Dante. ¡Me encanta! ¡Lo amo! Es la mejor noticia que me has dado. Me preguntaba si eso era algo que tú estarías dispuesta a hacer. Yo sé cuánto significa tu papá para ti y lo respeto, prometo hacerte sentir como una reina Dante.

En medio de nuestra entretenida conversación, sentados sobre nuestras tablas, dejamos caer uno de los remos al agua y no nos habíamos dado cuenta.

—Donato, falta un remo, no está, no lo veo.

Él se me quedó viendo muy sorprendido y me dijo muy serio...

—Esto no pasó por casualidad Pamela. No debemos tomarlo livianamente.

—¿A qué te refieres?

—Tú misma me dijiste que Dios te había mostrado que el remo representaba la Palabra de Dios; así como no puedes mover tu tabla sin el remo, sin ella no podemos movernos. A veces en la vida nos pasan cosas buenas y nos entretenemos, las disfrutamos y nos distraemos. Debemos tener cuidado de que ni nuestro amor, ni nuestro matrimonio nos distraigan de continuar estudiando la Palabra de Dios diariamente. Un poco de distracción aquí y allí, estar sumamente ocupados, las preocupaciones de estos tiempos y ¡puff!, sucede; perdimos el remo.

Debemos ver esto como una advertencia de Dios para nosotros. Nunca descuidemos el amor a la Palabra de Dios. Nada está por encima de ella. Nadie puede separarnos del amor de Dios. Ni la muerte ni la vida, ni ángeles ni demonios, ni nuestros temores de hoy ni nuestras preocupaciones de mañana. Ni siquiera los poderes del infierno pueden hacerlo. Ningún poder en las alturas ni en las profundidades, de hecho, nada en toda la creación podrá jamás separarnos del amor de Dios, que está revelado en Cristo Jesús nuestro Señor. Su Palabra es viva y eficaz y más cortante que espada de dos filos, a ella debemos aferrarnos como a los remos de nuestra tabla.

Una nueva vida

Esa tarde nos fuimos a la casa de Donato a preparar comida para los jóvenes que vienen una vez a la semana a ser discipulados. Me quedé pensando mucho en lo que me dijo. Tenía tanta razón. Quiero ser cuidadosa en mi relación con Dios, no quiero que nada me aleje de ella y así como los momentos difíciles nos acercan a Dios porque le buscamos apasionadamente, los momentos buenos nos distraen y sin darnos cuenta nos alejamos de Él.

—Donato, gracias por lo que me trajiste a la memoria hoy con respecto al remo. Siento una gran convicción en cuanto a eso. Es cierto que yo no quiero que nada me aleje de Dios, ni lo malo ni lo bueno, ni lo presente ni lo porvenir.

—Pamela, yo amo el hecho de que tú eres sensible a Él y respondes a sus llamados de atención. Quizás tenemos hábitos de vida diferentes, pero si nuestros hábitos de Dios son parecidos, todo estará bien. Un yugo desigual no prospera.

—Le doy gracias por haberte traído hacia mí hace casi un año en Aruba.

—Yo le doy gracias a Dios por permitirme el honor de ir a rescatarte en el agua aquella tarde. Me siento afortunado de que vengas a vivir a esta casa. Quiero ponerla hermosa para ti y complacerte en todo. Este será tu hogar. Tú serás la señora de esta casa. No sabes cuánto me emociona saber que trabajé por años en ella para que una princesa de Dios viniera a habitarla junto a mí y mis hijas. Me honra saber que este hogar verá envejecer a tu mamá en un lugar seguro, que será la habitación de tu hija hasta que se case. Quiero que sueñes cómo quieres que sea tu hogar y yo ayudarte a hacerlo realidad.

—Aquí llevaremos una vida que honre a Dios, teniendo un balance justo entre nuestra relación con Dios, nuestra vida matrimonial, nuestra familia, el servicio a la iglesia y a la comunidad. Todo en el orden de Dios. El orden perfecto. Una nueva vida.

—Qué bueno que lo dices de esa forma, Pamela, porque hay veces que las personas usan el «balance» para justificar tener en su vida un poquito de Dios, un poquito de mundo, un poquito de presencia del Espíritu

Santo y un poquito de presencia de otros espíritus como lo es el alcohol. ¿Por qué crees que le llaman espíritus a las categorías de bebidas alcohólicas? Solo hay que leer un poco para ver por qué la Palabra de Dios dice celosamente, en Proverbios 11: «*La balanza falsa es abominación a Jehová; pero la pesa cabal le agrada*». Hay que tener mucho cuidado con el balance que el mundo nos presenta porque es abominación para Dios.

—¿Piensas que es pecado tomar alcohol?

—La Biblia no dice que lo sea, dice que es pecado emborracharse. Yo no lo hago porque fui esclavo del alcohol y no quiero ni acercarme, pero también por lo que he leído sobre los orígenes de desarrollo de muchos licores a nivel espiritual. Pero no pretendo convencer a nadie, eso soy yo, Donato Dante.

—¿Sabes que recientemente he escuchado mucho a Catalina y a Víctor hablar de salidas nocturnas, de fiestas? Como Penélope no va, le dicen que no sea fanática, que hay que tener un balance y yo no siento paz con eso. Yo no creo que Penélope sea una fanática, pero no quiero a mi hija bebiendo, eso seguro.

—No, Pamela, Penélope tiene un hermoso balance, pero estos dos chicos a mí me preocupan un poco. Yo sé que Víctor, como muchos otros, lucha con la pornografía. Yo he mirado discretamente su celular y sé lo que sé, porque sé. Muchos jóvenes batallan con la pornografía y no saben que eso con el tiempo no solo afecta profundamente su vida espiritual, sino también sus relaciones; hasta puede causar una disfunción que los deja con frustraciones aún mayores y permanentes. Eso yo lo discuto con los jóvenes porque no saben las puertas tan peligrosas que esta práctica abre en sus vidas. La pornografía rompe matrimonios a diario.

Las personas consideran que es imposible caminar en rectitud, y entregar a Dios su sexualidad, pero el temor a Dios nos hace libres de toda esclavitud, incluyendo las sexuales. La Palabra del Señor dice en el Salmo 119:9[59] *«¿Cómo puede un joven mantenerse puro? Obedeciendo la Palabra».* Tú no puedes jugar con Dios, tocar la guitarra en la iglesia los domingos y con esas mismas manos mancillar tu espíritu y lastimar al Dios que te regaló el don. No puedes llevar una doble vida. Y te lo digo con la confianza que me otorga que seas mi prometida.

—¡Ay, Donato! Yo soy tan boba para esas cosas, mi mamá tiene también sus sospechas con él. ¿Entonces tú crees que él no es la persona que Dios tiene para Penélope?

—Yo no digo que sea o no. Que le haya dicho a Penélope lo que, según él, Dios le dijo, me dice que no sabe discernir los tiempos. Yo quisiera que nuestras hijas tengan a su lado hombres sabios que sepan guiarlas y no confundirlas. Es evidentemente que él no está listo para una esposa. ¿Tú recuerdas cuántas veces la Biblia habla de que María guardaba todas esas cosas en su corazón? A ella se le habían revelado secretos de eventos futuros que no era el tiempo de ser revelados. Dios confía grandes cosas a personas prudentes, personas que saben discernir los tiempos de hablar y los tiempos de callar; no es que estas personas sean sus favoritos, es que son sus íntimos. Todos queremos tener amigos íntimos a quienes le podamos contar cosas que no le vamos a contar a todos.

Si tú quieres ser **íntimo de Dios,** *sé* **prudente** *y* **guarda discreción.**

Si Dios le reveló eso a Víctor, estoy seguro de que no le dijo: «Corre y díselo». Así no es el carácter de Dios. Él

---

59   NTV

no nos manda a actuar en temor y bajo impulsos.

—Tienes tanta razón, Donato. Discreción y prudencia. Dice, en Proverbios 21, que «*el que guarda su boca y su lengua, guarda su alma de angustias*». Y el versículo ocho, dice: «*Yo, la sabiduría, habito con la prudencia, y he hallado conocimiento discreción*».

—Exacto. «*El simple todo lo cree, pero el prudente mira bien sus pasos*», dice Proverbios 14. La Biblia está llena de exhortaciones a la prudencia. Y Amos 5:13 dice que «*el prudente se calla en ese tiempo, pues es tiempo malo*».

Víctor sabe bien que él está atravesando un tiempo malo, que necesita crecer para llevarse a una princesa como esa, entonces es tiempo de callar y de hacer. Y pienso igual sobre Catalina. No sé qué es, pero tengo la impresión de que esta chica además de un poco de alcohol, de vez en cuando también ha probado drogas. Sus padres ni se imaginan. Es lo que percibo, espero no estar juzgándola mal, pero lo siento bien fuerte en mi espíritu y lo percibo en lo que veo. Fui ladrón por eso reconozco al que roba.

Los padres no podemos andar ciegos e inocentes de lo que nuestros hijos hacen. Nos toca estar al pie del cañón, la crianza no se acaba a los dieciocho, como muchos creen. Cuántos accidentes de tránsito sufren jóvenes universitarios borrachos, cuántas violaciones en los colegios, embarazos no deseados, cuántas tragedias. Por estos jóvenes yo clamo cada día.

En esta etapa adulta que ellos están comenzando debemos ser sus mayores y mejores consejeros. La forma de relacionarnos con ellos cambia, y nuestro discurso se adapta a su edad, pero no los soltamos sin asegurarnos de darles todas las herramientas que necesitan.

Víctor y Catalina son los amigos de tu hija y ya por eso están involucrados en nuestra vida, por lo tanto, su caminar nos afecta. Yo no quiero destruir las ilusiones de Penélope y ser el que carga las malas noticias. Quizás este chico puede cambiar, pero necesita reconocer su problema. Ahora, yo te debo confesar que yo protejo a las mías. Soy como un león cuando se trata de mi familia. Tú, tu mamá, Penélope, Antonella y Carina, ustedes son las mías. Dios me puso al frente de cinco mujeres en este momento de mi vida para cuidarlas, protegerlas y acercarlas al Mesías.

Donato se fue con los jóvenes a pescar un rato y luego se reunirán en la pista de *skate* a conversar mientras yo termino la cena con sus hijas. No tengo duda de que Dios puso a Donato en mi vida con un gran propósito, pero me da tanta alegría saber que también su propósito es cuidar de mi mamá y mi hija. Qué maravilloso es Dios que une con propósito, que hace uniones en el cielo. Ciertamente, tenerlo en el centro de nuestra relación crea un triángulo de amor en el cual, conforme nos acercamos a Él cada día, nos acercamos más el uno al otro, hasta que la muerte nos separe.

Caminando sobre las *aguas*

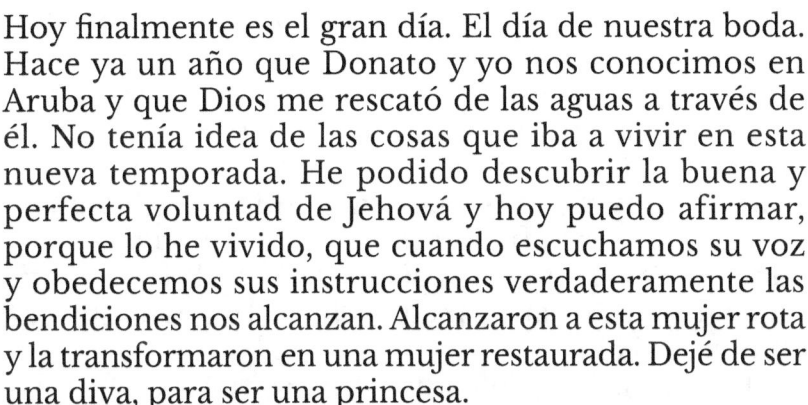

Hoy finalmente es el gran día. El día de nuestra boda. Hace ya un año que Donato y yo nos conocimos en Aruba y que Dios me rescató de las aguas a través de él. No tenía idea de las cosas que iba a vivir en esta nueva temporada. He podido descubrir la buena y perfecta voluntad de Jehová y hoy puedo afirmar, porque lo he vivido, que cuando escuchamos su voz y obedecemos sus instrucciones verdaderamente las bendiciones nos alcanzan. Alcanzaron a esta mujer rota y la transformaron en una mujer restaurada. Dejé de ser una diva, para ser una princesa.

Y estos pasados tres meses, noventa días en preparación para nuestro matrimonio, los llevaré en mi corazón eternamente. Hemos orado juntos cada día por nuestra relación, hemos conversado de temas profundos sobre lo que va a suceder, tuvimos la oportunidad de hacer una fiesta para conocer a sus amigos y que él conociera a mis amigas. Hemos sido intencionales en que nuestras hijas compartan y se conozcan, hemos ido preparando la casa al gusto de ambos y la boda con nuestro toque personal; sin grandes lujos, pero con mucha oración. He descubierto tanta belleza dentro del corazón de un hombre que me devuelve la esperanza de que el hombre con Dios, realmente sí puede ser transformado.

No ha sido todo perfecto. En ocasiones nos falta paciencia, o nos volvemos testarudos en nuestras formas de pensar y nos cuesta llegar a acuerdos. Hay veces en las que yo tomo mal lo que él me dice o él se ofende con algo que dije yo, pero hemos aprendido que la manera de resolver toda diferencia es a través del respeto y mediante el diálogo. El diálogo en un ambiente de respeto hace toda la diferencia.

Cuando le damos el poder al enemigo y dejamos que nuestras emociones nos dominen, ahí perdemos la batalla. Levantar nuestro tono de voz, utilizar insultos o malas palabras, lanzar ofensas para lastimar a nuestra pareja, todo eso destruye y en nada edifica la casa. Pero el fruto del Espíritu te da autocontrol para manejar tus emociones. El fruto del Espíritu te da el amor para saber cómo expresarlo correctamente. El fruto del Espíritu te da gozo y echa fuera toda tristeza y angustia en tu corazón. Es el fruto del Espíritu el que te da la paciencia para que puedas caminar con voluntad y con templanza en una relación.

He podido ver que solo el fruto del Espíritu me puede llevar a una vida plena en Dios y una vida plena en pareja. Por tanto, oro que el fruto del Espíritu siga madurando en nosotros para que podamos alcanzar la anchura, la altura y la profundidad que Dios desea que tengamos como sus hijos.

Vamos de camino a la casa de don Rey, donde será la boda. Una gran neblina nos hace difícil ver el camino. Hemos orado por un clima perfecto porque en este mes de mayo suele llover bastante, y el calor y la humedad dañarían nuestros planes; pero no oramos por la neblina. Es temprano en la mañana y la boda comienza a la tres de la tarde. Tenemos tiempo de que esta densa nube desaparezca y Dios nos regale un fresco atardecer.

Don Rey nos ha permitido utilizar el patio de su casa para la gran celebración y nuestros amigos y familiares han preparado toda la comida. Quisimos limitar los gastos porque sentimos que la boda debe ser un evento espiritual entre nuestros seres amados y nosotros para sellar un pacto.

No hay lujos ni un gran banquete. No hay arreglos florales de alto costo, ni tampoco mantelería, centros de mesas ni vajilla lujosa. No desfilarán nuestros amigos frente a nosotros, ni me gasté un salario en mi vestido. Una amiga me regaló la tela, yo lo diseñé y lo confeccioné con la ayuda de mis amigas y mi madre. Es una boda tan diferente a lo tradicional.

Hemos decidido que no usaremos zapatos, caminaremos descalzos ante el altar; nuestros pies desnudos en representación de nuestra alma. Vestiremos de blanco y le hemos pedido a todos en nuestra boda que por favor vengan en colores blanco y crema. Las pocas decoraciones de nuestra boda han sido hechas a mano entre Donato y yo. Empleando la madera que él sabe manejar muy bien y las telas que yo confecciono, creo que hemos hecho una boda muy bonita, a nuestro gusto. Tratando de recrear cómo sería un jardín en el cielo. Muy tropical y llena de flores.

Mi hija y mi mamá se ofrecieron a llevarme al altar, caminar conmigo hacia Donato. También Luis se ofreció a hacerlo, pero he decidido que iré sola. Porque verdaderamente sé que no lo estoy. Sé que de mi mano irá el Rey de reyes y Señor de señores escoltándome hacia mi esposo. Quiero hacer esa travesía, hasta llegar a mi amado, del brazo de mi Rey, mi Padre, el que salvó mi vida, el que murió por mí y me libró de la muerte.

Hemos invitado a nuestros familiares y amigos, a la gente de la iglesia y a personas que han impactado nuestras vidas. Más de trecientos invitados con la siguiente condición: no habrá permiso para consumir bebidas alcohólicas ni para fumar. No hay formalismos, ni mesas asignadas. Dado que quizás no haya suficientes sillas, hemos colocado sábanas blancas a lo largo del patio, por lo cual le pedimos a los jóvenes ofrecer los mejores puestos a las personas mayores o enfermas, y a las mujeres.

Además, nos acompañan unas personas que Donato me pidió invitar especialmente, son sus amigos que viven en la calle a quienes él les lleva comida, con quienes conversa y los conoce por nombre y apellido. Muchos de ellos son adictos a drogas, enfermos de diversas condiciones físicas y mentales, o expresidiarios. Son siete personas a las que invitó, a quien él mismo ha estado discipulado.

Para ellos pedimos a don Rey utilizar su auto más lujoso, con su chofer, y traerlos temprano. En la casa de don Rey hay un espacio en donde serán atendidos para que puedan comer bien, bañarse y ponerse la ropa nueva que Donato compró para ellos. Todos usarán guayaberas blancas y pantalones de hilo. Para mí será la primera vez que los conozca. Donato ha pasado varias semanas explicándoles cómo deben comportarse y él los presentará a todos como sus hermanos. No puedo expresar con palabras cuánto me conmueve el corazón de mi futuro esposo.

Yo siempre le he tenido miedo a los indigentes y debo reconocer con vergüenza que evito mirarlos, pero desde que Donato me presentó esta idea que Dios puso en su corazón, mi mamá, las nenas, Luis, Sandra y yo hemos estado muy conmovidos y orando por un tiempo maravilloso para ellos. Penélope le hace muchas preguntas a Donato sobre su relación con ellos. Después de su asalto a ella le cuesta aún más estar cerca de desconocidos, pero le causa gran curiosidad la generosidad y el amor que Donato muestra hacia ellos. Ya no puedo esperar a conocerlos.

Llegamos a la casa de don Rey y la neblina nunca dejó de acompañarnos. Es una mañana fría y lluviosa de mayo; un clima muy raro para la temporada. Comenzamos a colocar las sábanas y las flores de *Baby breath* que compramos en el *nursery* de flores cercano, pero la grama estaba mojada. Era una muy suave lluvia, apenas penetraba en el césped por la brisa que le seguía, como intentando secarla. Luis vino a avisarme que Donato estaba llegando y él no quería que nos viéramos ese día hasta el momento de la boda. Así que, siendo obediente a sus instrucciones, me fui a una habitación preparada para las mujeres. Mi mamá, junto a las niñas y nuestros amigos, se encargarían de continuar decorando.

Mi hija y mi mamá entraron en la habitación a la hora de comenzar a arreglarnos. Repasamos tantos lindos momentos juntas y nos tomábamos de las manos sonriendo ante lo que Dios había hecho en nuestras vidas.

—Mami, estoy tan orgullosa de ti. Dejaste que Dios te moldeara y me impresiona ver en la mujer que te has convertido. Todas mis amigas me miran con admiración por la mamá tan joven, linda y sabia que tengo. Yo apenas puedo creer cuán grande es el cambio en ti.

Esas palabras que tanto soñé, lo que siempre quise escuchar, lo que nunca pensé oír decir a mi hija: Está orgullosa de mí. Dios ciertamente lo cambia todo.

—Hija, —dijo mi mamá mientras colocaba flores en mi cabello. —Luces tan hermosa como está tu alma. La hermosura de tu espíritu hoy se ve en tu rostro, más que nunca antes. Yo también estoy muy orgullosa de ti y de la mujer en quien te has convertido.

Las tres nos fundimos en un abrazo intentando no llorar para no arruinarnos el maquillaje.

—Bueno, gracias a Dios que hoy decidí no ponerme mucho maquillaje. Antes me producía, ¡ja, ja, ja! —Todas reímos.

Sí, eran horas de producción trabajando en un maquillaje que tapara lo que yo no quería ver, que aumentara mis labios, redujera mi rostro; en fin, era como una cirugía plástica con colores. Hoy he querido el cabello suelto y de la forma más natural posible, el maquillaje suave para que cuando llore no parezca payasa, porque voy a llorar. Y mi vestido... amo mi vestido, quise que fuera tan sencillo como es mi vida ahora; suelto, con vuelo, encajes de amor que reflejan lo que Dios hizo en mí. Quiero que hoy Donato se case con quien soy y no con una proyección.

La conversación se vio interrumpida por la entrada de Luis y Sandra. Estamos listas para salir. Nos abrazamos, oramos y mientras ellas caminaron al patio, Luis y yo nos fuimos en otra dirección. Una sorpresa les esperaba.

He de llegar al altar a través de las aguas.

Habíamos elegido el lugar desde el cual saldría en mi tabla de salvación.

Mi *paddle board* sería el vehículo, pero iré de la mano de mi Salvador. El patio de don Rey termina en un hermoso canal de agua salada y por ahí será mi entrada. Luis me ayudó a incorporarme sobre mi tabla, con mi vestido largo.

—Mi niña, un día Dios la trajo hacia mí con el

alma muy angustiada en una tierra lejana. Le ayudé a incorporarse en una tabla como esta y ¡la veía tan rota! Niña malcriada, orgullosita, se creía que se las sabía todas, pero el dolor se te salía por los ojos. Tu pasado se reflejaba en tu orgullo y las marcas de la vida estaban presentes en cada una de tus actitudes.

Ya han pasado seis años desde ese día y hoy tengo el honor de ayudar a una mujer muy distinta a subir a esta tabla. Una mujer que fue procesada por las manos del Alfarero. Una que fue coronada de favor, una princesa que llegó hecha pedazos a un palacio y fue restaurada por Dios. A quien Jesús le cepilló sus cabellos, a quien el Espíritu Santo le mostró su brazo. La que hoy sube a esta tabla es otra. Eres tu mejor versión, hasta hoy, porque Dios seguirá derramando su gloria sobre ti, si tú se lo permites.

Yo pienso, hija mía, que esto que vemos hoy no es simplemente neblina; sobre este lugar está la nube de Dios. ¡Oh, gloriosa presencia que cubre este lugar! No somos dignos de que nos visites Jehová, pero aquí estás... La gloria de Dios ha venido a ungir este lugar con su presencia, porque sus corazones han sido aceptos delante de Dios.

Hija, nuestro Dios sonríe hoy ante este evento. Sonríe, hija, nuestro Dios sonríe.

Cómo expresar lo que yo estaba sintiendo frente a sus palabras, ante lo que estábamos viendo y percibiendo en nuestro espíritu. Volver a verme con Luis subiendo sobre una tabla, pero siendo tan distinta, meditar en lo que Dios ha hecho y sentir su presencia de esta manera gloriosa. Esto es demasiado para mí. «Vivo para adorar, vivo para adorar, para adorarte Dios» fue la canción que comenzó a subir a mi corazón. Ambos estábamos conmovidos con la presencia tan sublime y tan real que había sobre ese lugar. La gloria de Dios en forma de neblina, jamás lo pude imaginar.

Me despedí de Luis y comencé a avanzar hacia el lugar, en mi tabla. Cientos de recuerdos pasaron por mi cabeza, las imágenes de todo lo vivido. Cuánto Dios me ha mostrado: Que si me voy a caer solo tengo que tirarme de rodillas. Y si necesito avanzar debo entrar profundamente en su presencia. Que no pierda el remo, que es la Palabra de Dios. Que no pelee con el mar, que fluya a través de su Espíritu en los océanos de las adversidades. Aprendí que para detenerme solamente necesito estar firme en mi posición. He aprendido a establecer límites claros, comunicación gentil pero directa, a elegir mis batallas. Entendí que en la medida en la que me acerco a Cristo, todas las demás cosas alcanzan su real tamaño e importancia en la vida. Su voz...

—Hija, hay algo más que quiero compartirte antes de que llegues a tu nueva aventura: Como el atardecer anuncia la noche oscura, así el mundo se acerca hacia momentos de gran oscuridad. Es necesario que los que eran luces tibias se vuelvan lumbreras potentes. Es necesario que las luces se unan para iluminar con mayor potencia áreas muy oscuras.

Hoy, tú y Donato se unen para hacer una luz mayor frente al mundo, una que pueda hablar a los matrimonios. Los uno no solo para que reciban bendición, sino para que sean de bendición a otros y juntos combatan la oscuridad que amenaza con destrozar la institución de la familia, que yo he creado. Sean luz en la penumbra, mantengan aceite en sus lámparas para que no se apague nunca. Sean celosos con lo que les entrego porque el enemigo atacará por donde pueda. Nunca olviden lo que han aprendido y cuando venga la prueba, pónganlo en práctica.

Mientras su voz sonaba fuerte en mi espíritu, la densa neblina me hacía avanzar muy lento, apenas alcanzaba ver hacia dónde iba. La presencia de Dios era real, su voz era real. Temblaba sujetando el remo y mis pies intentaban mantenerse firmes ante una presencia tan poderosa. Escuchaba lenguas que no lograba discernir si eran español, inglés, italiano o lenguas angelicales. Parecía mucha gente orando. Lograba identificar la voz de Luis desde el patio al cual me iba acercando lentamente, gritando a voz en cuello: «¡*Canten alabanzas a Dios, canten alabanzas, canten alabanzas a nuestro Rey, canten alabanzas!*».[60]

—Hija, disfruta tu entrada a la mansión. Una mansión terrenal que no te pertenece, pues este mundo no es tu hogar permanente. Sigue esperando tu hogar futuro.[61]

En ese momento la neblina se disipó. El cielo se veía azul claro y despejado, y el sol brillante. Todo lucía de un nuevo color. Ya estaba frente a la mansión de don Rey. Alcancé a darme cuenta de que todos los invitados estaban de rodillas orando, temblando y llorando ante la presencia de Dios. El clamor que escuché provino de ahí. ¿Qué pasó? ¿De qué me perdí? Caí yo también sobre mis rodillas, mi lugar seguro. No podía creer el momento que estaba por vivir y el amor que recibía de parte de los invitados a la boda. Dios es real. Real. Y viene pronto por su novia.

—¡Ahí viene la novia sobre las aguas! ¡Miren! —Le escuché a alguien gritar.

Todos abrieron sus ojos y no tardaron en ver que yo llegaba sobre las aguas. La reacción fue de genuina y auténtica alegría. Todos se pusieron en pie y comenzaron a aplaudir y a celebrar. Donato se tapaba su boca y podía ver que estaba muy conmovido. Yo reía y lloraba sobre mis rodillas, él también. La emoción era enorme.

Nadie sabía que llegaría por el agua, ni siquiera Donato. Eso fue un plan entre Dios y yo. Don Rey y Luis corrieron a buscarme y me ayudaron a bajar de la tabla. Un camino de pétalos rojos fue creado en el suelo, luego supe que fue una sorpresa de Donato, algo que entre él y Dios planearon. Las sorpresas ese día no cesaron.

Veía a todos los invitados emocionados, unos llorando y otros con una gran sonrisa. Anastasia, la

---

60   Salmos 47:6, NTV
61   Hebreos 13:14

amiga de Donato por la cual sentí celos un día, ahí estaba sonriente, orgullosa de ver casarse a quien ella consideraba un hermano. Muy cerca de donde ella estaba, los siete amigos especiales de mi novio. Cada uno diferente: altos, bajos, gordos, delgados, mayores, jóvenes. El enemigo tampoco hace acepción de personas, ataca a todo el que puede, destruye a todo el que le abre la puerta.

Uno de ellos me hizo mirar dos veces. Detrás de su pelo canoso y su barba blanca había una profunda mirada que por un segundo me recordó a mi Daddy, pensé... similar profundidad en la mirada tenía Alberto. Creo que fue evidente que llamó mi atención, y él, avergonzado, inclinó su cabeza, quizás creyó que lo había visto con desagrado. Todos ellos soy yo, y cada uno de nosotros. Dios nos rescató de lo vil y menospreciado y nos llevó a un lugar al que sentimos no pertenecer porque reconocemos su pureza y vemos nuestro pecado.

Al otro lado, mi Luis y Sandra secaban su rostro de las lágrimas. Raúl y su esposa, con su hija Catalina; la Cata siempre con su provocativa minifalda, pero eso sí, blanca. Junto a ella, Víctor con sus padres; mi niño lindo que quiero tanto, oro que Dios le restaure y se vuelva mi familia. Su sonrisa de complicidad conmigo siempre me agrada. Quizás un día sea él quien esté esperando al frente por mi hija. Don Rey, parado junto a mi madre, como esperando que le caiga del rocío de Dios y mi madre algún día lo mire. Mi mamá, mi hermosa madre; las lágrimas le están corriendo el maquillaje. Yo se lo dije... ¡Ja, ja, ja! Se ve deslumbrante. Junto a ella mi hermosa Penélope Sofía. Ella sonríe con sus labios, pero sus ojos exclaman la conmoción de su alma, su mamá se casa. Miro al otro lado y veo a Carina y a Antonella, ambas sonríen confiadas. ¡Al fin habrá una mamá en la casa! Siento descanso en sus miradas.

Y allá está mi novio. Me ve y llora. Sus pies descalzos, su ropa blanca, su pelo largo suelto... Me parece estar viendo a Jesús esperándome. Su rostro es limpio, su corazón es puro. Llora como un niño que ha soñado con una princesa. Me conmueven sus inocentes y puras lágrimas. Nunca nadie había llorado de amor por mí. Quisiera dejar este momento grabado como una foto en mi alma. El hombre que Dios atrajo hacia mí. El correcto. Mi carpintero. Al que me tardé en ver escondido tras su pelo largo y su barba. Desde el momento en que posé en él mi mirada, todos los demás desaparecieron. Nadie más estaba en ese lugar, solo él, Dios y yo, un triángulo de amor eterno.

Unión eterna

Esa hermosa tarde ungida con la presencia de Dios, Donato y yo unimos nuestras vidas para siempre. Habíamos decidido iniciar la ceremonia con música de adoración para darle honor al más Amado; tomándonos de las manos nos pusimos de rodillas, cerramos nuestros ojos y nos entregamos a Él. Un viento fresco cubría el lugar. Fueron minutos que se grabaron en lo eterno.

Terminado ese tiempo, dimos paso a la ceremonia oficial y el pastor comenzó a ofrecer el servicio.

—Ha llegado el momento más anhelado por todos. Por favor, mírense uno al otro y tómense de las manos.

—Donato, ¿tomas a esta mujer para que sea tu esposa, para vivir juntos en santo matrimonio; para amarla, honrarla, consolarla, mantenerla y cuidarla en salud y enfermedad, haciendo de ella tu prioridad hasta que la muerte los separe?

Y Donato, mirándome a los ojos, mientras una lágrima salía tímidamente de su ojo izquierdo dijo:

—Acepto.

—Pamela, ¿tomas a este hombre por esposo, para vivir juntos en santo matrimonio, amarlo, honrarlo, consolarlo y cuidarlo en salud y enfermedad, haciendo de él tu prioridad hasta que la muerte los separe? —Una tierna sonrisa se dibujó en mi rostro en el momento en que dije con absoluta seguridad. ¡Acepto!

Todos aplaudían y celebraban.

Como acto simbólico, Donato y yo tomamos la Santa Cena juntos ese día frente a nuestros testigos, en señal de que en nuestro matrimonio pondremos siempre a Dios primero. Alabanzas llenaron aquel lugar; una vez más su presencia se sentía tan cierta. Cerramos nuestros ojos y nos fundimos en un abrazo con el Eterno, como si no hubiera nadie más. Yo me puse sobre mis rodillas una vez más en señal de gratitud. Donato con sus brazos extendidos al cielo sumido en un éxtasis de amor a Dios. Todos sentimos su presencia. Era la imagen viva del amor de Jesús a su iglesia. Yo era la iglesia, con marcas del pasado, pero redimida, perdonada, transformada. Él representaba a Jesús, en paz, limpio, con su mirada en el Padre, listo para tomar a su novia. El Amado espera por nosotros, la iglesia, a que estemos listos para las bodas más esperadas, las del Cordero.

El pastor concluyó el momento preguntando:

—¿Quién tiene los anillos que van a intercambiar? —Don Rey se había hecho cargo de ellos. El pastor continuó diciendo: —Estos anillos son una muestra de los votos que hoy han realizado y no es casualidad que van en el dedo más cercano al corazón. Ellos serán un recordatorio de una unión que hoy comienza y que no tiene fin. Deberán vivir en unión, amor y paz, desde hoy y para siempre. Son el emblema de la pureza y la perpetuidad de su amor.

—Donato, por favor, coloque su anillo en la mano de Pamela y declare: «Con este anillo hago mi promesa de amor y compromiso permanente». Pamela, por favor, coloque su anillo en la mano de Donato declare: «Con este anillo, le prometo mi amor y compromiso permanente». Dios bendiga estos anillos y a ustedes, que los intercambian en amor en este el día de su boda.

Señor, en el nombre de Jesús, te pedimos, amantísimo Padre celestial, que mantengas a Pamela y Donato a salvo en el círculo de tu protección y amor. Gracias, precioso Santo Espíritu. Amén.

Familia y amigos, por el poder que me confiere el Estado y la autoridad que Dios me ha concedido, yo los declaro marido y mujer. Puede besar a la novia.

Nos miramos, nos tomamos de las manos. El momento más anhelado había llegado. El primer contacto físico de nuestros labios. Conocimos nuestro espíritu y luego descubrimos nuestras almas. Hoy, por primera vez, nuestros cuerpos se conocerán el uno al otro y será para siempre. Sus ojos penetraban mi alma. Su mirada de amor puro, pero también de deseo, me hacían sentir las mayores sensaciones. Sin dejar de mirarme se acercó lentamente y al toque de nuestros labios se silenció todo el ambiente. Escuchábamos aplausos, risas, silbidos y celebraciones, pero lejos. Nos fuimos al cielo en nuestro primer beso. Fue tierno, fue profundo, fue eterno, fue sublime. La vida se detuvo en un momento. Valió la pena la espera. Él me miró sonriendo y me dijo con picardía:

—Pamela mía, ¡ha comenzado la fiesta!

—*La festa è iniziata* —respondí en italiano y la algarabía llenó a aquel lugar.

—Amigos, hermanos, familia, reciban por primera vez al matrimonio Donato y Pamela Dante, ¡Que vivan los novios!

Y todos respondieron a coro:

—¡Que vivan!

Caminamos de la mano ese umbral con mi canción favorita: «*Empezar de nuevo*», de Kike Pavón. Bailábamos, cantábamos, caminábamos y saludábamos alegremente a nuestros invitados.

Todos a coro: «*Apreté el botón, hice un reset a mi vida, me paré otra vez en la línea de salida, esta vez correré con firmeza y con cuidado para no tropezarme como hice en el pasado...*»[62]

Todos nos miraban con alegría, cantaban con nosotros, nos abrazaban, era el momento más feliz de nuestras vidas. Nos confundimos en abrazos con todos, y de pronto, los ojos de aquel señor indigente volvieron a cruzarse con los míos por un segundo y un temor me inundó repentinamente. Pero fue disipado por un grupo de personas en tablas de *paddle board* que habían

---

62   Pavón, K. (2012). *Empezar de nuevo*. [**Canción**]. En álbum *Diseño original*.
CST Producciones

llegado desde las aguas y aplaudían y celebraban con nosotros, Luis había colocado en mi tabla globos que decían «Recién casados» «Felices para siempre» «¡Que vivan los novios!». Todo era tan maravilloso. Donato me tomó en brazos y con su impecable balance me puso sobre la tabla y se colocó detrás de mí. Nos alejamos remando y la celebración no cesaba.

De aquí nos iremos a Puerto Rico a pasar nuestra luna de miel y comenzaremos una historia que sabemos que tendrá retos. Pero Dios nos ha preparado para enfrentarlos.

—Donato, lamento no poder darte hoy mi primera vez, me hubiese encantado que tú descubrieras mi pureza. Quisiera borrar mi pasado.

—Dios lo hizo. Hoy descubriré tu pureza, la de tu corazón. Dios a ti te hizo nueva. Cuando Dios restaura lo renueva todo. No dudes. Tu pasado ha quedado atrás. La Palabra dice: *«De modo que si alguno está en Cristo, nueva criatura es; las cosas viejas pasaron; he aquí todas son hechas nuevas»*.

Y mientras nos mirábamos fijamente, celebramos que fue idea de Dios unirnos y que Él tiene propósitos eternos con esta unión.

Así que, Donato y Pamela se casaron y vivieron felices para siempre...

Descúbrelo en «*Mi tabla de Salvación III*»

Primavera 2023

Porque la historia comienza cuando la boda termina.

Flor de maga

Antes de irme de luna de miel tengo que dejar esto escrito en mi Blog.

Hoy ha sido el mejor día de mi vida, por el que esperé y fue mejor de lo que proyecté. Caminar por las aguas recordando las promesas de Dios y su transformación en mi vida. Ver la neblina y entender que Dios a través de ella nos había hecho una visitación, depositó su rocío y su gloria sobre ese lugar para unirnos en sagrado matrimonio. Recibir el amor de tantas personas, aun de aquellas desconocidas. Besar a mi novio por primera vez y que me llevara en brazos a las aguas. Pero hubo un suceso especial mediante el cual Dios me habló hoy y que quiero compartir antes de irme de viaje.

El ramo de flores con el que caminé fue parte de las sorpresas especiales que tocaron mi corazón. Donato me preparó un bouquet de flor de maga con una nota que decía: «Pensabas que estas eran amapolas, pero como tú, es flor de maga, creces como un árbol y tu flor florece y fructifica durante todo el año».

Su nota arrancó lágrimas de mí. Es la flor representativa de mi hermosa isla Puerto Rico, y siempre ha sido mi favorita, aunque la confundía con la amapola. Dios me mostró la diferencia:

Por años me sentí una amapola. La amapola es una hermosa flor, pero la estructura de la flor de maga es mucho más fuerte. La flor del árbol de maga tiene los pétalos más redondos y unidos; la amapola los tiene más angulares y mucho más separados. La flor de maga tiene los pistilos dobles, y la amapola tiene solo uno. La flor de maga es un árbol, y en los campos donde se cultiva la amapola crean con ella drogas de alto riesgo. Pude haber sido una amapola, pero Dios me rescató y me vio potencial de árbol que da flor de maga, con pétalos de sensibilidad y pistilos dobles de amor por el prójimo.

Hoy comienza una nueva vida para mí en la que prometo dar sombra y cobertura a nuestras hijas, y llenar con frutos de amor nuestro matrimonio. Prometo ser un árbol de flor de maga y embellecer con mis frutos el hogar que hoy Dios me entrega.

Estén pendientes, les contaré como nos fue en la luna de miel y en nuestro nuevo comienzo…

#Mitabladesalvacion   #BlogFlordeMaga #journaldePamela

 SHARE

PARTE VII

Notas
finales

Epílogo

Me da mucho gusto que te hayas embarcado con Pamela en esta aventura. Pero si has llegado hasta aquí, quiero compartirte la receta infalible que ayudó a Pamela a organizar su vida y la acercó al Amado, para posteriormente recibir la promesa del amor de su vida. Y es que debemos estar sanos para poder entrar en una relación de pareja saludable.

Estos fueron los ocho pasos que ella aplicó en su vida:

1. **Afirmó su fe en Cristo, declarando**:
«Señor Jesucristo, yo creo que tú eres el Hijo de Dios y el único camino al Padre. Creo que tú moriste en la cruz por mis pecados y resucitaste al tercer al día para el perdón de mis pecados y ofrecerme la vida eterna».

2. **Se humilló a sí misma**: (1 Pedro 5:6)
«Yo renuncio a todo orgullo, a la santurronería religiosa, a la justicia propia, y a todo sentimiento de dignidad que no proviene de ti, Jesús. No tengo derecho a tu misericordia, lo que tengo es por tu gracia y no por nada que yo haya hecho».

3. **Se arrepintió de todos sus pecados**:
«Yo me arrepiento de todos mis pecados, mis malas decisiones y mis rebeldías. Los confieso delante de

ti y pido tu perdón. Me humillo ante ti y me desato del poder y el control del enemigo sobre mi vida. Me alejo de mi vieja vida y me acerco a ti, Señor, por tu misericordia y tu perdón».

4. **Perdonó a todos los que le habían hecho daño**: (Mateo 6:14—15)
«Por voluntad propia yo perdono libremente a todos los que alguna vez me hayan hecho daño o me hayan lastimado. Yo renuncio a todo *resentimiento, odio y amargura. Hoy perdono a* (nombres de las personas a perdonar)».

5. **Se perdonó a sí misma**:
«Hoy perdono a la que fui, acepto a la que soy y recibo a la que seré, en el nombre de Jesús».

6. **Dejó atrás la vieja vida**:
«Señor Jesús, gracias por redimirme de toda maldición y libertarme de mi pecado. Hoy renuncio a mi rebelión e independencia de ti. Dejo atrás mi orgullo y mi ego, mis inseguridades y mi amargura, renuncio a la falta de perdón. Abandono la vida de pecado para vivir en tus promesas, camino en obediencia para recibir tus bendiciones. Renuncio a mi vieja vida y soy libre para iniciar un nuevo pacto eterno de tu mano».

7. **Tomó su lugar como hija del Dios Altísimo**:
«Yo creo que tú pagaste el precio para darme una vida de victoria y libertad. Recibo tu regalo, soy tu hija. Tomo mi lugar Señor, me someto a ti y resisto toda tentación del enemigo, en el nombre de Jesús. A través de Jesús, me desato de toda cadena del enemigo y soy libre por el poder de tu Palabra».

8. **Recibió al Espíritu Santo**:

«Padre Celestial, vengo a ti agradecida por el regalo de la salvación. Oro para que tu Espíritu Santo venga hoy sobre mí. Señor Jesús, bautízame hoy en tu Espíritu. Lléname con tu presencia, poder y verdad. Recibo el bautismo en el Espíritu Santo mediante la fe. Que la unción, la gloria y el poder de Dios vengan sobre mí y permanezcan en mi vida desde ahora y para siempre. Quiero servirte. Gracias, Señor Jesús, por bautizarme en tu Espíritu Santo. Amén».

Si tú hoy quieres victoria sobre tu vida, te invito a seguir estos ocho pasos y declarar estas oraciones en voz alta sobre tu vida.

Una nota de Elsa

Tú y yo somos espíritu, alma y cuerpo; y, en ocasiones, el espíritu quiere cambiar, pero la mente se impone o el cuerpo resiste. Si ese es tu caso, vamos a orar por las tres áreas de tu ser. Prepárate a recibir un nuevo comienzo en tu vida, como lo hizo Pamela.

Declara sobre tu **espíritu** esta oración, mientras colocas las manos sobre tu pecho:

«Elijo este día para vivir por fe, caminar por fe y mirar con los ojos de la fe. Viviré de fe en fe, de fuerza en fuerza, de gloria en gloria. No soy una mujer cualquiera; soy hija del Dios viviente, heredera de Dios y coheredera con Jesucristo. Soy linaje escogido, real sacerdocio, nación santa, soy parte del pueblo de Dios».

Te invito a leer:
- [ ] Romanos 1:17
- [ ] 2 Corintios 5:7
- [ ] Gálatas 4:6-7
- [ ] 1 Pedro 2:9.

¡Toma nota y reflexiona!

Declara esta oración sobre tu **alma** (mente), colocando las manos sobre tu cabeza:

«No camino en culpa ni en condenación, porque no hay condenación para esos que están en Cristo Jesús. Satanás es un mentiroso. No escucharé sus acusaciones. Ningún arma forjada en mi contra prosperará. Mi mente es renovada por la Palabra de Dios. Yo derribo fortalezas, cancelo vanas imaginaciones y llevo cautivo todo pensamiento a la obediencia de Cristo. Soy aceptada por el Amado. Si Dios está conmigo, ¿quién contra mí? Nada puede separarme del amor de Cristo. No estaré ansiosa por nada. Él me mantendrá en perfecta paz, porque mi mente permanece en Él. No me avergüenzo del Evangelio porque es poder de Dios para salvación a esos que creen. *Yo creo y no dudo. Tengo fe en Dios. Mi fe no es en mí misma o en mis sentimientos, sino en un Dios viviente que nunca falla y que nunca me abandona. Yo camino por fe y no por vista».*

Te invito a leer:
- ☐ Romanos 8:1
- ☐ Isaías 54:17
- ☐ 2 Corintios 10:4
- ☐ Romanos 12:2
- ☐ Romanos 8:35-39
- ☐ Filipenses 4:6-7
- ☐ Isaías 26:3
- ☐ Hebreos 11:1-6
- ☐ Romanos 1:16

Declara esta oración sobre tu **cuerpo**, colocando las manos sobre tus hombros:

«Mi cuerpo es templo del Espíritu Santo, redimido, limpio y santificado por la sangre de Jesús. Mis miembros y todas las partes de mi cuerpo son instrumentos de justicia, separados para Dios, para su servicio y para su gloria. No miro a la sanidad sino al Sanador, Jesucristo, mi Señor. Mi cuerpo es para el Señor y el Señor para mi cuerpo. Él quitó mi enfermedad y cargó con todas mis dolencias. Por sus llagas fui sanada. El mismo Espíritu que levantó a Cristo de la muerte, está en mí para vida».

Te invito a leer:

- 1 Corintios 6:13
- 1 Corintios 6:19
- Efesios 1:7
- Salmos 107:2
- 1 Juan 1:7
- Hebreos 13:12
- Romanos 6:13
- 1 Pedro 2:24
- Mateo 8:16—17.

Te animo a continuar creciendo en tu relación con Dios cada día, a creer en sus promesas y a caminar en su verdad. Trabaja en la guía de estudio que encontrarás a continuación y compártela con tus amigas. Todas necesitamos un grupo de soporte en nuestro caminar. Juntas llegamos más lejos. Sé amiga; haz amigas.

¡Hasta la tercera parte!

Elsa Ilarado

Guía de Estudio

Primera parte: Capítulos 1,2, 3 y 4
Describe un momento en el cual hayas experimentado el gozo de Dios.

_____

_____

_____

¿Cómo Dios te habla?

_____

_____

¿En qué lugar sientes más su presencia?

_____

_____

¿Cuál crees que es el plan de Dios para ti en esta temporada?

_____

_____

_____

¿Qué te ha parecido el rocío de Dios?

_____

_____

_____

¿Qué piensas de Donato?

_____

_____

_____

Segunda parte: Capítulos 5, 6, 7 y 8
¿Alguna vez has librado una batalla espiritual? Cuéntame.

_____

_____

_____

¿Qué aprendiste de esta experiencia?

_____

_____

Determínate a pararte en la brecha por la vida de alguien. ¿Por quién lo harás?

_____

_____

_____

¿Qué pecado en este mundo rompe tu corazón, al punto de que puedes interceder por esas personas para que sean libres?

_____

_____

_____

¿Qué piensas del ayuno y la oración? ¿Lo has practicado?

_____

_____

_____

Cuéntame tus opiniones sobre el plan de guerra que preparó Noemí con la ayuda del Espíritu Santo.

_____

_____

_____

_____

Tercera parte: Capítulos 9, 10, 11 y 12
¿Qué áreas de tu vida pueden ser utilizadas como queso para trampa de ratón?

_____
_____
_____

¿Qué te da miedo?

_____
_____
_____

¿Qué te da valor para enfrentar esos miedos?

_____
_____
_____

Menciona cosas que hayas descartado, pudiendo restaurarlas

_____
_____
_____

¿Qué aprendiste de los monstruos marinos?

_____
_____
_____

Comparte algún momento en donde no sabías qué era lo correcto y tus pensamientos eran contradictorios.

_____
_____
_____

Cuarta parte: Capítulos 13, 14, 15, 16 y 17.
¿Alguna vez has vivido una experiencia que te dejó marcada con el temor sobre un evento futuro?

_____
_____
_____

¿Con cuáles temores batallas? ¿Luchas con temores sobre tus hijos o sobre tu persona?

_____

_____

_____

¿Cómo has enfrentado en tu vida los sentimientos de temor?

_____

_____

¿Cuál o cuáles versos bíblicos te comprometes a memorizar para combatir estos sentimientos?

_____

_____

¿Alguna vez has sentido como si las señales que recibes de parte del Señor fueran confusas o contrarias? Comenta sobre eso.

_____

_____

_____

¿Qué límites saludables te pones comenzando una relación? ¿Cómo identificas si las decisiones que estás tomando son correctas, para cuidarte de enamorarte antes de tiempo o enamorarte a ciegas?

_____

_____

¿Qué opinas de la impresión de Pamela y sus conclusiones? ¿Crees que discernió correctamente o piensas que se precipitó y por qué? Sinceramente, ¿habrías actuado igual en su situación, o qué habrías hecho diferente?

¿Qué cosas consideras que son señales de Dios?

¿Qué consejo le darías a Pamela si fueras su amiga?

Quinta parte: Capítulos 18,19,20 y 21
¿Alguna vez has vivido una situación tan confusa que has supuesto lo peor antes de tiempo y estabas equivocada?

¿Cómo lo has resuelto? ¿Qué te ha mostrado Dios a través de eso?

¿Cuáles versos bíblicos o canciones te han llenado de esperanza cuando todo parece salir mal? Compártelos.

¿Qué opinas de los límites que Donato y Pamela establecieron en el noviazgo? ¿Alguna vez te habías planteado algo así? ¿Entiendes que hay valor en esto?

¿Lo recomendarías a alguien más que conoces?

_____

_____

Si tienes hijos, ¿cuáles son esas oraciones que te mantienen despierta en la cama? ¿Qué versos bíblicos puedes declarar sobre tus hijos para mantener la calma?

_____

_____

¿Qué te ha parecido el compromiso de Pamela y Donato? ¿Qué opiniones tendrías si fueran tus amigos?

_____

_____

¿Qué le recomendarías a una pareja a punto de casarse?

_____

_____

_____

Sexta parte: Capítulos 22,23,24 y 25
¿Qué piensas del discurso sobre la autoridad en el hogar que compartió Luis? ¿Estás de acuerdo?

_____

_____

_____

¿Qué opinas del hecho de que la mujer se cambie el apellido?

_____

_____

_____

¿Cómo habrías actuado ante el reclamo de Penélope de contar todo sobre su pasado? ¿Lo habrías manejado diferente?

_____

_____

_____

¿Alguna vez has estado en una situación similar a la de Penélope, donde no sabes todo sobre tu historia? Comenta.

_____

_____

_____

¿Qué opinas sobre la decisión de Donato de llevarse a toda la familia de Pamela con ellos?

_____

_____

_____

Si tienes pareja, ¿tienen diferencias en estilos de vida tan marcados como Pamela y Donato? ¿Qué les recomendarías si los conocieras?

_____

_____

_____

Hablando de los balances, ¿en qué áreas de tu vida te has ido volviendo gris, y necesitas ser blanco o negro?.

_____

_____

_____

¿Alguna vez has vivido una experiencia en donde la presencia de Dios sea tal que la sientan todos en el lugar? Comenta.

_____

_____

_____

NOTAS

Hoja de referencia:
¿ Qué estás pensando ?

Esta es una lista de los pensamientos destructivos que atacan tu mente, por causa de eventos en tu vida que el enemigo usa para destruirte. Algunos pueden haber sido: abandono, rechazo, violación, relaciones sexuales no consentidas, toque sexual indebido en edad prematura, asecho, asalto a mano armada, secuestro, intimidación, bullying, golpizas, atracos, abuso físico, maltrato emocional, entre otros.

Estos actos pueden haber sido realizados por una pareja, un familiar, un ser querido, alguien lejano o cercano, conocido o desconocido. El daño que producen es profundo si no lo contrarrestamos con la Palabra de Dios.

Por favor marca aquellos pensamientos que constantemente tocan a la puerta de tu mente.

Al terminar de marcarlos, por favor recorta con cuidado esta hoja y rómpela en tantos pedazos como puedas, mientras haces la **declaración de Mujer Sana** que encontrarás en la página siguiente.

Recortar con una tijera cuidadosamente una vez los has marcado.

PENSAMIENTOS DESTRUCTIVOS

- ☐ Estoy solo/ sola
- ☐ Nadie me ve
- ☐ Ellos no me necesitan
- ☐ Yo no importo
- ☐ Nadie se preocupa por mí
- ☐ Ellos no van a regresar
- ☐ Dios me ha abandonado
- ☐ No hay quien me proteja
- ☐ Nadie me va a creer
- ☐ No puedo creer en nadie
- ☐ Tengo miedo de que no regrese
- ☐ Soy tan estúpida/ estúpido, ignorante, idiota
- ☐ Yo lo permití
- ☐ Yo participé
- ☐ Yo debí saberlo
- ☐ Yo debí haber hecho algo más para detenerlo
- ☐ Fue mi culpa
- ☐ Yo sabía que pasaría y aun así quedé
- ☐ Yo debí decirlo a alguien
- ☐ Sentí placer así que quizás yo sí quería
- ☐ Pasó por cómo me visto, por cómo me veo, por mi cuerpo, mi apariencia
- ☐ Yo debí detenerlos
- ☐ Yo no intenté escapar, debí correr
- ☐ Voy a morir
- ☐ Me va a lastimar
- ☐ No sé qué debo hacer

- ☐ Si yo hablo regresarán para lastimarme
- ☐ Si les creo me van a matar
- ☐ Va o van a regresar
- ☐ Es solo cuestión de tiempo para que vuelva a suceder
- ☐ Me van a encontrar
- ☐ Algo malo va a pasar si intento confrontar, detenerlo o decirlo
- ☐ La fatalidad está a la vuelta de la esquina
- ☐ Son muy fuertes para poder resistirlos
- ☐ No puedo detener esto
- ☐ Voy a morir y no hay nada que pueda hacer al respecto
- ☐ No hay salida
- ☐ Soy muy débil para confrontar o resistir
- ☐ El dolor es muy fuerte para soportar
- ☐ No tengo escape
- ☐ No puedo soltarme
- ☐ Estoy abrumada/ abrumado
- ☐ No sé qué hacer
- ☐ Todo está fuera de mi control
- ☐ Siento que me halan en todas las direcciones
- ☐ Ni siquiera Dios puede ayudarme
- ☐ No tengo fuerzas para defenderme

311

- Estoy sucia, manchada/ avergonzada/ pervertida por lo que me sucedió
- Mi vida está arruinada
- Nadie va a amarme realmente después de esto
- Nunca seré feliz
- Todos pueden ver mi vergüenza, mi inmundicia, mi suciedad
- Siempre estaré sucia e inmunda
- Siempre estaré herida, lastimada, dañada, rota por lo que me pasó
- Mis partes privadas están sucias
- Dios nunca me va a querer después de lo que me pasó
- Nunca me sentiré limpia otra vez
- No soy amada, necesitada, importante o apreciada
- Ellos no me necesitan
- Soy inmerecedora, no tengo valor
- No soy importante para nadie
- Fui un error / Mi nacimiento fue una equivocación
- Nunca debí nacer
- Ellos nunca me quisieron porque yo siempre

- fui_____.
- Dios nunca me va a amar o aceptar
- Estoy en el medio; soy una carga
- Nunca podré ser como ellos
- Nunca les podré complacer
- Nadie me acepta
- Las cosas nunca van a ser mejores
- No hay salida
- Esto va a continuar pasando
- No hay nada bueno para mí
- No hay razón para vivir
- No hay opciones para mí
- Solo quiero morir
- Nada bueno puede salir de esto
- No sé por qué esto me está pasando a mí
- Esto no tiene ningún sentido
- Todo es tan confuso
- Por qué me hace esto a mí

Declaración de Mujer Sana

¿Quién dice Dios que soy?

Soy una hija de Dios, hermosa y maravillosa. Fui comprada a gran precio, redimida y liberada por la sangre de Jesús. Él ha puesto un corazón y un espíritu nuevo dentro de mí. Ya no soy yo quien vive, sino que Cristo vive en mí. Soy una nueva creación, todo lo viejo ha pasado, lo nuevo está aquí hoy. Estoy renovada. Por sus heridas, fui sanada. Por su sangre, fui perdonada. Estoy libre de toda carga física, espiritual y emocional. Mi pasado quedó atrás.

Lo que pasó no fue mi culpa y no lo recordaré más. No estoy sucia, estoy limpia. No soy una víctima, soy victoriosa. Estoy avanzando con mi nueva identidad. Soy princesa de un Reino celestial. Él me eligió y me distingue. Soy una raza elegida, un sacerdocio real, un pueblo santo, posesión especial de Dios. Dios me tejió en el vientre de mi madre haciéndome su obra maestra, no soy un error, fui creada para buenas obras que Dios preparó de antemano. Solía caminar en tinieblas, pero Dios me adoptó como su hija y me llamó de las tinieblas a su luz maravillosa. Ya no temo porque Dios conoce los planes que tiene para mí, no para hacerme daño sino para darme un futuro y una esperanza.

Toda duda en mi mente se va en el nombre de Jesús, porque las promesas y los propósitos de Dios se mantienen firmes para siempre. Nada puede separarme del amor de Dios. Enséñame tu camino, Señor. Dame un corazón íntegro, para que pueda temer tu nombre. Así como Jesús murió y resucitó a la vida, a mí me ha traído a una nueva vida hoy.

Yo _____,
perdono a la que fui, acepto a la que soy y recibo a la que seré.

Ya Dios me ha perdonado, me perdono yo también.

El Hijo de Dios me ha libertado, ¡así que libre soy! Hoy, declaro que ¡yo soy una mujer sana en el nombre de Jesús!

Eres una mujer sana y amada,

¡Te amo!

Elsa Villardo

Acerca de la autora

Elsa iLardo inició su carrera como autora y novelista en el 2020 cuando publicó *"Mi tabla de salvación"*, la primera parte, libro que fue traducido a inglés ese mismo año. En el 2021 publicó junto a su esposo *"90 días para tu matrimonio"*, un devocional bilingüe para parejas. En este 2022 nos presenta la segunda parte de *"Mi tabla de salvación"*.

Elsa sostuvo una reconocida trayectoria como experta en mercadeo en diversas industrias, incluyendo la industria literaria hispana. Desde el 2013 ha mantenido su blog Mi tabla de salvación, que tiene decenas de miles de seguidores.

Mujer visionaria con estudios de posgrado en publicidad y mercadeo, fundó y dirige junto a su esposo, Stephen iLardo, la plataforma Hispanos Media.

A la par de sus intereses profesionales, Elsa expresa su pasión por Dios mediante una activa vida ministerial en Lake Mary Church, la iglesia donde se congrega ella y su familia. Junto a su esposo, Stephen, sirven como mentores para matrimonios a través del ministerio Live the Life. Juntos comparten su testimonio predicando como invitados en eventos y actividades, tanto en organizaciones eclesiales como seculares. Han viajado a diversos países hispanos como misioneros.

Elsa es la creadora de "Mujer Sana", un evento que reúne cientos de mujeres para ayudarlas a sanar emocionalmente de las heridas del pasado. Es invitada a eventos, iglesias, congresos y actividades para damas con el fin de trabajar temas de sanidad interior y la importancia de la belleza interna, más que la externa. Conferencista, escritora y mentora de mujeres. Elsa reside en la Florida Central junto a su esposo e hijos.

Puedes contactarla para invitaciones a charlas, predicaciones, conferencias, talleres y seminarios.

www.mitabladesalvacion.com
/mitabladesalvacion • /elsaiLardo

El primer libro de la serie:
"Mi tabla de salvación"
Available also in English

RECOMMENDED
TOP SELLER

PRÓLOGO POR JOSÉ LUIS NAVAJO

mi tabla de salvación

Pamela en su búsqueda del amor verdadero

ELSA ILARDO

Descubrirás:

☑ Que es mejor comenzar en nuestras rodillas.

☑ A tener un nuevo comienza en el espíritu y no en el corazón.

☑ A enamorarte de Jesús y depender de Él.

Walmart
CASA NORBERTO — LIBROS & CAFÉBAR —
Pura Vida Books
LIBRERÍA CRISTIANA Isaías
Luciano's BOOKS
HUELLAS LIBRERÍA CRISTIANA
H LY Land
Color y esperanza TIENDA DIGITAL
Librería WOW
FE SAGRADA DIOS
amazon.com
Walgreens
the bookmark BOOKS • GIFTS • CAFE
Librería Paz
different vision LIBRERÍA CRISTIANA
librería evangélica

www.mitabladesalvacion.com

318

"*Porque 2 son mejor que 1*"

Y EL IDIOMA <u>NO</u> ES UNA BARRERA PARA EL AMOR

Devocional bilingüe para parejas

Stephen y Elsa Ilardo son un matrimonio multicultural que disfrutan dando charlas, talleres, mentoría y creando dinámicas para parejas. Son líderes de matrimonios en su iglesia y comunidad a través del ministerio Live the Live en la Florida. **¡Contáctalos para conferencias, talleres y seminarios!**

Se trabaja con matrimonios, ministerios de jóvenes, o como recursos para eventos de mujeres o de caballeros. Text: 305-417-3771 email mitabladesalvacion@gmail.com

- Devocional diario para el matrimonio.
- Variedad de temas que ayudarán a la pareja a ser estratégicos.
- Les ayudará a mantener a Dios en el centro de su relación.
- Descubrirán el poder de 2 en acuerdo en oración.

amazon.com

www.ingramcontent.com/pod-product-compliance
Lightning Source LLC
Chambersburg PA
CBHW070630260626
47161CB00007B/2645